血海深仇

克林顿夫妇对战奥巴马夫妇

[美]克莱因 著　王晨爽 陈福明 孙焕君 译

Blood Feud

The Clintons vs. The Obamas

时代文艺出版社

图书在版编目（CIP）数据

血海深仇：克林顿夫妇对战奥巴马夫妇／（美）克莱因著；王晨爽，陈福明，孙焕君译．—长春：时代文艺出版社，2016.4

ISBN 978-7-5387-4891-8

Ⅰ．①血…　Ⅱ．①克…　②王…　③陈…　④孙…　Ⅲ．①传记文学－美国－现代　Ⅳ．①I712.55

中国版本图书馆CIP数据核字（2015）第241787号

出品人　陈　琛
产品总监　郭力家
选题策划　方　伟
责任编辑　刘　婷
装帧设计　刘红刚
排版制作　尹　爽

吉林省版权局著作权合同登记　图字：07—2015—4531号

血海深仇：
克林顿夫妇对战奥巴马夫妇
[美] 克莱因 著　王晨爽 陈福明 孙焕君 译

出版发行／时代文艺出版社
地址／长春市泰来街1825号　时代文艺出版社　邮编／130011
总编办／0431-86012927　发行部／0431-86012957　北京开发部／010-63108163
网址／www.shidaicn.com
印刷／三河市万龙印装有限公司
开本／710mm × 1000mm　1／16　字数／203千字　印张／15.25
版次／2016年4月第1版　印次／2016年4月第1次印刷　定价／39.80元

图书如有印装错误　请寄回印厂调换

目录 CONTENTS

第三部 | 骗局

序　幕

“我不确定我和比尔究竟想从奥巴马夫妇那里得到什么，”希拉里说，“但是我们之间的芥蒂从一开始就存在。”

2013年5月的一个下午，阳光明媚。希拉里坐在国王花园角落的一个卡座里，正在和几位女士闲聊。这是一家法式餐厅，位于纽约的查帕瓜，克林顿夫妇在此地有房产。

这几位女士是希拉里1969年在威尔斯利学院读书时的同学，44年前，她们推选希拉里成为威尔斯利学院毕业典礼上首位发表演讲的学生。当时，《生活》杂志对希拉里的演讲给予了高度评价，这让她初尝成名的滋味。时至今日，希拉里的同窗仍旧梦想着有一天希拉里能够不辱使命，成为美国历史上第一位女总统。

如今，希拉里已经从奥巴马政府卸任了，在值得信赖的姐妹身边，希拉里格外轻松，可以畅所欲言。“她说：‘我总在想，我当时是否应该加入奥巴马政府，担任国务卿。历史自会做出评断，我相信，多年以后，历史学家会在我的总统图书馆里探讨这件事。当然，这些历史学家现在还是小婴儿，甚至还没出生呢。’”

一位在场但不愿透露姓名的女性回忆道。

按照政治惯例，中期选举一般被人们视为总统选举正式开始的标志。现在距离2014年的中期选举还有一年半的时间，所以，希拉里坚持在公众面前声称自己还没有决定是否参选。然而，她脱口而出的“我的总统图书馆”着实给同学们带来了不小的惊喜，现场掌声热烈、觥筹交错。

她们喝的酒是餐厅老板罗伊精心挑选的，一种是波尔多·卡斯迪隆山丘庄园出产的苹果酒，一种是巴松城堡出产的玫瑰酒，搭配橙味香草浇汁扇贝、肉酱火腿、贻贝和奶油培根意大利面。希拉里的朋友们分享和品尝彼此的美味，而罗伊则亲自为希拉里提供服务。罗伊特意为希拉里烹制了素食菜肴，因为希拉里告诉罗伊自己正在减肥。一位侍者站在桌边，为客人们续酒。不久，在场的女性就有些醉意了，房间里充满了欢笑声。

她们很早就开始筹划聚会了，但是希拉里担任国务卿时，公务繁忙，所以就一直拖到了现在。她们心情愉快，全部盛装出席，仿佛庆祝重大节日一般戴着最贵重的首饰，拎着最名贵的手袋。因为希拉里是她们中最有名气的同学，她们很享受希拉里带来的荣耀。

希拉里最近刚刚经历了脑震荡和脑血栓，但她看起来气色不错。她的双层眼袋不见了，赘肉也不见了。在担任国务卿期间，她疲于奔波，行程超过百万公里，身体也日渐臃肿了。现在，她一直坚持慢跑，锻炼身体，也非常关注饮食，所以她的衣裤套装都显得大了一号。她再也不是4个月前从国务院辞职时的希拉里了，那时她看起来憔悴、臃肿而又疲惫。

希拉里的变化实在是太大了。因此，她的一个同学在随后接受本书作者采访时暗示，希拉里可能“动了一些手脚”。

但并不仅是这一点让这位同学感到困惑。她一直在努力地呈现希拉里最好的一面，比如，她提到希拉里不但记得同学的生日，还记得她们丈夫的名字。跟希拉里相处是一件非常有趣的事情，她总是能够迅速抓住笑点，在别人笑之前放声大笑。然而在描述希拉里优点的同时，该消息人士在无意间塑造了一个很难讨人喜欢的形象：像林登·约翰逊（第36任美国总统）一样粗鲁；像理查德·尼克松一样多疑；经常让人觉得不够坦诚；易怒，几乎无法掩饰自己的怨恨和愤怒。

朋友们问希拉里，她为总统工作了4年，她对总统的真实看法是什么呢？结果希拉里义愤填膺地抨击了奥巴马一番，这让大家都颇为吃惊。

“奥巴马就是个笑话，”希拉里尖锐地指出，“美国国税局针对茶党、司法部非法索取美联社电话记录以及秘查记者詹姆斯·罗森的邮件，这一系列丑闻事件影响恶劣。奥巴马对自己的仇恨放任不顾，任其毁掉自己，就像尼克松被仇恨毁掉一样。我通过调查水门事件，对尼克松的想法有了深入了解。我知道他为什么生性多疑，对敌人如此愤怒。所以，我和克林顿从中吸取了教训，对待那些患有‘反克林顿痴呆症’的人，我们能够控制住自己，不至于让自己在攻击对手的过程中失控。”

希拉里的最后陈词在餐桌上引发了片刻尴尬的沉默，但是也没人敢挑战希拉里：希拉里说自己从来不会被敌人惹怒。然而，在朋友看来，希拉里其实都快被敌人逼疯了。希拉里有一个黑名单，上面写满了得罪他们夫妇的人的名字。希拉里把在2008年大选中出卖自己，转而支持奥巴马的人都视为忘恩负义之人或叛徒。这其中包括新墨西哥州州长比尔·理查森，密苏里州参议员克莱尔·麦克卡斯基尔，南卡罗来纳州联邦众议员詹姆斯·克莱布恩和大卫·阿克塞罗尔德。最过分的要数最近的泰德·肯尼迪了，因为直到泰德背弃他们之前，他们都一直视其为偶像。《名利场》的作家托德·斯坦利·普德姆针对克林顿进行了苛刻的简介之后，列出了这个名单。我在出版《希拉里真相》后，也给出了这份名单。

“当我们在白宫的时候，克林顿宏观掌控所有部门的事务，”希拉里说，“我承认他可能在微观管理方面有瑕疵。但是，我在微观管理方面给了他很多帮助，至今我仍以此为傲。”

希拉里认为克林顿是天生的领导者和伟大的执行者，和奥巴马完全不同。用希拉里的话来说，奥巴马就是“能力不足，窝窝囊囊”。奥巴马向来都很看重指挥系统之间的层级关系，克林顿就不这样。如果美国国税局或者司法部发生了克林顿认为不合法的事情，他就会直接给下面部门的人打电话，查明情况，根本不理会谁可能会生气。

“奥巴马的问题在于不想费心，所以联邦政府大概有一半时间无人掌舵，”她说，“这就是奥巴马总统的问题，无人掌舵。”

她喝了一口红酒，沉吟片刻，然后继续说道：“你绝对不能信任这个浑蛋。他很龌龊，让人难以置信。我们虽然很生气，但是还是试图和他达成协议。我们承诺助选他竞选连任，作为回报，他要在2016年大选中支持我。他也同意了这个安排。但最后他却变卦了。奥巴马说话就像放屁一样。我们之间积怨太深，无法改变。”

在吃水果和甜点的时候，有人把话题转向了克林顿在希拉里竞选总统过程中扮演何种角色的问题。“自从听取了医生的建议后，克林顿一直在增肥，形象比以前好多了，”一个人在回忆希拉里的谈话时说，“他发出了致命的反击，决心将全好莱坞的人都从奥巴马手里抢过来。他后悔自己在2008年初选时没有这样做。现在，他重回战场了，比以前更强大。”

希拉里还谈到了克林顿最近的滑稽行为，她转了转眼珠，仰着头发出了标志性的咯咯的笑声。克林顿马上就要迎来自己的67岁生日了，他正在经历第二次中年危机。他在到访洛杉矶的时候，租了科尔维特和法拉利跑车，戴着新买的浅顶软呢帽在好莱坞兜风。希拉里觉得他的打扮很绅士。

上周，克林顿一直在进行自己的魔幻神秘之旅。他先和查理兹·塞隆在好莱坞参加了一个男同性恋者和女同性恋者倡议团体的活动，该团体名为“反歧视同志联盟”。然后，他和斯嘉丽·约翰逊去了秘鲁；接着，他又乘飞机去马德里，和西班牙最著名的花花公子胡安·卡洛斯待了几天；而后，他又去了伦敦同艾尔顿·约翰及其丈夫大卫·费尼什会面；后来，他又和自己新交的好友伊娃·朗格利亚和卡门·伊莱克特拉一起去了维也纳为艾滋病人谋取福利。

“没人能管得了克林顿，”希拉里说，“这个人简直是精力过剩。我对他说，等重回白宫的时候，他必须得规规矩矩的。他笑得前仰后合。我们之间毫无嫌隙，甚至可以拿这些事情来开玩笑。你很难不爱他，我就是这样。”

然后，她脸上的表情突然变得很沮丧，好像突然想到了什么事情。她的语气也变得愈发严肃了。

“在过去的 4 年中，”希拉里说，“我很少和克林顿在一起，他要么在小岩城，要么在纽约，我则待在华盛顿，或者满世界飞。我们虽然每天都在电话里交谈，真正在一起的时间并不多，但是我们之间相处得很好。

“现在我们要一起踏上竞选的征程，竞选过程极为复杂。而且如果我当上总统，我们之间的关系就会发生动态的变化。我会成为老板，我不确定克林顿能不能接受这种变化。他说他会当好我的顾问和亲爱的丈夫，但是我担心如果我赢得选举，克林顿会认为是他又一次当上了总统，而我只是第一夫人。如果他有这样的苗头，我肯定会把他踢出白宫。”

服务员将甜点盘和咖啡杯从桌上收走后，希拉里说她想要出去透透气。所以，她们一行人离开餐厅，沿着国王街往她家的方向走去。情报机关的特工乘坐两辆黑色运动轿车尾随着她们，后面还跟着一辆州警车，车顶闪着灯。因为是和希拉里在一起，所以本来随意的午后郊外散步变成了皇家列队行进。

大家拾级而上。这时，一位女士问了一个憋在心中已久但很难开口的问题，“那么班加西事件该怎么办呢？”她问，“你要怎么处理自己和班加西事件之间的关系呢？”

“我真希望自己当时没有搞砸参议院的关于班加西事件的听证会，没有说过‘这又有什么关系呢’这样的话，”希拉里回答道，“但是这话确实是我说的，克林顿对我的表现很失望。实际上，克林顿很生气。但是我们不会为此而争吵。我们早就已经过了吵架的年纪。我们可以坦然地接受彼此最真实的样子，然后一起追求共同的理想。朝他扔东西、冲他大吼大叫已经是很久以前的事了。”

她继续说，班加西事件总会淡出人们的记忆，肯定不会影响她以后的竞选前景。她认为“克林顿品牌”一定能帮她摆脱班加西事件带来的负面影响。同样，“克林顿”这张王牌还能帮她解决奥巴马政府目前的重重困难，改变民主党人越来越不受欢迎的现状。“克林顿品牌”有自己的立场。

“我们在白宫的时候，实施了正确的领导，为美国带来了长达 8 年的和平与繁荣。”希拉里说，“在我竞选的时候，克林顿肯定会为我做出更精彩的演讲。相比之下，他为奥巴马所做的助选演讲就像是初中生的辩论赛。我的竞选基础要远远高于奥巴马。我们肯定会重回白宫。你们就等着瞧吧。”

第一部

交　易

Part One: The Deal

2012 年，奥巴马寻求总统连任，他的智囊普洛夫提议起用克林顿作为助选。这两位傲慢的总统互怀敌意，各自怀揣政治小算盘，但因为别无选择，也因为两人均有求于对方，不得不暂时握手言和，被迫达成协议。

第一章　不惜代价

2012年，奥巴马寻求连任，本打算将奥普拉纳入竞选团队，但是因为总统忘恩负义，2008年奥普拉帮他助选后，他没有兑现对她的承诺，爱记仇的奥普拉一怒之下宣布这次坚决不插手。奥巴马的智囊普洛夫转而把目标锁定在克林顿身上，虽然奥巴马与克林顿互怀敌意。

贝拉克·奥巴马最近比较烦。

他无精打采地坐在大皮椅上，膝盖顶着会议桌，一脸阴沉。这是一次竞选决策会，他的两位心腹顾问大卫·普洛夫和瓦莱丽·贾勒特争论不休，就如何走出当前的政治困境各执一词。他已经听了半小时，越听越生气。

时值2011年8月，再过不到15个月将迎来美国总统大选。在万众瞩目之下，奥巴马将开启自己第二任期的竞选征程。他的白宫首席竞选顾问由大卫·阿克塞尔罗德更换为普洛夫。而在普洛夫看来，总统谋求连任的前景不容乐观。自富兰克林·罗斯福以来的半个多世纪里，民主党在任总统中能够成功连任的仅有比尔·克林顿一位。而最新盖洛普民调数据显示，奥巴马当月获得的民众支持率仅为41%，创下就职以来的历史新低。

普洛夫身材瘦高结实，不苟言笑，但办事认真，善于分析各种数据，是个让对手望而生畏的人。他在白宫西翼运筹帷幄，掌控全局，虽然奥巴马官方的连任竞选总部远在700英里外的芝加哥。

据一位与会成员回忆，当时普洛夫坚称："我们必须要来硬的，用强大的广告攻势压倒共和党对手。我们应该将一名在公众中有广泛影响的重量级人物吸纳进竞选团队，让他作为总统的首席代理人，动员社会最底层选民和独立选民来支持总统。我认为比尔·克林顿是最佳人选。"

在此类会议上，普洛夫的权威通常无人质疑。但这一次，当提出吸纳比尔·克林顿参与竞选时，他却表现出莫名的紧张，眼睛一直瞄着坐在桌子另一边、几英尺之外的瓦莱丽·贾勒特。而后者则是一副轻蔑的表情。

其实，在此次重要的竞选策略会召开前，普洛夫已私下见过贾勒特，并表明了自己的立场。他直言自己想让奥巴马总统力邀比尔·克林顿加盟竞选团队，不过奥巴马团队的核心成员们大都看不上这位美国前总统。

果然不出普洛夫所料，贾勒特并不支持他的提议。她不喜欢克林顿夫妇，尤其讨厌比尔·克林顿，对其成见很深。她推荐的人选是奥普拉·温弗瑞，后者有着非凡的说服能力，特别是针对女性和少数族裔选民，民调研究者称之为"奥普拉效应"。贾勒特认为，奥普拉比克林顿在助选方面会更靠得住，也更容易掌控。

2008年美国总统大选期间，奥普拉拿收视率做赌注，不顾自己以前无党派偏见的美誉，全力支持奥巴马。她频频在大型公众集会上抛头露面，为奥巴马募集了数十万美金的经费。外界普遍相信，她为奥巴马争取到了上百万张选票。

为回报其支持，奥巴马曾承诺若赢得大选，将为奥普拉颁发出入白宫的特别通行证，定期向她透露政府即将出台的新政和方案，这将使她的有线电视公司奥普拉·温弗瑞电视网（简称 OWN）获得宝贵的信息资源，从而快速做大做强。

“奥普拉曾计划利用这份有望获取的信息特权，让自己的公司借力上位，”奥普拉身边的一位消息人士在接受本书作者采访时如是说，“她的计划很宏伟，还专门组建了一个团队研究各方互利共赢的方案。然而，承诺一样也没有兑现。奥普拉一次次地以书面形式询问，甚至派代表与瓦莱丽·贾勒特沟通，但结果令她失望。奥普拉逐渐意识到奥巴马夫妇没有任何践诺的诚意，也不会把她当成自己人。她一气之下把奥巴马从自己的《奥普拉杂志》上‘拉黑’。至于 2012 年大选，坊间一直流传着她将袖手旁观的说法。”

“显然，奥普拉认为是米歇尔和瓦莱丽在使坏，”该消息人士还称，“当然，奥巴马也没有为奥普拉出头。在奥普拉看来，米歇尔嫉妒她，为她的丈夫在寻求建议时不找自己而总是找奥普拉而感到恼怒。而奥普拉本人同样也不喜欢米歇尔，因为这位第一夫人太强势，总是企图凌驾于所有人之上，包括总统。奥普拉向来记仇，这一次她受到了伤害，十分生气，再不会和奥巴马夫妇重归于好了。”

普洛夫提醒贾勒特，奥普拉与奥巴马夫妇之间的积怨很深，他说：“奥普拉已经跟我们反目成仇了。”

“别信那些传言，”贾勒特反驳道，“总统和夫人都坚信奥普拉一定会有求必应，再次加入我们的团队。”

可事情的发展并没像贾勒特所想的那样，奥普拉拒绝伸出援手。一天深夜，在白宫总统官邸结束晚宴之后，贾勒特向总统和夫人说出了这个坏消息。

“该死的，奥普拉说她不参与 2012 年的竞选，”贾勒特说，“她一只手也不会伸，还会公开宣布不为我们这次竞选做任何事。”

奥巴马一时错愕，干笑了一声。

米歇尔则一言不发。

普洛夫觉得奥普拉已经指望不上了，所以他希望贾勒特能放下成见，接受比尔·克林顿。然而事情的进展却令他大失所望。尽管普洛夫在总统面前卖力吹捧比尔·克林顿的优点，力荐他担任竞选代理人，可是他的话音刚落，贾勒特便提出了异议。

“我绝不相信克林顿这种人，”贾勒特说，“没有他，我们照样能赢。”

一时间，所有人都沉默了，室内似乎也变得异常燥热。虽然已是 8 月中旬，但奥巴马仍然下令把空调关小。

“总统是夏威夷出生的，当然不怕热了，”大卫·阿克塞尔罗德曾经说，“他就喜欢温度高点儿，搞得屋里都能养兰花了。”

奥巴马脱掉浩狮迈为其量身定做的西装外套，把衬衫的袖子卷了起来，露出小臂。他向来不喜欢七嘴八舌的争辩。看着自己两个顾问吵得不可开交，奥巴马很郁闷。一边是为他赢得2008年大选的功臣大卫·普洛夫，一边是自己的心腹顾问，他的脸色愈发阴沉了。

以往奥巴马在和顾问们会面的时候，话总是很多，而且从不避讳对克林顿的不满。但这次却相当反常，他始终一言不发，虽然他很想说自己和贾勒特的想法不谋而合，他也很讨厌克林顿。

奥巴马对克林顿怀有敌意，原因很多。原本他和克林顿在很多社会问题上都有共识，比如同性恋结婚和枪支管制。但是他们在经济问题上却始终无法达成一致，因为奥巴马和克林顿分属民主党的不同派系，前者是极左派，后者是中间派。奥巴马坚信大政府的固有优势，而克林顿却曾在国情咨文演讲中公开宣称“大政府时代已一去不复返了”，这一点是奥巴马绝不能容忍的。

此外，奥巴马和克林顿的价值观也相去甚远。克林顿是个绝对的实用主义者，为了取得连任，他提出了所谓的“三角策略”。克林顿的策略采纳了竞争对手共和党的一些观点，例如减少管制和平衡预算，这使得他的竞选策略不同于传统的民主党竞选策略。相反，奥巴马却百分之百坚信自己的正直与美德，他不想和共和党扯上任何关系，他觉得对手都是无耻之徒。

然而，尤为重要的一点是，就奥巴马个人而言，他一点儿也不喜欢克林顿。克林顿爱教育人、傲慢自大、只相信自己的政治主张……上述种种令人讨厌的特质都能在奥巴马身上找到。所以，有人认为二人相似的个性才是奥巴马反感克林顿的原因所在。

当然，普洛夫也承认，跟克林顿结盟是一着险棋，因为想要克林顿合作，必然要付出巨大的代价。更何况，克林顿是民主党的中间派，而奥巴马的竞选基础是极端的自由派，因此，二人达成的任何协议都有可能引发奥巴马支持者的强烈不满。

“如果我们成交，”普洛夫说，“就必须保密。”

然而，普洛夫却觉得这些根本不是问题。因为奥巴马经营的白宫是史上最封闭的，尽管奥巴马曾承诺要“打造最透明的政府”。但是，连白宫记者协会的成员都很难了解总统办公室中谁跟谁说了什么，就更别提外人了。

“美国总统向来看重个人形象（比如，富兰克林·德拉诺·罗斯福就不允许自己的形象出现在轮椅上）。”美联社的摄影总监圣地亚哥·里昂曾在《纽约时报》的一个专栏里指出：

> 但是最近几十年来，总统们逐渐认识到，只有允许媒体独立报道自己的日常生活，才能在公民和首脑之间建立透明信任的关系，这是社会契约精神的要求……然而奥巴马政府正有条不紊地违背公开和透明原

则，他经常绕过独立媒体，减少曝光，仅通过官方照片和视频来发布经过处理的奥巴马影像资料。

《纽约时报》记者大卫·桑格对此也表示赞同，他说：“这届政府是我报道过的最封闭、控制欲最强、最变态的政府。”

安·康普顿是美国广播公司新闻网驻白宫的通讯员，她说：“媒体能接触到总统的机会大幅减少……这是很不光彩的。我们都是恪尽职守的媒体记者，报道总统的最新政策变化是我们的天职，但事实却是我们根本接触不到自己想报道的最新情况……我之前从没这样报道过总统。本届政府极力回避媒体，无所不用其极。”

因此，奥巴马竞选团体的核心成员口风都很紧。核心成员并不多，但都经验丰富、忠心耿耿。除了贾勒特和普洛夫，核心成员中还有几个重要人物：大卫·阿克塞尔罗德，普洛夫的老友兼生意伙伴；吉姆·梅西纳，奥巴马的前任竞选经理，目前已经和阿克塞尔罗德远赴芝加哥筹备即将到来的大选；斯蒂芬妮·卡特，说话刻薄的竞选团队副经理；丹·法伊弗，通信主管，曾公开表示厌恶克林顿；罗伯特·吉布斯，非常有韧性，曾任奥巴马的新闻秘书；皮特·罗斯，身经百战的资深顾问，曾全权负责白宫事务，确保各项工作按部就班并井井有条地进行。

上述成员中有几个参与了本次竞选策略会，其中有到场参加的，也有电话参会的。除他们之外，芝加哥市市长拉姆·伊曼纽尔也通过电话参加了此次会议，他曾效力于克林顿与奥巴马两届政府，是维系克林顿阵营与奥巴马阵营的桥梁。据伊曼纽尔芝加哥办公室称，伊曼纽尔放下电话时还用手腕敲着额头，嘴里嘟囔着“哎，天哪”。“周日晚上的会议不但高度机密而且十分严肃，”微软全国有线广播电视公司网的理查德·沃尔夫这样写道，“总统竞选智囊团开诚布公地讨论竞选策略，竞选对手对会议内容永远一无所知，其绝密程度就好比白宫西翼地下室的‘形势分析室’和五角大楼中的绝对密室‘坦克’。”

然而，有一位与会人员却在后来透露了普洛夫和贾勒特之间的激烈争论。

据称，贾勒特一再强调：“没有克林顿我们也能赢。”“找克林顿帮忙就是饮鸩止渴。他立场不坚定，老打自己的小算盘，并且对上次大选的事情耿耿于怀。我们不用靠他照样可以赢。”

普洛夫依旧没有让步。

“总统的目的就是赢得大选，不惜一切代价，”他说，“比尔·克林顿就是我们要付出的代价。”

TIPS

美国的总统选举制度

美国实行总统制。美国总统既是国家元首，又是政府首脑兼武装部队总司令。总统通过间接选举产生，每四年选举一次。

总统选举的主要程序包括：预选、两党（民主党和共和党）分别召开全国代表大会选出本党的总统候选人、总统候选人竞选、全国选民投票选出总统“选举人”、“选举人”成立选举人团投票表决和当选总统就职。

第二章 外行不行

在华盛顿，奥巴马不擅长执政是公开的秘密。他不懂管理和统治的艺术；他不吸取教训，而是重蹈覆辙，搞得经济越来越疲软，国家也越来越不安全。一言以蔽之，他就是个非主流的总统，就是个业余选手。

瓦莱丽·贾勒特留着奥黛丽·赫本式的精灵短发，穿着价格不菲的定制服装。她个子不高，声音单调，却总能爆发出惊人的能量。

贾勒特从不受制于人，别说大卫·普洛夫了，就连总统都不能强迫她做她不喜欢的事儿。她那些同事开会前可能会偷偷喝点儿伏特加或吃点儿氯硝安定类的抗焦虑药物，而她从来都不必这么干。

贾勒特的超凡自信源于其显赫家世。她出身于非裔美籍社区的卓越“杰出”精英阶层。专栏作家、普利策奖得主尤金·罗宾逊曾对此类家庭做过描述。

贾勒特生于伊朗设拉子，并在当地长大，祖父是著名的非裔美籍社会活动家；父亲是杰出的病理学家和遗传学家，在设拉子经营一家医院；母亲是心理学家，曾参与创建芝加哥艾瑞克森儿童发展研究院。

贾勒特自己也在美国最顶尖的大学接受教育，她曾就读于斯坦福大学和密歇根大学法学院。她与已故的威廉·罗伯特·贾勒特博士有过一段婚史。她丈夫的父亲是著名的芝加哥《太阳时报》的专栏作家弗农·贾勒特。也正是弗农帮助贾勒特找到了她在芝加哥的第一份工作——芝加哥市长理查德·迈克尔·戴利的办公室副主任。她还曾担任过芝加哥多家高级文化研究所的董事会成员，其中包括芝加哥交响乐团和芝加哥艺术协会。她在金钱、权力和政治的精英氛围中如鱼得水。

曾与贾勒特共过事的一名芝加哥人告诉我："在成长过程中，瓦莱丽和蓝领非洲裔美国人没什么接触。她与多半为黑人的南区最亲密的接触就是开着敞篷奔驰从那儿穿过。她从不需要靠努力工作来往上走。她显赫的家世使一切都唾手可得。"

贾勒特和奥巴马的智囊团存在分歧，他们曾不止一次就给总统提出的建议而争执不休。实际上，贾勒特和大卫·普洛夫代表着奥巴马性格中互不相容的两面。

普洛夫代表崇尚极端实用主义的奥巴马。这样的一个奥巴马曾经在残酷的芝加哥政坛中初露锋芒，并在2008年的总统提名中力压热门女王希拉里·克林顿，成为民主党候选人。奥巴马在他还是总统候选人的时候，曾经是激进社区组织者索尔·阿林斯基的忠实信徒。他为达目的，不择手段，一心只为赢得大选。像阿林斯基一样，奥巴马无所顾忌，无所不用其极，甚至不惜放弃道德底线。他所有行为只有一个目的，那就是在政治斗争中获胜。奥巴马拥有敏锐的政治嗅觉，十分擅长竞选。

贾勒特则代表奥巴马性格中的另一面。她将贝拉克·奥巴马和米歇尔·奥巴马的政治轨道从芝加哥转到了华盛顿。对于奥巴马夫妇，贾勒特就像一位护犊心切的母亲。她和总统夫妇的关系十分亲密，所以能对二人产生巨大影响。在密切关注三人关系的政治观察员眼中，贾勒特俨然已是美国的第二总统——一个忠心不二的左派分子，致力于把美国打造成一个北欧式的民主社会主义国家。她和总统夫妇的亲密关系使其在白宫积怨颇深，就算有人不讨厌她，也都会畏惧她，不敢挡她的路。

贾勒特所代表的元首奥巴马不同于普洛夫所代表的总统候选人奥巴马。元首奥巴马冷漠超然，不谙世事，整日沉浸在意识形态的迷雾中。他没有掌握在华盛顿做事的秘诀：妥协、让步和交易。

劳伦斯·萨默斯是比尔·克林顿时期的财政部长和贝拉克·奥巴马时期的国家经济委员会主席，他在评论奥巴马的时候曾这样说道："奥巴马并没有享受到当总统的乐趣，而克林顿却乐在其中，喜欢在多方之间斡旋，不管什么事。如果你告诉克林顿说：'天啊，我们有麻烦了！我们必须得分配参议院的办公地点，您最好能花点儿时间和主要党派的领导人商议一下这件事。'他肯定会觉得这是个很有意思也很有乐趣的事，而奥巴马则截然相反。他着实不喜欢参议院这些人。"

"奥巴马政府就没有磋商的基因，"民主党智囊团的元老弗农·乔丹告诉本书的作者说，"奥巴马早些时候曾在马萨葡萄园岛度假，邀请我在埃德加敦的葡萄园岛高尔夫俱乐部打一轮四人高尔夫。我跟总统的助手马文·尼科尔森是一对，而总统则和市长迈克尔·布隆伯格一对。当时人们都认为布隆伯格有可能取代蒂莫西·盖特纳成为新的财政部长。但是一轮高尔夫过后，总统马上就离场了。于是布隆伯格就只能来找我，他说：'我和总统打了4小时的高尔夫球，他竟然一句话都没问我！'"

"奥巴马政府和吉米·卡特政府一样，极度封闭，"弗农·乔丹继续说，"不管共和党人怎么反对，最终领导权还是在奥巴马手中。我很担心他，怕他过度玩弄手段，将所有错误都推给共和党人。虽然可能真的错在共和党，但是您，总统先生，怎么做才能说服他们？”

正如我在自己的书籍《门外汉》中所指出的，奥巴马不懂管理和统治的艺术。他不是吸取教训，而是重蹈覆辙，搞得经济越来越疲软，国家也越来越不安全。一言以蔽之，他就是个非主流的总统。从短兵相接的政治斡旋中他得不到乐趣，只爱沉醉于总统头衔孤芳自赏。

奥巴马性格的两面天差地别，一面是手段娴熟的候选人，一面是碌碌无为的执政者。这让许多人十分困惑：如此出色成功的政治活动家为什么不会治理国家呢？实在是太可悲了！

多年前，政治学家理查德·艾略特·诺伊施塔特就给出了问题的答案。他在20世纪60年代的划时代研究《总统的权力》中提出：“总统不是让业余选手玩票的。”“总统办公室需要的是经验丰富、气质非凡的政治家……没有丰富从政经验的人基本上无法具备这些能力。总统这个职位属于懂政治的人，但并非所有政治家都能胜任。”

所以贝拉克·奥巴马绝不适合当总统。

在华盛顿，贝拉克·奥巴马不擅长执政是公开的秘密。

“在白宫里，一小撮帮助奥巴马赢得大选的死忠追随者负责决策，”商业圆桌会议中一个经常和政府打交道的成员说，“他们在总统办公室就能做出决定，连内阁成员和部门领导都没在场，更不用提国务卿、国防部长和国家安全事务顾问了。”从管理角度来看，这样的程序限制了总统的领导力，不能同时兼顾两件事。奥巴马的内部决策机制很有问题，负有执行义务的关键人物被排除在决策之外。结果是，有许多奥巴马政府认为应该优先解决的问题，却无人向国会送交提案。奥巴马的班子存在严重的动态失衡。在布什执政的白宫里，卡尔·罗夫[1]牢牢地把控着政策制定，而在奥巴马政府中却没有人具备这样的才干和能力。

从某种程度上来说，奥巴马也知道自己的缺点。例如，当奥巴马要出席商业圆桌会议的时候，就会有商业领袖提前问美国行政管理和预算局局长杰克·卢："总统有没有什么避讳的事情呢？""有，"卢说，"不能问关于总统领导能力的问题。他对批评自己领导力的言论很敏感。"

很明显，奥巴马所表现出来的两面性可以这样解释：竞选和执政需要不同的能力，奥巴马在竞选方面出类拔萃，但在执政方面却惨不忍睹。他之前的执政表现可能难孚众望，但是照格伦·思拉什的话说，奥巴马"宁愿赢得难看，也不愿输得漂亮"。

贾勒特和普洛夫是奥巴马身边最有影响力的顾问，也代表奥巴马性格的不同方面。贾勒特的工作是保护奥巴马，使他避开负面东西：她将奥巴马与批评家们隔离开来，压制反对的声音，强化总统自恋的全知全能幻想——只要他想完成，就一定能完成普通人力所不及的任务。奥巴马不仅没有经验而且极度不成熟，贾勒特的任务就是帮他掩盖这些事实。

"贾勒特很聪明，"一位前任民主党的东部大州州长说，"我当州长时，每周都要和她交谈一两次。她对具体的事情很在行，比如总统是否应该给风能产业提供生产税优惠。但是她不擅长政治，不能让总统和其他政治家、工会领袖和商业领袖等维持良好的关系。而且和总统一样，她也缺乏行政经验。"

大卫·普洛夫的工作和贾勒特完全不同。他的任务是将幼稚外行的奥巴马拉回冰冷残酷的政治现实，毫无掩饰地将实际情况告诉总统。

① 卡尔·罗夫，曾是美国政坛翻云覆雨的"高手"，有"布什的大脑"之称。

2011年夏天，奥巴马的连任前景不明。因为在过去的几个月中，他接连遭受重大挫折。

他先是不得不承认在2010年的中期选举中惨败。这期间，共和党人重新夺回众议院控制权，大票数获得63个席位——这是自1938年以来最大的中期选举席位变化。这一沉重打击结束了奥巴马的各种激进改革计划。此次事件让他痛苦不堪，困惑不已。

这边刚从打击中恢复过来，那边共和党人又在国会讨论债务上限的时候逼他同意延长布什时代的减税政策，令他蒙羞。为平息自己基地的内乱，奥巴马放下身段，在白宫接待室中召开记者招待会，并邀比尔·克林顿参加以捍卫总统的行动。正如奥巴马所料，他的风头完全被克林顿给盖住了。记者会开始几分钟后，奥巴马就离开现场，去参加圣诞派对，而克林顿则不间断地回答记者提问，长达23分钟。这再次证明克林顿是专业选手，而奥巴马是业余选手。

此次政治表演不仅没能挽救奥巴马的形象，反而再次令他蒙羞。自此，奥巴马不让克林顿进白宫，也不愿意再和克林顿扯上任何关系。然而，问题并未就此结束。标准普尔指数有史以来首次下调了联邦政府的信用评级，而奥巴马所承诺的即将到来的经济复苏再次陷入停滞。不仅失业率居高不下，一直维持在9%以上，而且越来越多的人根本不想找工作。根据最新的佩尤民意调查显示，独立选民正陆续放弃奥巴马，只有31%的人表示将投票支持奥巴马连任——和2008年52%的支持率相去甚远。更糟的是竞选总体支持率跌至历史最低，仅为38%，直逼落选线。

对竞选策划人大卫·普洛夫来说，特殊时期需要特殊措施，他主张在2012年的连任竞选中起用不受欢迎的比尔·克林顿。原因很简单：虽然普洛夫讨厌克林顿，但是他更想奥巴马赢得大选。

他寄望于奥巴马有同样的想法。要想保住总统之位，奥巴马就得像其他政客那样去做。首先，他必须得可耻地筹措到一笔选举经费，避开竞选财务法律，保证超级政治行动委员会就位；接下来是播放电视宣传片，虽然里面讲的可能都是谎话；然后是投递不实的举报信；最重要的则是起用比尔·克林顿。他在民主党人和无党派人士中的支持率高达60%以上。当各项活动开始运行的时候，奥巴马做得更激进：他甚至在一则电视商业广告中含沙射影，指控米特·罗姆尼犯有谋杀罪。

TIPS

美国总统选举之预选

预选是美国总统选举的第一阶段，被视为大选的前奏。预选通常从选举年的年初开始，到年中结束。这期间，民主党、共和党分别在各州陆续选出参加本党全国代表大会的代表。预选结束后，两党分别在第三季度召开的全国代表大会上确定本党总统候选人。

预选有两种形式，一种是政党基层会议，一种是直接预选。政党基层会议是指两党在基层选区自下而上，从选举点、县到州逐级选出代表，最终选出本党参加全国代表大会的代表。直接预选是指一个州的两党选民同一天到投票站投票，选出本党参加全国代表大会的代表。目前，大多数州都采用后一种形式。

第三章　米氏诉求

米歇尔比奥巴马更鄙视克林顿夫妇。当她听说奥巴马的智囊普洛夫打算在2012年的总统大选中起用克林顿时，立刻火冒三丈。她让奥巴马的另一名心腹贾勒特向她保证：不要让比尔·克林顿和奥巴马走得太近，不要让他左右奥巴马。

瓦莱丽·贾勒特对克林顿的成见颇深，而且由来已久。早在2008年那场残酷的民主党党内预选中，克林顿就曾使用过卑鄙的手段对付奥巴马，贾勒特对此耿耿于怀。在很多事情上，贾勒特的意思就代表了米歇尔的意思，当然也包括起用克林顿在内。总之，米歇尔比奥巴马更鄙视克林顿夫妇。

正如很多美国第一夫人一样，米歇尔在白宫幕后也有很强的影响力。但如今米歇尔愈发谨慎，从不公开参与白宫西翼的政治决策，因为她从过去的惨痛经历中吸取了教训——她经常发表不当言论，引发人们的不满，如“这是自我成年之后，首次为自己的国家感到自豪”。此外，她还将极尽奢华的西班牙之旅包装成国事访问，一时之间，非议四起。在白宫东翼公共关系部门的巧妙运作下，第一夫人终于能够做到言论得体，不再让总统蒙羞。以前她总是出些“米歇尔式的洋相”，比如：“我们每天早上起床，萨莎和玛丽亚总想爬到我的床上，多睡10分钟。但是如果爸爸在的话，她们就不会这样——奥巴马睡觉爱打鼾，又不爱洗澡，她们不喜欢和爸爸一起睡。”

但当米歇尔试图向丈夫施压的时候，她的顾问们会小心行事，并不阻拦。如果米歇尔想要奥巴马做什么，或者提醒奥巴马要当心的时候，她会让自己的密友贾勒特传话。

最让米歇尔恼火的是奥巴马做事犹豫不决。贾勒特告诉朋友，米歇尔曾向她抱怨：“贝拉克总是在琐事上浪费很多时间，比如戴哪条领带，晚饭吃鱼还是吃鸡都能让他纠结半天。”但是真到了复杂决策的时候，奥巴马也是这个样子。米歇尔抱怨道：“有时候贝拉克会遇到错综复杂、难以化解的难题，由于他自己没什么主见，就经常让相互对立的派系牵着鼻子走。”

当米歇尔听瓦莱丽说大卫·普洛夫打算在2012年的总统大选中起用克林顿时，立刻火冒三丈。据贾勒特说，米歇尔最担心自己的丈夫优柔寡断，可能会被克林顿掌控，从而降低她和贾勒特对奥巴马的影响。如果克林顿充分利用自己的名望和魅力，肯定能在即将到来的大选中助奥巴马一臂之力，把他推向总统宝座。同样，他也可以轻松地让奥巴马跌入谷底，如果他想那么做的话。米歇尔和贾勒特对克林顿和希拉里的不信任不仅限于政治方面。这种怀疑出于本能——身为非裔美国人，她们觉得大部分白人都是种族主义者，而克林顿夫妇也不例外。米歇尔和贾勒特仍记得克林顿的一句名言（该言论从参议员爱德华·摩尔·肯尼迪的口中传出）：“几年之前，这个家伙可能正给我们端咖啡呢。”

“我认为，虽然在米歇尔和贾勒特心中，克林顿夫妇的种族主义倾向并不比其他白人严重，”贾勒特的一位非裔美籍朋友这样说，“但是她们确实认为克林顿和希拉里缺乏种族敏感性。而且对于克林顿的一些言论，她们根本无法释怀。早在 2009 年南卡罗来纳州总统预选的时候，克林顿就不看好奥巴马，他认为奥巴马和另外一位黑人候选人杰西·杰克逊一样，难成大器，尽管杰克逊曾于 1984 年和 1988 年两次在该州竞选获胜。此外，2007 年 12 月，在查理·罗斯访谈中，克林顿曾说投票给奥巴马是‘掷骰子随意决定的’。克林顿还声称，奥巴马反对伊拉克战争是他所听过的‘最幼稚的童话’。克林顿诸如此类的言论让米歇尔和贾勒特无法原谅。”

“还有件事一直让米歇尔和贾勒特如鲠在喉。希拉里曾就读于威尔斯利学院。她在毕业典礼上攻击过演讲人——20 世纪美国首位民选黑人参议员爱德华·布鲁克，”贾勒特这位密友继续说道，“这件事虽然已经过去了 40 多年，但是米歇尔和贾勒特仍旧无法释怀。她们认为希拉里的行为丑陋且多余。作为历史人物，爱德华·布鲁克既是战争英雄又是黑人领袖。他开创了一个黑人参政的新时代，他是个伟人，尽管他是共和党人。在米歇尔和贾勒特看来，攻击爱德华·布鲁克就好比攻击罗莎·帕克斯[①]或是马丁·路德·金。因为用克林顿形容米特·罗姆尼的话来说，爱德华拥有‘至高无上的品格’。”

米歇尔和贾勒特之所以反对奥巴马任命希拉里担任国务卿是因为她们认为希拉里根本不受控制，要想让她听话几乎是不可能的。而且她们也不认同奥巴马想要组建“政敌团队”的想法；在她们看来，奥巴马更像是马里奥·普佐[②]的《教父》

① 罗莎·帕克斯，美国黑人民权行动主义者，后被美国国会称为“现代民权运动之母”。

② 马里奥·普佐，意大利裔美国人，擅长创作有关西西里黑手党的小说，《教父》是其代表作，作品主要描述了以维托·唐·科莱昂为首的黑帮家族的发展过程以及科莱昂的小儿子迈克如何接任父亲成为黑帮首领的故事。

理论的实践者，而不是多丽丝·科恩斯·古德温《政敌团队》[①]的拥护者。奥巴马是“跟朋友要亲密，跟敌人要更亲密”。正如她们所预料的，希拉里对白宫的限制十分不满，甚至在总统办公室口无遮拦、毫无顾忌。

希拉里和总统争吵，甚至还会演变成肢体冲突。据贾勒特身边的消息人士称，有一次，希拉里在表达观点时，竟然用手指戳奥巴马的胸。后来，奥巴马将这件事告诉了米歇尔，他说他简直无法相信希拉里竟然对美国总统做出如此举动。对于这种冲动的攻击行为，他的震惊胜过了气愤。

“这太过分了。”他说。

然而米歇尔却恰恰相反，她对希拉里的过激行为感到愤怒，但并不十分惊讶。

毫不夸张地说，贾勒特和米歇尔对比尔·克林顿和希拉里·克林顿恨之入骨，甚至想让他们消失。但厌恶归厌恶，对现实却没有任何帮助。前总统比尔·克林顿仍旧比现任总统贝拉克·奥巴马更受欢迎；希拉里也经常在盖洛普民调中击败米歇尔，当选世界上最受尊敬的女性。

“克林顿夫妇的问题着实棘手，所以瓦莱丽和米歇尔才会一再和奥巴马讨论，有时候是在白宫西翼的贾勒特办公室里，有时候是在晚上奥巴马阅读和签署完一天的文件后，回到楼上的白宫生活区休息的时候。”贾勒特的一位密友在采访中提到，“瓦莱丽曾说，在总统办公室讨论是否在即将到来的总统竞选中起用克林顿之前，米歇尔就曾和她进行过深入的探讨。她们坐在一起，米歇尔紧握着她的手，在她耳边轻声说道：‘请向我保证不要让比尔·克林顿和贝拉克走得太近，不要让他左右贝拉克。我不放心让贝拉克和他成为兄弟，也不放心让他帮忙做决定。’”

① 《政敌团队》，是奥巴马很喜欢读的书。该书讲述的是美国总统林肯让以前的政敌进入自己团队的故事，奥巴马邀请希拉里进入内阁的做法与之如出一辙。

“贾勒特把米歇尔的请求看成是必须执行的命令，”该人士继续说，“她向米歇尔发誓，保证一定会妥善处理好一切，尤其会让奥巴马和克林顿保持安全距离。她还发誓在选举结束后，无论如何，她都会亲力亲为，竭尽全力将比尔·克林顿踢出局。”

TIPS

美国大选日

自 1845 年起，根据美国国会的一项规定，美国大选被安排在选举年 11 月份第一个星期一的次日（即星期二），这一天被称为大选日。

这一日子的规定有其经济和宗教的原因。19 世纪的美国还是农业国，11 月农闲之时，便于人们长途跋涉去投票点。选定星期二是因为很多人居住在离投票点很远的地方，需要前一天就出发。而星期天是上教堂的日子。最终选择 11 月第一个星期一的次日，是为了避免投票日与万圣节碰在一起。

目前美国大多数州允许选民在大选日前 45 天内提前投票。

第四章　芝城方式

奥巴马的心腹贾勒特是芝加哥政坛的产物，所以要跟比尔·克林顿打交道，她更喜欢这种“芝加哥方式”：先要勾肩搭背，才知何处捅刀。她对奥巴马说：“给克林顿开空头支票。反正到时候你已经当选了，完全不需要兑现承诺。”

大卫·普洛夫明白瓦莱丽·贾勒特的忧虑。实际上，他也不放心克林顿。但他更担心贾勒特的专业素质。首先，他觉得贾勒特政治敏感度不高，不能给奥巴马提供明智的建议。其次，普洛夫觉得贾勒特在很多事情上的想法都很愚蠢。例如鼓励奥巴马支持太阳能电池板生产商索林佐，而该公司最终却以破产收尾。她还支持奥巴马违背民众意愿，执意要在芝加哥举办奥运会。至于竞选策略，普洛夫就更加觉得贾勒特力有未逮了。

在普洛夫看来，想要巩固奥巴马 2012 年的预期选民联盟就必须召集和动员非裔美国人、西语裔美国人、单身女性、年轻人、政府工作人员、同性恋者、受过教育的专业人士——刚好这些人都喜欢比尔·克林顿。

“前总统就像是吸引新兴势力的灵丹妙药。”普洛夫曾在白宫会议上提到过起用克林顿助选的好处。

克林顿是美国最令人羡慕的政治家（支持率高达69%），很受一部分选民欢迎——文化保守派、白人和工人阶级等。而据民意调查显示，奥巴马却总是遭到这些人排斥。在旷日持久的经济衰退中，支持克林顿的民主党人陆续抛弃了奥巴马。普洛夫认为，克林顿在总统任职期间美国经济繁荣，若能拉他入伙，一定能让那些人重回奥巴马旗下。

普洛夫把制胜论点留到最后。他说他收到一则政治小道消息，说比尔·克林顿一直在怂恿希拉里挑战奥巴马，角逐明年的民主党党内总统提名。该消息称希拉里不想冒险去和党内的现任总统争总统职位，但是克林顿却为妻子在民主党内做了一次秘密民调，问民主党的可能投票人他们更喜欢谁，贝拉克还是希拉里？结果显示，普通民主党选民更支持希拉里，所以比尔在考虑要不要把民调结果透露出去，为希拉里营造声势。

"我们要是疏远了克林顿，可能会搞砸大选。"普洛夫警告奥巴马。

听说比尔克·林顿搞了秘密民调，而且结果是希拉里更受民主党人欢迎，总统十分震惊。据贾勒特说，在之后和朋友的谈话中，奥巴马的反应有所变化，从他的面部表情就可以清楚地辨别出来。他不再噘着嘴唇郁郁寡欢，相反，他的脸上写满了坚定的决心。每到有压力时，奥巴马都会噘起嘴唇，收缩下巴。

瓦莱丽·贾勒特能读懂奥巴马的每一个微表情，包括每一次细小的面部肌肉抽搐和颤动。这时，她明白奥巴马已经被普洛夫说服了。

此时，会议形势已很明朗。无论到场的还是线上的参会人员，大家基本上都同意起用克林顿，只剩贾勒特一人仍对此持有相当的保留意见。贾勒特的抉择很明确：一是仍旧坚守对米歇尔的承诺，坚持自己的观点，反对起用克林顿，再就是适时地结束对峙局面，改日再议。

她看了看自己的手表，从沙发上站起来。

“去他妈的！”她说，“就这么办！给克林顿开空头支票。反正到时候你已经当选了，完全不需要兑现承诺。”

说完这话，贾勒特就走向一扇敞开的门，她的一众助手正带着政府各机构的紧急消息在那儿等着她。她在门前略微停顿了一下，回头看了下，看到总统点了头，这表明会议已经结束。过不了多久，奥巴马就会开始派人去试探比尔·克林顿的意思了。大卫·普洛夫一手炮制的密室计划马上就要开始实施了。

看来好像是普洛夫赢了此次辩论。

但是贾勒特却不这样看。她不想让米歇尔失望，也没打算让总统履行与比尔·克林顿的协议。在贾勒特看来，奥巴马没有义务这样做。

像奥巴马一样，贾勒特是芝加哥政坛的产物。她曾效力于芝加哥市长戴利的政治机器，所以要跟比尔·克林顿打交道，她更喜欢这种“芝加哥方式”：先要勾肩搭背，才知何处捅刀。

贾勒特在助手的簇拥下消失在白宫西翼，心里计划着她的下一步行动。

TIPS

选举人团制度

根据美国宪法，总统选举实行选举人团制度。总统由选举人团选举产生，而不是由选民直接选举产生。

根据选举人团制度，选民要选出代表 50 个州和首都华盛顿哥伦比亚特区（简称华盛顿）的 538 名选举人，以组成选举人团。总统候选人获得超过半数的选举人票（270 张或以上）即可当选总统。

第五章　白宫总管

要是没有贾勒特，奥巴马根本当不上总统。因此，当他入主白宫后，便给予贾勒特丰厚的回报。她比总统的办公室主任更有权力，她的势力渗入了联邦政府的每一个角落。白宫中的其他人也都意识到了贾勒特“白宫总管”的地位。

总统办公室的决策会议刚结束，瓦莱丽·贾勒特就随奥巴马登上了总统专机“空军一号[①]”，同行的还有奥巴马的葡萄牙水猎犬“波”、“波”的训练师（年薪 10 多万美元）和大批美国特工处的安保人员。此次航班的机型为波音 VC-25，航程 446 英里，目的地为科德角。飞行途中，贾勒特径直走进奥巴马的私人机舱，坐在奥巴马对面，开始滔滔不绝地谈论对付比尔·克林顿的方法。

贾勒特提醒奥巴马，在即将到来的大选中，向克林顿许下什么承诺并不重要，

---

① 空军一号，美国总统专机，是美国的权力象征，也成为美国的国际图腾，常被人们称为“空中白宫”。

重要的是要不惜一切代价让他合作。“你是总统，你制定游戏规则。”贾勒特这样说。为了打消奥巴马的顾虑，贾勒特告诉奥巴马，自己已经和米歇尔商量过此事了，米歇尔也表示赞同。据贾勒特的一位朋友描述，贾勒特曾说：“你连任之后什么都不用给他。你一定要记住：你一分一毫都不欠他的。”

除了米歇尔，没人敢用这种语气和总统说话。但是当贾勒特和奥巴马单独说话的时候，却从来都不拘泥于总统的礼节，反正别人也听不到。对贾勒特来说，他是“贝拉克”，而不是高高在上的“总统先生”，二人平起平坐。

贾勒特谈论着如何引诱克林顿上钩，而总统只是默默地听着，不怎么说话。她也不确定总统到底听进去没有。过了一会儿，她觉得总统已经失去耐心了，便换了话题。

她不得不等待时机，以后再做总统的工作。

专机降落在马萨诸塞州，在桑德威奇海岸警卫队的空军基地，奥巴马受到了军礼仪式的接待。然后，他和随从便转乘一队红白蓝相间的海岸警卫队直升机，飞往最后的目的地马萨葡萄园岛，开启了每年夏天的度假生活。

米歇尔并没有陪同奥巴马度假，她经常和丈夫分开旅行。米歇尔一年累计休假高达 42 天。几个小时前，她和奥巴马的两个女儿——13 岁的玛丽亚和 10 岁的萨莎——离开白宫，带着自己的随从和安保人员登上了一架特制军用飞机。

一边是美国经济持续衰退低迷，失业率一直高达 10%；另一边却是美国第一家庭全体离开首都，奢侈出行。这很难不引发争议。

“去年一年，英国纳税人在供养王室家族方面花费了 5 780 万美元。”罗伯特·基思·格雷在《总统待遇超皇家》一书中写道，“同年，美国纳税人却花费了 14 亿美元来供养身居白宫的总统一家，纳税人不仅要承担奥巴马家族的住所和各项服务费用，还要为他们招待亲戚、朋友和来访的竞选捐助人埋单。”

此行奥巴马的车队共有 20 辆车，浩浩荡荡地到达了目的地——蓝鹭农场。他们住在奇尔马克镇的豪华庄园里，庄园占地 28.5 英亩，每周租金高达 5 万美元，设施十分齐全。庄园里有 5 个卧室的维多利亚式的农舍、1 个游泳池、1 个温泉浴缸、1 个马场、1 个高尔夫球练习场、排球场、篮球场和大花园。这里还有 1 个船屋和通往斯奎布诺克特池塘的海滩。

据当地人说，马萨葡萄园岛是奥巴马决定竞选总统的起点。故事要从 2004 年夏天说起。当时，奥巴马刚在波士顿的民主党全国代表大会上发表了著名的主题基调演讲，并引发强烈反响。于是，瓦莱丽 · 贾勒特就邀请他在橡树崖镇会面。橡树崖镇是马萨葡萄园岛上的一块飞地，镇上都是古色古香的房屋和粉红色的维多利亚式建筑，富裕的非裔美国人已在此居住了多年。当时，贾勒特是奥巴马竞选国会参议员的联合主席，她安排奥巴马在埃 · 加敦的旧捕鲸教堂露面，因为奥巴马在哈佛法学院读书时的教授查尔斯 · 奥格莱特里每年夏天都要在这里举办有关种族问题的论坛。另外一位哈佛教授亨利 · 路易斯 · 盖茨①将奥巴马介绍给众人，他说奥巴马是“我心中 2012 年的总统人选”。

“盖茨先生显然说错了，因为他根本没想到奥巴马很快就当选了总统，”据说奥格莱特里在回忆这件事的时候，咯咯地笑了起来，“贝拉克从后门进入拥挤的旧捕鲸教堂。看到他之后，人们的情绪变得高涨起来。我原打算只让他向人群

---

① 亨利 · 路易斯 · 盖茨，美国文学评论家、教育家、学者、作家，哈佛著名非裔美国历史学教授。2009年7月，盖茨出国归来，回到家中时发现前门打不开了。于是，在黑人出租车司机的帮助下，盖茨强行把前门撞开进屋。几分钟后，哈佛所在地剑桥警察局的詹姆斯 · 克罗里警官赶到，双方发生冲突，警官逮捕了盖茨。原文戏称盖茨为“Henry Louis ‘Skip’ Gates”，Skip是跳的意思，Gate是大门的意思。此处暗指盖茨教授在家中被逮捕的事件。

挥手致谢，但是他却做了一个出色的即兴演讲，立刻引起轰动。第二天，盖茨先生就在橡树镇的家中举办了招待活动，并邀请奥巴马成为座上宾。”

“在葡萄园岛那次难忘的老政治家聚会，人们都认为这个年轻人很受欢迎。”奥格莱特里说。这些都发生在奥巴马43岁生日后不久。此前，除了波士顿大会的演讲，奥巴马没有任何重大事迹，他从来没有在民主党战壕里工作过。此外，在担任伊利诺伊州参议员期间，他在复杂问题上独善其身，总共投了129次“弃权票”。而且奥巴马缺乏担任要职的经验，准备也不充分，但这些都没有让贾勒特退却。相反，奥巴马在马萨葡萄园岛逗留期间，贾勒特一再敦促他竞选总统。

结果，贾勒特根本没费多大劲儿就说服了奥巴马。其实，奥巴马也一直有竞选总统的想法，但是直到马萨葡萄园岛聚会，他才顿悟，白宫原来已经近在眼前了。

实际上，瓦莱丽·贾勒特从和奥巴马认识开始，就一直在宣传他的政治抱负。在20世纪90年代早期，奥巴马还只是芝加哥的一个社区组织者，他的未婚妻米歇尔·罗宾逊在市长戴利的市政厅为贾勒特工作。事实上，贾勒特在二人婚后，就很看好奥巴马夫妇，还将这两个政坛新秀介绍给了芝加哥的权力掮客和富豪捐款人。有了他们的支持，奥巴马的政治抱负才能有坚强的后盾。

为了写这本书，作为本书的作者，我采访了很多人。有人告诉我，虽然奥巴马又自我又虚荣，但是他非常清楚，要是没有瓦莱丽·贾勒特，他根本当不上总统。因此，当他入主白宫后，便给予贾勒特丰厚的回报。他安排贾勒特在白宫西翼二层的办公室工作。之前，卡尔·罗夫曾在这里办公，更早之前则是前总统克林顿的夫人希拉里。

贾勒特在办公室墙上挂了一幅画，那是奥巴马送给她的礼物。这幅画的内容是 1866 年人们请求国会修改宪法，给予女性投票权。画的旁边是国会 1919 年通过的最终决议，决定赋予妇女投票的权利。“瓦莱丽，”奥巴马写道，“您传承了先辈的遗志——伟大的女性创造历史！生日快乐，贝拉克·奥巴马赠。”

“贾勒特是我妻子的表姐，”弗农·约旦对本书作者说，“在华盛顿的时候，我曾在周日家庭晚餐时见过贾勒特。她对白宫影响很大。她说总统对她有绝对的信心，十分相信她的建议。”

“她的权力来源于一个简单事实——近水楼台，”约旦继续说，“除了米歇尔·奥巴马之外，贾勒特和总统最近。所有的内阁成员和政治家都想登上‘空军一号’，都想进入总统办公室，但是总统却让贾勒特一人全权处理这些事务。”

在奥巴马第一届总统任期之初，贾勒特经常带着自己放在办公室的旅行袋去白宫的客房“林肯卧室”睡觉。由于她晚上总是没时间回住所，所以奥巴马就安排她长期入住白宫的私人家庭区域，即白宫工作人员口中的“官邸”。她按照自己的品位重新装潢了房间，她的女儿劳拉在衣柜里放好了适合各种场合的服饰，其中不乏巴杰利·米施卡和亚历山大·麦昆设计的昂贵礼服。

没多久，白宫中的其他人也都意识到了贾勒特“白宫总管”的地位。她比总统的办公室主任拉姆·伊曼纽尔和威廉·戴利更有权力。

“拉姆本以为是自己总管白宫事务，但事实并非如此，”伊曼纽尔的一位亲密政治伙伴这样说道，“他的意见有时候会被采纳，有时候则不会，因为有人比他和总统更亲密，尤其是大卫·艾克斯罗德、米歇尔还有瓦莱丽·贾勒特。拉姆和米歇尔及贾勒特都合不来。总统身边总是存在很多冲突，支持拉姆就意味着反对米歇尔和贾勒特。最终，由于这两个女人，拉姆被迫离开白宫。”

戴利和拉姆差不多，都是被排挤出白宫的。戴利不到一年就失望地离开了，他告诉朋友正是贾勒特的百般阻挠，使得他根本无法开展工作。他说，很多次他和总统就行动计划达成了一致意见，比如选谁当国内政策的新顾问。随后，贾勒特就会走进电梯，上到二层官邸，也就是她和总统还有第一夫人用餐的地方。她回来的时候，决议就已经被推翻了。

贾勒特的特工团队大概有 40 个人。她可以选择参加白宫的任何会议，她的势力渗入了联邦政府的每一个角落。当她在会议发言的时候，她会明确表示自己代表的是总统或者第一夫人。如果在白宫的会议室开会，等所有人离开，留下来和奥巴马说最后几句话的一定是贾勒特。回顾历史，上一个和贾勒特拥有同样权利的总统顾问当属 70 年前富兰克林·罗斯福的助手哈里·霍普金斯了，后者有“罗斯福影子”之称。

“她随意调遣人就像摆弄棋子儿一样，”贾勒特团队的一位成员说，“你可以讨厌她，而且白宫的人大部分都讨厌她，但是她在很多方面确实很优秀，从经济到政治再到公共管理。她的工作时间长得惊人，1 周工作 7 天，每天工作 14 小时。有时候，她趴在办公桌上都能睡着。”

“她十分擅长同时处理很多事情，”贾勒特的前助手继续说，“她从没忘记过任何一个名字、时间或者细节。只有像她这样才能掌控庞大而又复杂的联邦政府。”

“她总是纠结于背叛和懒惰，她觉得背叛和懒惰随处可见，除非你可以通过长时间的努力向她证明你的忠诚和勤劳。然而，即便如此，如果她执意认为你非常懒惰或者不忠，你所有的努力都将白费。”

TIPS

美国国会

国会是美国的最高立法机构，由参议院和众议院组成，每两年为一届。美国宪法规定，参议院议长由副总统兼任，众议院议长由全体众议员选举产生。

国会最主要的职责是行使立法权。一项议案自提出到成为正式法律要经过以下立法程序：议案提出，委员会审议、通过，全院大会审议、通过，两院统一文本，总统签署。若总统否决，但经两院 2/3 多数票推翻总统的否决，则议案自动生效，正式成为法律。

第六章　婚姻三方

贾勒特是第一夫人最好的朋友，也是调节奥巴马和米歇尔夫妻关系的最佳人选。每当米歇尔和奥巴马吵架的时候，贾勒特就会在二人之间奔走穿梭，传递消息。她是这段婚姻中的第三方。

《纽约时代》杂志的罗伯特·德雷帕说：“关于美国总统的历史有很多条线索，其中有一条几乎从未间断，那就是在白宫赢得总统欢心的激烈斗争。凯伦·休斯赢得了乔治·沃克·布什的信任；布鲁斯·林赛得到了比尔·克林顿的青睐；吉姆·贝克得到了老布什的重用……再往前数还有威廉·西华德和亚伯拉罕·林肯逐步建立起来的亲密关系；托马斯·杰斐逊终生都十分倚重詹姆斯·麦迪逊的意见。这些助手为总统效力的方式在某种程度上反映出总统的心理状况。”

瓦莱丽·贾勒特和奥巴马独一无二的关系是她权力的终极来源。因此，想要了解二人的关系就必须要了解瓦莱丽在奥巴马感情生活中所扮演的角色。她是奥巴马生活中全知全能的导师，她给了奥巴马受人保护的感觉。她全心全意地照看奥巴马，给他带来安全感。她视奥巴马为天之骄子，照顾他则是自己的特殊使命。

她将自己的全部精力都放在了奥巴马身上，给予他近乎宠溺的关爱。她对奥巴马的爱没有任何条件，甚至连奥巴马的妈妈都没有这样爱过他。相反，在奥巴马小时候，妈妈经常离他而去。

很多传记作者都指出，幼年的奥巴马觉得自己只有非常努力才能赢得母爱，而他得到的这份母爱从来都是有条件的。他通过成就证明自己注定会筑成伟业，并以此来获得母亲的认可。在他看来，失败就是灾难。童年的各种经历都让他对自己自轻自贱。他在自己的书《无畏的希望》中写道，2000年的时候，他在竞选芝加哥南区国会议员的过程中输给了鲍比·拉什。“从某种程度上来说，你甚至会觉得自己被整个社区所鄙弃，”他写道，“不管你走到哪里，人们的脑中都会闪过‘失败者’的字样。”

在选择妻子方面，奥巴马实际上挑了一个在很多方面都很像自己母亲的人，也就是米歇尔·奥巴马。只有当奥巴马满足了许多苛刻标准，他才能获得米歇尔的认可。相反，当他达不到她的苛刻标准时，就会受到米歇尔的严厉批评、挖苦讽刺甚至是冷落——这是当年被母亲抛弃的场景在奥巴马心中的重现。

虽然奥巴马深爱自己的妻子，但是他们之间的关系却非常紧张。首先，米歇尔不断强调自己在婚姻中做出的巨大牺牲，她被迫改变自己，适应自己之前从未设想过的生活，而奥巴马则没有。

“为了和我在一起，她受了很多委屈，包括迁就我紧张的行程和巨大的压力。她做得非常出色，”奥巴马的语气中透露出一股很明显的愧疚感，“但是如果你觉得我每天一进门她就和我说‘嗨，亲爱的，你今天过得怎么样啊？让我给你按摩下脖子吧’，那你就大错特错了。米歇尔想的是：‘讨丈夫欢心？我想那太过分了。我们是个团队，我怎么才能保证他不会久而生腻去想他那些野女人呢？保证让他不忘周日该去看篮球赛呢？’所以总的来说，她把我管得很到位。”

在奥巴马的第一个任期中，他和米歇尔都还处于适应期。他们要逐渐习惯住在白宫这个“高压锅”里，所以常常会吵得不可开交。为了解决失眠，他们决定分房睡——这个情况一直延续至今。他们向一位内科医生咨询了这个问题，医生建议他们服用一些抗抑郁药物来减少压力和焦虑，但是他们拒绝了。

奥巴马夫妇刚住进白宫头几个月的时候就一起接受了《纽约时报》乔迪·坎托的采访。“很明显，9个月前那对在奥巴马就职舞会的舞池中优雅共舞的完美夫妻，并不像人们看到的那么合拍。9个月的时间过去了，他们还没能完全接受自己已经成为总统和第一夫人的事实。”坎托后来写道。

> 米歇尔·奥巴马说，不论何时发现丈夫坐在约翰·费茨杰拉德·肯尼迪的桌子后几英尺，她都会问：“你在那儿干什么呢？快起来！”我接着问，当夫妻双方中有一方是总统的时候，如何才能维持平等的婚姻呢？第一夫人刺耳地“哼”了一声，仿佛她一直在等人问这个问题，而我问了这个问题，她终于解脱了。然而，她的表现却令奥巴马十分难堪。奥巴马三次欲言又止。“比起我的看法，我的工作人员更看重第一夫人的看法。”奥巴马最后说。然后，为了给奥巴马一点儿颜面，米歇尔又接着解释，他们在做私人决定的时候，还是会平等地考虑对方意见的。

大部分问题都源于米歇尔自视过高，控制欲太强。

“米歇尔将贝拉克视为二流明星，”一位曾与奥巴马夫妇交往甚密的女性说，“她总是随意摆布奥巴马，还总爱把他的好主意据为己有，逼得他不得不分散注意力。”

“而且米歇尔还总是对奥巴马事后诸葛亮，”这个人继续说道，“每当奥巴马的决策或评论引发了公众的批评，她都会用咄咄逼人的眼神看他，然后冲出屋子，根本不理奥巴马在后面怎么喊她。她永远都不能原谅奥巴马将国务院交给希拉里，所以就把世界上发生的所有坏事都归咎于希拉里的无能。米歇尔拒绝邀请比尔和希拉里来白宫用餐。她一点儿也不想和他们扯上任何关系。

“当米歇尔和贝拉克吵架的时候，全白宫的人都能感觉到，然后所有人都会如履薄冰，小心行事。米歇尔生气的时候很不可理喻，经常会开除在气头上惹到自己的白宫工作人员。她说有个工作人员让她每次看到就头疼，所以就把她辞了。还有个人老盯着奥巴马看，也被她开了。

“米歇尔沉浸在为奥巴马争风吃醋中无法自拔。她觉得奥巴马有可能会成为肯尼迪那样的花花公子，而且她觉得电影明星一有机会就会向奥巴马投怀送抱。为此，米歇尔耍尽手段，例如突然造访有女性参加的会议，看奥巴马是不是在偷情。所有女人都心知肚明，包括级别相当高的女性，绝对不能让米歇尔有一丝理由误会自己想要和奥巴马交好。如果奥巴马对你表示好感，那么你无异于是在自杀。

“当米歇尔在白宫西翼或者东翼巡查时，白宫工作人员就会互相协作，通告米歇尔的实时方位，如果她要往哪个走廊走，那么大家肯定都会避开她，或者朝反方向逃走，或者溜入洗手间，甚至躲到储藏室里。原因很简单，一旦被她看见你，她就可能派给你极难的任务，或者就因为你没在工位而严厉地斥责你一番。

“贝拉克已经受够了米歇尔的荒唐行为，所以在度假的时候，他基本上都会鼓励妻子和自己不同机，这样他就不用和她一起度过飞机上的时间了。他甚至劝说妻子独自度假，不用和自己一起，同时也允许他独自外出，度过只有男人的假期。”

在奥巴马的婚姻中，瓦莱丽·贾勒特扮演着不可或缺的角色。作为第一夫人最好的朋友，贾勒特是调节贝拉克和米歇尔夫妻关系的最佳人选。贾勒特就是他们婚姻的减震器，用来缓和二人的矛盾，并为双方如何相处提出建议。米歇尔和贝拉克的婚姻状况需要经常巩固，每当他们吵架的时候，贾勒特就会在二人之间奔走穿梭，传递消息。

她是这段婚姻中的第三方。有时候，这会使得问题更加复杂。

一个曾为奥普拉·温弗瑞工作的女性经常同瓦莱丽和米歇尔二人打交道，她说:“因为瓦莱丽和米歇尔之间也会有钩心斗角，她们之间从来就没有完全的信任。当奥巴马夫妻经常吵架的时候，瓦莱丽穿梭其间，但从未试图去抚平伤痕使其重归于好。她希望看到他们吵架，因为他们不和的时候，她的权力才更大。”

“瓦莱丽和米歇尔在对方阵营中都安插了间谍，目的就是为了确保对方不会欺骗自己，”这位女性继续说，“虽然她俩合作极为密切，但却高度怀疑对方。所以双方都下了很大的赌注。

“即使她们之间曾经有过严重的争吵，米歇尔也绝不会把瓦莱丽踢出局，因为瓦莱丽知道自己太多不可告人的秘密。奥普拉说奥巴马十分擅长利用这两个女人之间的关系，让她们相互影响，自己则在其中游刃有余，渔翁得利。这三个人的关系就像国际象棋对局，而且每个人都是高手。”

对于安抚奥巴马夫妇，贾勒特有自己一套独特的方法，尽量不让他们的纷争闹得太难看。有时候贝拉克神经绷得太紧，让人都能看出他在发抖。这时，贾勒特就把他带出来，到杜鲁门阳台[①]上透透气，然后她就趁奥巴马放松抽烟的时候和他聊聊天。还有的时候，她会坐在米歇尔的床上，聆听她的悲伤、恐惧和挫折。

---

① 杜鲁门阳台，杜鲁门在入住白宫期间，在白宫的南翼柱廊的第二层加建了一个阳台，被称为杜鲁门阳台。

她还会向萨莎和玛丽亚解释，她们的父母正承受着难以想象的压力。

贾勒特永远会随身携带三部手机，其中两部黑莓手机用于工作，另一部则专门用来与总统和第一夫人通话。白宫里的人都称她为“暗夜行者”，因为他们经常看到贾勒特天黑后去白宫的家庭区里，和奥巴马夫妻以及他们的女儿吃饭——在所有的白宫顾问中，只有她一个人有此特权。

贾勒特对奥巴马家庭的影响大到难以想象。她不光参与白宫的政治决策，甚至还参与奥巴马夫妇的家庭决策。她参与决定了将萨莎和玛丽亚送到西德威尔友谊中学而不让她们入读公立中学。她还帮两个小姑娘挑选衣服。晚餐的时候，她也可以随意反驳她们的父母，说些“让她们再吃一勺冰激凌也不会怎么样”之类的话。

一位前白宫助手曾经每晚都会和奥巴马夫妇在官邸中碰面，然后再和贾勒特讨论跟总统夫妇的会谈内容。她说：“很多时候，她都会和总统夫妇一起熬夜，认真审查新闻发布会内容。贾勒特和米歇尔都会在会谈中记笔记。这种会谈很像工作会议，绝不会聊些女人间的八卦。贾勒特也当然不会错过机会，给她的白宫对手们挖坑设套。”

“在白宫里，很多人在奥巴马的眼皮底下都会尔虞我诈、钩心斗角。人们都想把其他人从位子上赶下去，为一些无聊的东西争执不休，”一位前白宫高官告诉我，“这种争斗的初衷并不是想要讨好总统和夫人，而是让他们起疑心……在这一切中，瓦莱丽·贾勒特既是纵火犯又是消防员。她的触角早已经渗透到了政府各个执行部门的每一个角落、每一个缝隙。她只有制造了问题才能向总统和第一夫人邀功，‘我愿意为你们做任何事情，我愿意不惜一切来证明自己多么可靠’。”

贝拉克·奥巴马和瓦莱丽·贾勒特的关系还有另外一面。奥巴马觉得自己必须事事依靠贾勒特，所以他觉得没有贾勒特自己根本应付不来。实际上，他也承认他从未就任何事独立做过决定。他所有的决策都会先征得贾勒特的同意，不论是税收政策还是海外之行该与谁会面。

这种依赖性往往会滋生求助方的无助感和脆弱感。这样人们就会想，是否奥贾关系没有看上去那么复杂和矛盾呢？无论如何，奥巴马的依赖行为和他傲慢自大的性格特点不无关系。因此我们可以得出这样的结论：各种表象难掩奥巴马缺乏自信的真相。不光是奥巴马，很多政治家也是如此。

自我怀疑使得奥巴马脆弱而又爱面子。他很容易受伤。他会将所有的批评声音都理解为公开羞辱，而这又使他不愿卷入纷繁复杂的政治妥协之中，因为在这个过程中，他可能要卸下伪装，在对手面前暴露无遗，再一次像被母亲抛弃的小孩一样孤独无助。

TIPS

美国参议院

参议院是美国的最高立法机构美国国会的两院之一，另一院为众议院。

美国每一州于参议院中均有两名议员作为代表，与各州人口无关，全院议员定额为 100 名。参议员任期 6 年，相互交错，每隔 2 年改选约 1/3 席。美国副总统兼任参议院议长，通常情况下，其在参议院不具有投票权，仅当 100 位议员表决结果为平局时，副总统的投票有决定权。

第七章　过河拆桥

贾勒特不认同克林顿的做事方式，她还收集证据，证明克林顿在奥巴马政府内部安插了眼线。她对奥巴马说，选举结束后，他们必须把克林顿赶走。虽然奥巴马要与克林顿进行魔鬼交易，但是奥巴马已经准备好要过河拆桥、绝不认账了。

奥巴马夫妇在马萨葡萄园岛度过了为期 10 天的假期，期间两人分房睡。

“他们各自睡自己的卧室，”蓝鹭农场里的工作人员在采访中说，“每个人的床边都放着几摞书。总统先生读的是丹尼尔·伍瑞德尔的《海湾三部曲》和沃德·贾斯特的《罗丹的初次亮相》。不知道晚上他们会不会到对方的房间去，反正我是看不出有这种迹象。”

“总统爱在床上吃饭，”家里的佣人说，“所以每天都得换床单。他抽烟，而且没有偷着抽的意思。他睡觉爱打呼噜，我就听见过。他爱吃薯条之类的垃圾食品。他喜欢吃乳脂软糖，经常买很多莫迪克软糖。但他一直很瘦，这真是个奇迹！”

"奥巴马夫妇好像经常吵架，但是他们都压低声音，所以根本听不清到底在吵什么。但我能感觉出来，他们似乎经常生对方的气。实际上，我在总统和第一夫人之间看不出有太多的感情，他们似乎总躲着对方。当奥巴马唠唠叨叨说事情的时候，米歇尔就会戴上耳机听音乐，根本不理他。而且他们一般都不一起行动。米歇尔经常外出和朋友聚餐；奥巴马则待在家中，有时去体育馆打打篮球，或者去打打高尔夫。"

白宫助手众多，但是唯有贾勒特享有和总统夫妇一起度假的权利。然而，这次的马萨葡萄园岛之行，贾勒特没跟他们住在一起，而是在女儿劳拉的附近租了一个房子。劳拉也很优秀，是哈佛法学院的研究生。

"但是贾勒特一直都待在蓝鹭农场，"农场里的另一个工作人员说，"总统外出去奥格莱特里教授家拜访的时候，贾勒特会一同前往，米歇尔却没一起去。总统和贾勒特看起来似乎比和米歇尔的关系更亲密。"贾勒特在和一位密友的谈话中回忆道，她想利用和奥巴马独处的时间和他商量一下对付克林顿的策略。她觉得在很多问题上，总统需要被人推一把，因为他总是优柔寡断，犹豫不决。总统最擅长的就是解释事件、训导旁人和思考问题。他酷爱传播自己的理念。当他陈述观点、解释事情的时候，他希望大家都能理解和接受他超凡的智慧，然后心甘情愿地站到他这边。他希望克林顿也能这样。

贾勒特跟朋友说，她根本不相信奥巴马能保守秘密，她也不相信奥巴马能制止克林顿操控两个人的关系，反客为主。因为，贾勒特实在是太了解克林顿了，她知道克林顿的为人很不牢靠，会惹出意想不到的大麻烦。贾勒特还提醒奥巴马，在希拉里初次受邀担任国务卿的时候，希拉里并不情愿接受这个职务，因为她觉得自己根本无法驾驭丈夫。她说，她的丈夫很难控制，有时候会是个大麻烦。

说到这里，贾勒特并没有停，而是接着讲有关克林顿的花边新闻，比如，克林顿同一群绯闻缠身的浪荡公子乘坐罗恩·巴克尔的定制波音 757（绰号“空军淫乱一号”）环游世界；克林顿卷入非正当商业交易，如内布拉斯加州富豪维诺德·古普塔曾为克林顿的政治运动募集了数十万美元的经费，而前者已经产生了信任危机；克林顿同不计其数的社交名媛、女政治家、女演员、募捐者的妻子甚至是酒吧女郎暧昧不清。贾勒特收到的消息显然不够具体而且大都未经证实，而这些信息都显示了克林顿卸任总统之后的生活相当不检点。

贾勒特不认同克林顿的做事方式，因为克林顿将克林顿基金会的慈善行为同他最主要捐赠者的私人商业利益搅和在一起。贾勒特觉得克林顿粗心草率、贪污腐败、不择手段，根本不值得信赖。

此外，贾勒特还收集证据，证明克林顿在奥巴马政府内部安插了眼线。贾勒特称他们为“克林顿主义者”。克林顿让他们收集有用信息并汇报，克林顿经常干涉奥巴马政府的运行。他会理直气壮地给政府官员打电话，跟他们分享自己管理政府的理念。他经常和国会议员还有参议员谈话。其实他自己有事情要做，完全没必要来搅和奥巴马的事。

贾勒特说，如果不能防范克林顿，那么不仅民主党的未来堪忧，甚至美国的命运都会危机重重。因为克林顿的目标——他唯一的目标就是控制民主党，重返白宫，并和希拉里共同迎接自己的第三个任期。

这就是克林顿的目标。

“您的目标是什么呢？”贾勒特问奥巴马。

如果奥巴马成功连任，那么他离开白宫的时候也只有 55 岁。他还年轻，他的事业还有很长的路要走。他的事业可能不再是担任公职，而是扩展自己的名望、影响和权力。他还有大把的时间要拿来干什么呢？他还有出众的才华又要用来干什么呢？他要如何为打造理想中的美国而努力呢？他准备好要将民主党的控制权移交给不知自律、不守道德、政见不同的克林顿了吗？奥巴马有理想、有抱负，而克林顿却只想凭借和希拉里的裙带关系重返白宫。

“你不能这样做，”贾勒特说，“无论你承诺什么都不必兑现。选举结束后，我们必须把克林顿赶走。”奥巴马点了点头。贾勒特松了一口气，她知道自已终于说服了美国总统。虽然奥巴马要与克林顿进行魔鬼交易，但是奥巴马已经准备好要过河拆桥、绝不认账了。

TIPS

美国众议院

众议院是美国的最高立法机构美国国会的两院之一，另一院为参议院。

美国各州在众议院中拥有的席位比例以人口为基准，以每十年举行一次的人口普查为依据，但各州至少要有一名议员。院内议员总数经法律定额为 435 名。众议员任期两年，无连任限制。众议院议长由议员选举产生，其继任总统之顺序仅次于兼任参议院议长的副总统。

第八章　耿耿于怀

在2008年的初选中，奥巴马出言中伤克林顿，时隔多年，克林顿仍没有释怀。他觉得现在无论奥巴马和他达成什么协议，奥巴马都欠他的。向来能多看出好几步棋的克林顿决定要好好利用这个优势。

奥巴马刚从马萨葡萄园岛度假归来就给比尔·克林顿打电话，邀请他出来打一场高尔夫球。

克林顿不想去。

后来在9月的第三周，克林顿与一众朋友及政治伙伴在怀特黑文宅邸举行了聚会，他在聚会上说："和他打高尔夫肯定没什么意思。"

克林顿夫妇在2001年时斥资285万美元在华盛顿特区的使馆区购买了一栋新乔治亚风格的豪宅。这栋豪宅被民主党人打趣为"未来白宫"和"融资中心"。豪宅内有一个精心设计的宽敞舞厅，可用于举办集资活动；一个可以容纳30人同时就餐的餐厅；豪宅后面则是一个高高的露台，可以俯瞰精心修剪的花园、私人泳池和草坪。这个草坪大到足以安放举办大型聚会的巨型帐篷。简言之，这栋豪宅就是帮助希拉里实现总统愿望的完美跳板。

“我肯定不会喜欢和他打高尔夫的。”克林顿一边在日光浴室的东方地毯上走来走去，一边没完没了地唠叨。克林顿的日光浴室装修精美，色调是柔和的驼色和珊瑚色，摆有很多价值不菲的藏品，与他有关的特色总统纪念品以及炫目的奇胡利玻璃收藏品。他讲话的时候也会不时地拿起其中一件把玩把玩。

受邀参加克林顿聚会的人匿名地向我们透露一些消息。他说当时克林顿讲：“奥巴马跟我讲话的语气实在是让人受不了，总像是在吓唬我。有时候，我们就互相瞪着对方，气氛尴尬得不得了。现在我们又有求于彼此，肯定会闹得更不愉快。我必须让这个家伙觉得亏欠我，这样才能让他站在我们这边。”

克林顿一开口就停不下来。听着他反复唠叨自己和奥巴马的复杂关系，就像是无意间听到精神病患者坐在沙发上和精神科医生进行自由联想[①]，所以结果向来都不大好。

一位受邀参加克林顿聚会的人接受了我们的采访，他在复述克林顿的独白时说道，虽然克林顿十分厌恶奥巴马，但是他绝对不会让自己的个人情绪影响到自己的战略思考。

“不管是已经过世的人还是活着的人，不管是我见过的人还是没见过的人，全世界让我最讨厌的人就是奥巴马，”他说，“他竟然说我是种族主义者！他们妄图把我和我妻子抹黑成种族主义者。然而他既然决定邀请我去打高尔夫，就表明他在示弱，这一点我必须牢记在心。所以我们无论达成何种交易，他都欠我的。现在关键的问题就是：我应该如何利用这个优势？”

① 自由联想，高尔顿开创的联想方法，可以用于测定人的能力和情绪等，诊断和治疗精神疾病。

克林顿向来能多看出好几步棋。他可以利用和奥巴马达成协议的机会重塑形象。此前，在 2008 年的初选中，很多民主党左派成员都将他的言论解读为种族主义言论，这令克林顿形象大损。当然，重新占领白宫一直是他心中的终极目标。他坚信将来某天，若 2012 年不行，那么在 2016 年希拉里也会重争美国人成功的厚奖：总统职位。如果克林顿想要暗中帮助希拉里把民主党联合起来，那么奥巴马一派的支持就显得尤为重要。

但是克林顿不想亏欠奥巴马。对 2008 年的初选耿耿于怀的人不止贾勒特和米歇尔，克林顿也还没有释怀。奥巴马在竞选运动中将克林顿当成替罪羊，特别是在内华达州政党核心会议的一次露面中出言中伤克林顿，他说罗纳德·里根改变了美国的轨迹……而克林顿却未能做到。克林顿永远都无法原谅他说的这句话。

2008 年选战早已尘埃落定，而克林顿又旧事重提。他抱怨奥巴马："他讽刺我。"

克林顿还在许多其他场合嘟囔："他和我打种族牌。"

除此之外，克林顿还经常抗议说："我离开白宫之后共有两位继任者，分别是布什和奥巴马。布什经常和我沟通，向我征求意见，但奥巴马就少多了。我和现任总统没有任何关系——一点儿都没有。"

TIPS

美国的中期选举

根据美国宪法，美国总统选举每四年举行一次，国会选举每两年举行一次。其中一次国会选举与总统选举同时举行，另一次在两届总统选举之间举行。在两届总统选举之间举行的国会选举通常被称为"中期选举"。中期选举大都在 11 月份的第一个星期二举行。

第九章　排挤希氏

自奥巴马上任后，白宫俨然成为反克林顿情绪的源头。从希拉里进入国务院的那一天起，奥巴马团队的核心成员就用尽办法找她麻烦。曾几何时，克林顿为了与奥巴马和解付出了极大的努力，做出了许多牺牲，然而，一切似乎都是徒劳。

曾几何时，克林顿为了与奥巴马和解付出了极大的努力。克林顿在奥巴马赢得2008年大选后，曾主动要求和新任总统的过渡团队合作，竭尽其所能为希拉里担任国务卿扫清障碍。

为此克林顿单方面做出了很大牺牲。首先，在做任何演讲之前，克林顿都必须征得奥巴马政府的同意，而且必须中止在与美国政府有关的组织发表演说。此外，克林顿还和奥巴马签署了“谅解备忘录”，同意公开基金会的募捐手册。而在此前的10年里，克林顿一直拒绝透露基金会捐赠者的名单。该名单共列有205 000位捐赠者，募捐总额超过4.92亿美元，其中包括沙特和印度的富豪、已获得克林顿豁免的前在逃金融家马克·里奇[①]的前妻丹妮丝·里奇、中国海外房地产发展有限公司、世界伊斯兰大会，包括以色列最大制药企业——梯瓦制药工业公司均榜上有名。

克林顿的承诺还不止于此。在希拉里担任国务卿期间，他必须每年公布“克林顿基金会”的捐赠者名单，放弃主持“克林顿全球倡议”的海外会议，而且不得接受外国的捐赠。

克林顿为了让希拉里进入雾谷[②]牺牲了很多，他本人几乎进入了政治半休眠状态。他不光放弃了数千万美元的演讲费，还被迫给“克林顿基金会”的募捐行为附加了很多限制条件。那么，他究竟得到了什么呢？

“克林顿认为希拉里担任国务卿并不妨碍自己在‘克林顿全球倡议’的工作，”雷恩·利兹在《纽约客》中写道，“他还可以利用希拉里在政府中的声望来吸引国外捐赠者，他经常邀请外国领导人来美国参加‘克林顿全球倡议’的年会。”

然而事与愿违，克林顿认为他从奥巴马那里没有得到半点儿感激和尊重。因为自奥巴马上任后，克林顿和希拉里从未被邀请到白宫赴过宴。实际上，白宫俨然已经成为反克林顿情绪的源头。当得知奥巴马和他的核心圈成员——民主党的左派分子，用“克林顿主义”来诋毁与他们想法不同的政策或建议，克林顿非常愤怒。

克林顿厌恶奥巴马对待自己的方式，但是奥巴马对待希拉里的方式让他更为

---

① 马克·里奇，20世纪最具争议的国际商人，曾创设了原油现货交易市场，被业界称为“石油之王”。他是美国司法部通缉了17年的十大通缉犯之一，最终获得克林顿总统的赦免。

② 雾谷，华盛顿哥伦比亚特区内很受旅客欢迎的地区之一，有时用于代指美国国务院。

不满。在2008年初选时，奥巴马在竞选运动中说“谈到变革，希拉里是不可信的”，因为“她没有坚定的政治信念，她有政治图谋”。从希拉里进入国务院的那一天起，奥巴马团队的核心成员就用尽办法找她麻烦。

苏珊·赖斯一直对希拉里怀恨在心，赖斯现在是美国常驻联合国大使，她认为国务卿的不二人选应该是她自己，而不是希拉里。瓦莱丽·贾勒特也一直处处刁难希拉里，因此，即使希拉里想要任命自己的人担任助理国务卿之类的较低职位，也会遭到贾勒特的反对。贾勒特会阻挠希拉里安排自己人担任任何职位，即使是很底层的职位也不行。所有被任命的必须是奥巴马的人。

“克林顿对希拉里担任国务卿本来抱有很大的政治幻想，希望她可以实现一些远大的目标，”克林顿的一位老友兼心腹顾问在接受本书作者采访时说，“他想让希拉里和以色列搞好关系，而此前在他担任总统期间就曾致力于此。他还想让希拉里与朝鲜进行公开对话。他希望可以看到希拉里给伊朗施压，令其停止核计划。换句话说，他没有顾及国家内部的基本事务，而是急切地想要推进能够改变世界的大项目。”

“但是希拉里面对的问题是多方面的，”该消息人士继续说，“首先，奥巴马和他的团队成员根本没打算让希拉里参与重大政策和战略的制定；第二，希拉里本人细致入微，希望所有事情都按部就班，她并不是天生的外交家。但是克林顿把她逼得很紧，而且她本人也很强势，搞得奥巴马很紧张。所以，奥巴马和希拉里经常发生冲突。”

克林顿身边的另一位消息人士这样说：“我从小就认识希拉里，她生性要强，尤其是在像奥巴马这样傲慢的人身边。因此，我非常怀疑奥巴马能否还让希拉里出任下一届国务卿，即使她自己想。”

瓦利·雷扎·纳斯尔是约翰霍普金斯大学高级国际研究学院的院长，中东问题的权威专家，曾著有《可有可无的国家：节节败退的美国外交政策》一书，他也觉得奥巴马不会再委任希拉里任国务卿。纳斯尔曾效力于国务院的传奇外交官理查德·霍尔布鲁克，他亲眼见证了奥巴马和希拉里在白宫的地盘之争。

“希拉里所面临的问题源于奥巴马身边的人。在综合考虑之后，奥巴马还是会选择相信自己身边的人以及他们制定的政策，而不会考虑希拉里的意见，”纳斯尔告诉本书的作者说，“奥巴马只让一小部分人组成的智囊团围在他身边，并且允许他们用自己的方式推行外交政策。这一切都是奥巴马的个人选择。奥巴马在自己的身边筑起了一道墙，墙的一边是他和他选择的外交心腹，而另一边则是希拉里。希拉里之所以会受到如此不公平的对待，最终还是要归咎于奥巴马。”

“在我看来，”纳斯尔继续说，“希拉里最大的贡献就是她足够强大，可以忍受这一切。她本可以早早辞职，离开奥巴马政府，就像亚历山大·海格从里根政府辞职一样。如果希拉里辞职，民主党各阶层就可能产生裂痕，这对奥巴马 2012 年的总统选举也十分不利。如果希拉里因为没人肯听她的声音而发脾气，或者是厌倦了奥巴马身边人的恶意控制，都可能会毁了整个民主党。”

奥巴马三个最重要的外交顾问分别是大卫·阿克塞尔罗德、瓦莱丽·贾勒特和约翰·布伦南，其中前两个人我们在前文有所提及，后者布伦南是美国国家安全与反恐事务顾问（布伦南还被奥巴马提名，并成功出任中情局局长）。无人机战略和打击恐怖主义是奥巴马战时外交政策倡导的两个重要方面，他将这两项重要战略交由布伦南全权负责。只要希拉里去沙特阿拉伯访问，布伦南就会随行。阿拉伯人也把布伦南当成重要的人，而不是希拉里。总之，约翰·布伦南制定美国的中东政策，阿克塞尔罗德和贾勒特则负责制定美国在世界其他地区的外交政策。这三个人——布伦南、阿克塞尔罗德和贾勒特——才是真正掌控美国外交局面的人。他们决定了美国是否应该向阿富汗增兵以及美国对巴基斯坦政策的方向。

相反，美国国务院无权做决定，希拉里也无权做决定。

“希拉里在很多问题上都和总统意见不同，包括美国从阿富汗撤军的方式，奥巴马对待埃及总统胡斯尼·穆巴拉克的方式，如何处理利比亚问题和叙利亚问题等。她想要参与这些决策，她反对幕后领导的政策。”

TIPS

美国共和党

美国当代的两大主要政党之一，另一个是民主党。共和党的前身为 1792 年成立的民主共和党。1825 年，民主共和党发生分裂，其中一派组成国民共和党，1834 年改称辉格党。1854 年 7 月，辉格党与北部民主党和其他反对奴隶制的派别联合组建了共和党。1861 年，共和党人林肯就任总统，该党首次执政。1933 年至 2001 年之间，曾有艾森豪威尔、尼克松、福特、里根、乔治·H.W. 布什（老布什）、乔治·W. 布什（小布什）等共和党人先后执政。

第十章　念念不忘

克林顿笃信国家需要他们夫妇，所以无论如何他都要让希拉里当上总统。结婚多年来，希拉里做过的最让克林顿失望和气愤的事就是她没有参加 2012 年总统竞选，而克林顿很期待妻子和奥巴马之间的选战。

一位客人受邀参加了克林顿夫妇在怀特黑文家中的聚会，他注意到，克林顿每次提起自己在奥巴马那里受挫的时候都会握紧拳头。

一个月之前，他还在催促希拉里挑战奥巴马，角逐民主党 2012 年的总统提名。虽然克林顿为希拉里进行了秘密民调，表明她有可能打败奥巴马，但是她还是决定不要和现任总统作对。毕竟二人同属民主党，如果这样做了，她担心这会永远毁掉她在这些忠诚的民主党人心中的形象。

克林顿走到日光浴室的另一边，扑通一声坐在了咖啡色和玫瑰色相间的天鹅绒沙发上。他望着房间另一边的希拉里说：“我还是觉得你应该和他争一争。”

“克林顿一直对希拉里没有参加竞选耿耿于怀，”参加聚会的一位当事人说。“他笃信国家需要他们夫妇，所以无论如何他都要让希拉里当上总统。结婚多年来，希拉里做过的最让他失望和气愤的事儿就是不和奥巴马竞争总统之位。克林顿很期待妻子和奥巴马之间的选战。

“希拉里也想当总统，”这个人继续说，“她不参选不是因为她不想当总统。她上高中的时候就想当总统了。国务卿从来都不是希拉里职业生涯的最终目标。担任国务卿只能执行总统制定的政策，而不能自主制定政策。而结果证明这还不是最糟的。制定政策的人只是一群围在奥巴马身边和她唱反调的乌合之众，而执行却落在了她的头上。不过，这份工作是她外交事业的顶峰。她当国务卿也有自己的打算——这份工作为她本已傲人的简历又添加了浓墨重彩的一笔。未来若有任何人想要在提名中挑战她，她都能应付自如。”

克林顿一次又一次地向希拉里和他们的朋友明确表示，虽然让妻子在2012年的初选中挑战奥巴马可能会引发民主党内讧，但是他还是觉得自己是对的。

很显然，希拉里比奥巴马更懂得政治手腕。他说，希拉里要是当总统肯定比奥巴马强。希拉里受到共和党和民主党两党人士的广泛尊敬，但是奥巴马却两边不讨好，国会成员也都不信任他。克林顿列举了具体事例，他说，在希拉里担任国务卿的时候，十分重视同众议院共和党议长约翰·博纳搞好关系。曾有传言称长期在希拉里身边并深得其信任的助手胡玛·阿贝丁（此人在沙特阿拉伯长大）和“穆斯林兄弟会”有家族关系。最终还是希拉里说服了博纳替阿贝丁说话，并为其名誉担保。

“这种人脉关系是政策制定者、立法联络员、白宫高级官员所不具备的，就连奥巴马都没有，”克林顿说，“这是专属于希拉里的人脉关系。”

希拉里听了甚是快慰。

“摆在面前的问题是，等到希拉里2016年参选的时候，我们是否需要奥巴马来助选呢？”克林顿继续说，“我觉得不需要，他甚至还可能成为累赘。奥巴马在第一次任期内的执政表现并不太好。他的第二次任期肯定也是建立在第一次任期的执政结果之上。鉴于他的种种表现，我觉得他只能是不利因素，而非可利用资源。”

“但是他很擅长竞选。”希拉里插嘴说。

“我同意，”克林顿回答说，“但是奥巴马是否会不遗余力地帮我们，这一点很值得怀疑。毕竟他那么讨厌我，对你也是勉强容忍。不管怎么说，他能拉来的选票我也能拉来。如果他连续担任两届总统，公众早就厌烦他了，而选民永远不会烦我。他只会像小布什一样在政坛销声匿迹。”

TIPS

美国民主党

美国当代的两大主要政党之一，另一个是共和党。民主党的前身是托马斯·杰斐逊在 1792 年创立的民主共和党。19 世纪初，民主共和党发生分裂，一派组成国民共和党，后来改称辉格党。以安德鲁·杰克逊为代表的一派于 1828 年建立民主党，并于 1840 年正式定名。1933 年以来，民主党人罗斯福、杜鲁门、肯尼迪、约翰逊、卡特、克林顿、奥巴马等先后当选总统执政。

第十一章　冒险赌注

克林顿和奥巴马这两个傲慢自大且彼此不信任的总统，各自怀揣政治小算盘，因为别无选择，也因为两人均有求于对方，不得不握手言和，被迫达成协议，虽然两人都预感到有可能会被对方背叛。

“前一天刚下过雨，球场还是湿的，”安德鲁斯空军基地[①]高尔夫球场的球童回忆说，“当时地上都是水坑，场地很糟糕。天气潮湿昏暗，很有可能再下雨。两位总统（奥巴马和克林顿）来的时候，貌似都不太开心。他们看起来很紧张，感觉好像并不想会面。”

闷热的天气的确让人高兴不起来，但这显然不是影响两位总统心情的主要原因。他们不开心是因为来这儿是为了做笔交易。试想，两个傲慢自大而且彼此不信任的人被迫达成协议，能有多快乐呢？而且更糟的是他们别无选择，因为他们

---

① 安德鲁斯空军基地，是美国总统乘坐的空军一号和直升机的基地。外国元首如正式访问首都华盛顿哥伦比亚特区，其专机通常也在安德鲁斯空军基地降落。

各自心里怀揣着政治小算盘，这使得他们不得不握手言和。两位总统均有求于对方，所以此时此刻，“矛盾纠结”根本不足以形容他们的心情。

实际上，为了准备此书，作者已和两位总统身边的消息人士进行了长达一年半的对话。就作者所了解的信息来推断，克林顿和奥巴马都预感到有可能会被对方背叛。因此，互不信任的感觉显而易见，就像那天的坏天气一样挥之不去——潮湿黏腻，令人感到压抑。这是一次很大的冒险，奥巴马和希拉里的总统之位全都仰仗这次交易的结果了。

总统的高尔夫之行组织严密，堪比军事行动。而这却成了后勤安保机构的噩梦，因为他们要协调各个部门的大量人力，包括陆军、联邦调查局、国家安全局和联邦情报局。9 月 24 日早上，安德鲁斯高尔夫球场的各个大门被总统的随行人员清空之后，便竖起了铁栅栏，用来隔绝有可能携带人体炸弹的汽车和卡车。地上也满是通信设备的天线。灌木和树木后面潜伏着身着伪装制服、装备自动武器的工作人员。

安德鲁斯基地位于华盛顿特区附近马里兰州的普鲁斯 · 乔治县。该基地用来停放总统专机波音 VC-25A，该型号飞机是高度改良的波音 747 客机，当总统乘坐飞机时又称“空军一号”。安德鲁斯基地的高尔夫球场共有三块 18 洞的标准高尔夫场地，它吸引了自老布什以来的历任“笨蛋”总统。但奥巴马是最喜欢来这里打球的总统。奥巴马是高尔夫爱好者，泰格 · 伍兹是他的好友。自执政后，他总共打了 80 多场高尔夫，其中有超过 30 场都是在安德鲁斯空军基地打的——人们曾看到他打完球后，疲惫地走在安德鲁斯球道上的身影。

奥巴马经常带着白宫年轻的工作人员一起打球，想以此打发时间来逃避他所厌倦的政治活动。他没有像以前的总统那样，利用高尔夫活动跟国会成员或者商业领袖进行政治交易。

然而今时不同往日，奥巴马这次打高尔夫可是不折不扣的政治聚会。虽已是9月的早上，天还有点儿阴，奥巴马和克林顿在10点左右到达了球场。他们二人都带了重要的顾问随行：奥巴马带了他的办公室主任威廉·戴利，戴利曾任克林顿时期的商务部长；克林顿则带了自己的心腹、政治顾问道格·班德。

外人很少听说过班德，他大学一毕业就加入了克林顿政府，成了克林顿身边的人，帮总统拎包，拿健怡可乐。最终，道格成为克林顿最重要的得力助手。克林顿待道格就像儿子一样。

"关于道格，有一件重要的事情我们不得不提。在1994年克林顿支持率从60%跌至39%的时候，道格从某种程度上扭转了克林顿总统职业生涯的困境。"克林顿的前顾问保罗·贝加拉说，"如今克林顿与纳尔逊·曼德拉[①]及罗马教皇齐名，成为世界上最受爱戴的人之一，是美国最重要的政治巨头。正是年纪轻轻的道格促成了这一切，这不得不令人对他刮目相看。"

班德对克林顿的重要性是毋庸置疑的，但是班德的某些行为也引发了诸多争议。《华尔街日报》在2007年的一份调查报告中，揭露了克林顿商业网站和慈善机构涉嫌道德不端，而班德正是这些机构的负责人。而《华尔街日报》并不是批评班德行事风格的唯一媒体。"一边是班德一手缔造并运营了六年的'克林顿全球倡议'，一边是他不遗余力拓展的'提尼欧咨询公司'（班德与他人合办的咨询公司）。有人担心这两个机构的客户可能会有重叠，"亚历克·麦吉利斯在《新共和》中写道，"希拉里还打算把家庭基础作为她竞选总统的基点，但是混乱的

① 纳尔逊·曼德拉，南非黑人领袖，曾因在废除南非种族歧视政策方面做出的巨大贡献而获得了1993年的诺贝尔和平奖。

慈善运营状况很有可能会给她带来麻烦。”

今天，克林顿穿着黑色便裤和亮红色高尔夫球衣。奥巴马则一身灰色，身着卡其裤配高尔夫球帽。和往常一样，奥巴马的腰上挂着黑莓手机，用来跟贾勒特和米歇尔保持联络。两位总统上了同一辆高尔夫球车，由奥巴马开车；戴利则和道格乘另外一辆高尔夫球车随行。

“他们打球的时候并没有计分，”球童说，“他们打球也不是为了比赛。那天空气特别潮湿，两人每打完一杆就迅速回到车中，但身上还是被汗水浸透了。这里的夏天本来就湿得跟沼泽地似的，况且 9 月份夏季还没结束。”

“克林顿好像很焦虑，”球童继续说，“他不停地做手势，说话。相反，总统却没怎么言语，神色平静而又坚定地望着前方，没有和克林顿进行眼神交流。我离他们很远，听不清他们谈话的内容。情报机关的工作人员恪尽职守，确保两位总统拥有足够的私密空间，不被外人打扰。”

媒体人员被拦在了铁栅栏后面，根本听不到他们说什么，所以第二天关于此次高尔夫球场聚会的报道寥寥无几。《纽约时报》对该事件进行了简要总结：“奥巴马晚些时候在国会黑人议员协会的晚宴上发表了讲话，详细叙述了他和克林顿的谈话内容。他同数千位就餐者说，他和克林顿先生表达了他要向富人征税的决心。布什政府时代对高收入者的减税政策在 2012 年到期后将不再延期，最高税率将恢复到克林顿政府时期的适当水平。克林顿先生也回忆说，虽然共和党人不看好他，但是在他担任总统期间，美国经济一直繁荣向上。”

然而事实并非如此。

克林顿没有浪费时间跟奥巴马探讨自己任职八年期间的繁荣经济，以及奥巴马在执政期间，对美国陷入了自大萧条以来最长的经济停滞期所表现出来的无能为力。

“敢挑战奥巴马的人没几个，而克林顿就是其中之一，而且乐此不疲，”克林顿夫妇的一位朋友在和他讨论此次高尔夫之行时说，“他在和奥巴马一对一的时候，把握住了自己的优势。现任总统们大都和前总统有严重的分歧。”这两位总统同属一个党派，脾气都十分暴躁，分歧也很多。

“克林顿开门见山，”此人继续说，“他告诉奥巴马：‘我和希拉里正在为2016年的大选做准备。’他说希拉里可能会成为历史上‘最符合条件、最有经验’的候选人。听到克林顿提及希拉里的丰富经验，奥巴马皱了皱眉头。很显然，这戳到了他的痛处。毕竟，缺乏经验是奥巴马竞选总统的一大劣势。

“于是，克林顿继续滔滔不绝地谈论着希拉里的能力和即将到来的2016年大选。奥巴马一开始没有反驳，而是多次转移话题。突然，奥巴马说出了一句让克林顿吃了一惊的话，他说：‘你知道，米歇尔同样也是优秀的总统候选人。’克林顿气得一时哑口无言。难道奥巴马是在拿米歇尔和希拉里做比较吗？克林顿说如果不是必须和奥巴马达成协议，他可能早就愤怒地冲出球场了。”

在克林顿看来，将米歇尔和希拉里放在一起比较着实有些荒唐，但是奥巴马却不这么认为。米歇尔一向以不问政治而著称。米歇尔在芝加哥的朋友称，米歇尔生性刻薄多疑、冷漠自私，根本不适合参加需要妥协和让步的政治活动。白宫东翼的公共关系办公室中有专人为米歇尔打造第一夫人的形象，他们将她定位为瘦身主义者。当她伴着音乐同艾伦·德詹尼丝或者和吉米·法隆大方热舞时，是她最开心的时候。

但是米歇尔的民调支持率高达60%，跟克林顿和希拉里持平。而且作为公众人物，米歇尔的自信心也越来越强。因此，她已经开始偷偷地重新考虑自己对政治的态度了。

据贾勒特的密友说，贾勒特曾提到米歇尔正在考虑是否成立一个政治决策委员会，来决定米歇尔是否应该参选伊利诺伊州的参议员。目前该职位由共和党人马克·柯克占据，而柯克自2012年1月中风以来一直没有完全康复，他有没有体力完成连任竞选都还是个问题。

“米歇尔和贾勒特正忙着积累总统夫妇二人的政治遗产，”贾勒特的一位朋友说，“儿童健康、关爱老兵、爱护环境还都只是刚刚开始。二人想要和她们交好的国会成员在议案上加上米歇尔的名字，以便为她竞选参议员增加一些立法方面的成就。她们正在争取更多人的支持。奥巴马对她们的行为不仅毫不干涉，而且全力支持。因为，帮助米歇尔实现政治抱负就是在帮助自己。很明显，奥巴马想要建立一个属于自己的王朝，周围的人都知道这是他的目标。他们想让自己拥有的权力延续到未来。”

因为米歇尔的目标已经锁定了伊利诺伊州的参议员职位，所以她保留了自己在芝加哥的居所，并且愈发频繁地回伊利诺伊州的家乡。此外，芝加哥市长拉姆·伊曼纽尔也鼓励她杀回战场，竞选参议员。

自从伊曼纽尔卸任白宫办公室主任以后，就和米歇尔重归于好了。在奥巴马的内阁中，他算是声誉较好的一个。“现在奥巴马可以放心地听取伊曼纽尔的政治意见并接受他的帮助，不用担心米歇尔和贾勒特会生气了。”一个曾经和伊曼纽尔一起工作的人说。

据贾勒特说，米歇尔还没有最后决定是否竞选参议员。实际上，米歇尔很有可能临阵退缩，放弃这个心血来潮的想法。但是，贾勒特却向米歇尔保证，如果第一夫人允许，她肯定立即从白宫辞职，全力为米歇尔竞选效劳。

民主党人埃德·伦德尔曾任宾夕法尼亚州州长，也是最精明的政治经理人之一。他曾对本书作者说："政治家们达成协议不一定要有口头承诺或书面协议，他们可以完全凭直觉。我没有听到克林顿在和奥巴马打高尔夫的时候说'你要是支持希拉里2016年竞选总统，我就帮你做事'。我敢跟你赌上我的全部身家性命，克林顿肯定没有说过这样的话。当然，这样明确的协议也不是奥巴马的风格。"

埃德·伦德尔是对的。克林顿和奥巴马在高尔夫球场的4小时中，他们从来没有使用过"交易"或者"交换条件"这样的字眼。但是，克林顿可是谈判大师，他最擅长和精明的人进行交涉。所以，他还是抓紧一切机会跟奥巴马商讨自己准备好的话题。

首先，他想要奥巴马让他的捐赠者和基金会豁免希拉里在2008年总统竞选中欠下的超过25万美元的债务。

大卫·普洛夫对奥巴马说，克林顿很可能在打高尔夫的时候提起这件事，而且他说这是为了获得克林顿的配合必须要付出的代价。虽然奥巴马觉得这个想法实在荒诞至极，跟勒索没什么两样，但他还是听从了普洛夫的意见。

因此，奥巴马点头同意，债务终于一笔勾销。

克林顿告诉奥巴马，如果他抛弃副总统乔·拜登，那么希拉里就有可能会接受副总统的提名，成为奥巴马新任竞选伙伴。克林顿说如果有了希拉里这张王牌在手，奥巴马的连任概率肯定会大大提升。

两人都心知肚明，克林顿关心的根本不是奥巴马，他只是想为希拉里2016年的总统提名做准备。

"克林顿认为，如果希拉里担任副总统，帮助奥巴马一同竞选，这对于提高2016年她在民主党内的排名肯定大有裨益，"希拉里的一位密友在接受采访时说，"克林顿认为到时候他们就不需要为总统提名跟其他人争得头破血流了。他们能给自己省下大量的时间、金钱和精力，避免一场恶战。”

“毕竟，希拉里曾协助克林顿一起管理政府长达八年之久，所以她很怕有人说她是傀儡，”该消息人士继续说，“但是，克林顿还是觉得他有希望说服希拉里接受第二把交椅。如果奥巴马亲自邀请希拉里担任竞选伙伴，她肯定很难拒绝。”

替换拜登并不是什么新鲜事。早在2010年的秋天，鲍勃·伍德沃德[①]就提到奥巴马曾在美国电视新闻网中露面时说，要用希拉里代替拜登。作为补偿，他将让拜登接替希拉里在雾谷的工作。

后来在2012年8月，即奥巴马和克林顿高尔夫会面的前一个月，我在福克斯商业频道《卢·道布斯晚间新闻》里，报道了贾勒特邀请希拉里在白宫西翼曾是希拉里的办公室内共进午餐的事件。在吃沙拉的时候，贾勒特曾问希拉里对副总统之位是否有兴趣。

“有一大堆支持者会为你投票，”贾勒特说，“你将会成为竞选中的制胜法宝。”

据消息人士称，希拉里当时告诉贾勒特：“谢谢，我心领了。但是这间办公室我来过，该经历的都经历过了，现在实在没什么兴趣。”

在我爆出希拉里和贾勒特秘密会面事件的一年后，马克·霍尔柏林[②]和约翰·海勒曼[③]在他们的著作《双倍下注》中揭露道：“实际上，奥巴马集团的高层一直在讨论是否要让希拉里取代拜登的事情。除了讨论，他们还在竞选的民调小组中暗地里间接地试探了一下。戴利（也曾是克林顿时期的官员）毫不避讳地表示看好希拉里，他觉得这个办法可行。”

---

① 鲍勃·伍德沃德，美国《华盛顿邮报》助理总编辑，从事新闻记者和编辑工作30多年，是8本名列美国第一的非小说类畅销书的作者或合作者。

② 马克·霍尔柏林，美国著名政治评论员、作家。

③ 约翰·海勒曼，《纽约客》专栏作家。

克林顿在和奥巴马打高尔夫球的时候提到了这件事，当然他还不知道戴利在小组讨论中搞过测试，但他毫无疑问已经知道希拉里和贾勒特的对话。此外，克林顿肯定能推断出来，如果贾勒特没有得到总统包括第一夫人的批准，肯定不会和希拉里讨论让她担任副总统的事。在克林顿看来，这件事已经摆在台面上了。他觉得奥巴马邀请他来打高尔夫肯定会和他严肃地讨论一下将希拉里作为副总统候选人的事情。

然而，当克林顿提到希拉里名字的时候，奥巴马并没有直视他的眼睛，而是装出一副毫不知情的样子，仿佛他对放弃拜登以及贾勒特和希拉里的对话全都毫不知情。他对克林顿说："我还是喜欢老乔。"随后他又补充道，"老乔没少帮我。"接着奥巴马就转换话题了。

由此，希拉里作为副总统并担任奥巴马竞选伙伴的事根本就无从谈起。之后克林顿提到了佛罗里达州国会女议员黛比 · 沃瑟曼 · 舒尔茨，奥巴马让她担任民主党全国委员会主席，而克林顿对舒尔茨的工作表现持有保留意见。

很显然，奥巴马也不满意舒尔茨的工作。他授意大卫·阿克塞尔罗德和吉姆·梅西纳向洛杉矶市长安东尼奥 · 维拉莱戈萨抛出橄榄枝，因为他们认为维拉莱戈萨可以提高民主党在西班牙人中的支持率。"我接到了梅西纳和阿克塞尔罗德的电话，他们问我想不想成为民主党全国委员会的主席，"维拉莱戈萨告诉作者说，"但是他们想让我待在华盛顿特区，所以如果我要接受这份工作，就必须得放弃洛杉矶的事业。能为总统服务肯定是无上的荣耀，但是我不想因为这个职位而放弃在洛杉矶的工作。"

克林顿和洛杉矶市长关系亲密，所以他知道维拉莱戈萨没有接受这份工作。他觉得民主党全国委员会主席之位有可能出现空缺。克林顿建议说，如果奥巴马想要替换舒尔茨，他可以推荐更好的人选。换句话说，他想让奥巴马将民主党的控制权移交给他。

奥巴马听了之后又笑了笑，也没说什么。他怎么可能把民主党的控制权交给克林顿的人呢?

看着克林顿最终把要说的事情都说完了，奥巴马转向克林顿，说出了普洛夫事先为他编排好的台词：

“我想让你在2012年的竞选中助我一臂之力。”奥巴马跟克林顿说。

TIPS

美国共和党全国代表大会

美国共和党的最高权力机构是全国代表大会，每四年召开一次，在总统大选年召开。其主要任务是确定该党的总统和副总统候选人、通过竞选纲领，以及处理包括选举党的官员、修订党的规则等党务。大会由共和党全国委员会负责主办，全国委员会是共和党的常设最高机构，由主席领导，每年召开两次会议。

和美国民主党一样，共和党全国代表大会的召开，标志着该党总统预选阶段的结束和大选竞选活动的开始。

第十二章　至关重要

在克林顿看来，他和奥巴马达成的协议至关重要，也是牢不可破的。但希拉里却不这么认为，她曾见过奥巴马在重大事情上一次次地出尔反尔、过河拆桥。

在克林顿看来，他和奥巴马达成的协议至关重要。

当天下午晚些时候，克林顿笑容满面地回到了位于怀特黑文的家中，然后跟希拉里详细叙述了打高尔夫时的事情。他觉得这次和奥巴马达成的协议和他与其他政客达成的协议一样牢不可破。

希拉里和朋友聊天时曾提到克林顿说："我和奥巴马握了手，还跟他说'我会帮你赢得连任'。反正他要什么我就给他什么。这回他可欠我们一个大人情。"

希拉里喜出望外，于是就和克林顿开了一瓶价值不菲的水晶香槟畅饮庆祝。这对他们来说可是很罕见的。

但是希拉里还是表达了自己的顾虑。她和奥巴马相处很久，比较了解他。她曾见过奥巴马在一些重大事情上出尔反尔，比如给内阁成员许诺职位和升职，但是之后却过河拆桥。奥巴马就曾经向她承诺让她参与所有外交政策的制定，但是他从来都是自作主张，从不和希拉里商量，只等为时已晚的时候才知会她一声。

“在这件事情上我们能信任他吗？”希拉里问，“我们能信任他吗？”

“我对他的信任程度跟对其他政客差不多，”克林顿答道，“要不然 2016 年的总统竞选中他还能支持谁呢？难道他要支持米歇尔吗？”

他俩都觉得这太好笑了。

TIPS

美国的“总统之乡”

美国 43 位总统中，有 8 位是弗吉尼亚人：乔治 · 华盛顿、托马斯 · 杰斐逊、詹姆斯 · 麦迪逊、詹姆斯 · 门罗、威廉 · 哈里森、约翰 · 泰勒、扎卡里 · 泰勒和伍德罗 · 威尔逊。因此弗吉尼亚又被称为“总统之乡”。

弗吉尼亚州为美国最初的 13 州之一，也是美国历史最悠久的州之一。1607 年英国就在沿海的詹姆斯敦建立起北美第一块定居点。取名“弗吉尼亚”是为纪念英国伊丽莎白女王一世对开拓英国殖民事业的贡献。

第二部

回 报

Part Two: The Payoff

2012 年初，克林顿开始代表奥巴马竞选。从情感上来讲，克林顿想看奥巴马输。但是从理性的角度来讲，他不得不说服自己，全力以赴帮助奥巴马击败罗姆尼。他不辞辛苦地为奥巴马卖力宣传，他的表现让奥巴马团队喜出望外。

第十三章　哈区总统

自从克林顿卸任后将办公室搬到哈莱姆区以来，这里发生了翻天覆地的变化，不光经济复兴，中产阶级的比例也扩大了。他说哈莱姆区的复苏他有很大的功劳，他甚至自夸道：哈莱姆社区的人们都将他视为美国第一个为黑人服务的总统。

高尔夫会谈之后，克林顿一直在焦急等待奥巴马的消息。但是一个月过去了，白宫却没有任何动静，克林顿难掩心底的不安，他开始担心奥巴马是不是在故意耍他。

“他为什么不给我打电话呢？”克林顿问希拉里。当时在场的一位朋友称克林顿曾抱怨说：“这个混账可能觉得并不需要我。”

这正是奥巴马想要制造的效果。他最终向克林顿求助，并没有听从自己最亲信的顾问贾勒特的意见，后者曾一直提醒他高尔夫会面是个错误。同时，向克林顿——这个自己最鄙视的人寻求帮助，深深地伤害了奥巴马的虚荣心。他发现再进行下一步已经很难了。奥巴马不想让人觉得自己悲哀无助、摇尾乞怜。他不能给克林顿机会羞辱自己。由于虚荣心作祟，再加上贾勒特的推波助澜，所以他一直拖着没给克林顿打这个意义重大的电话。

“就让克林顿等着吧。”每次奥巴马内心动摇想给克林顿打电话的时候，贾勒特都这么跟奥巴马说。

但是，奥巴马的竞选策略师普洛夫十分看好克林顿，几个星期的僵持战术已经耗光了他的耐心。他提醒总统，迟疑不决是万万不可取的。如果奥巴马继续晾着前总统克林顿，有可能会让二人之间的关系变得愈发生疏，而克林顿会鼓动党内赞助人和民选官员，这势必对奥巴马竞选不利。

终于，还是奥巴马妥协了。他在感恩节前给克林顿传话，说要派竞选团队中最核心的四个成员前往克林顿位于哈莱姆区的办公室拜访他。这四个人分别是：竞选策略师大卫·阿克塞尔罗德、竞选经理吉姆·梅西纳、民意分析师约尔·本尼森以及民主党全国委员会执行理事帕特里克·加斯帕德。

阿克塞尔罗德的迟到使会面一开始就显得不太顺利。他用不修边幅的打扮（褶皱的西装，磨旧了的衬衣领子）掩饰自己极强的好胜本性。迟到是他一贯的战术，目的是为了突显自己的重要性。克林顿觉察到了这一微妙的信号，他跟阿克塞尔罗德打了个招呼，但是心里却很不痛快。

克林顿和阿克塞尔罗德的关系十分复杂。阿克塞尔罗德曾一度是克林顿团队的一员，他曾为希拉里竞选纽约州参议员鞍前马后奋力奔走。阿克塞尔罗德的女儿劳伦患有癫痫，克林顿夫妇还帮助他及其妻子苏珊建立了“癫痫研究公民联合会”，呼吁公民共同抵御疾病。但是在2008年民主党的初选中，阿克塞尔罗德却背叛了克林顿夫妇，归于奥巴马麾下。对于他的政治背叛，克林顿从未释怀。

然而二人之间的不和还不止于此。“2007年12月，巴基斯坦前总理贝娜齐尔·布托[1]遇刺身亡，阿克塞尔罗德对此发表了自己的看法，引发向来与布托交好的克林顿夫妇的不满。”《政客》杂志报道说，“‘希拉里强烈支持伊拉克战争，’阿克塞尔罗德当时说，‘所以政府才将行动重点从阿富汗、巴基斯坦和基地组织转移到伊拉克，这些被我们忽视的恐怖分子全都有可能参与刺杀事件。这个问题是希拉里需要解释清楚的。’美国有线电视新闻网将阿克塞尔罗德的言论总结为‘是不是希拉里·克林顿导致了贝娜齐尔·布托的死亡呢？’——比尔·克林顿也难辞其咎。”

阿克塞尔罗德和克林顿已经很久没有见过面了。他和很多人一样，对美国第42任总统的印象还停留在当年。在他的脑海中，克林顿应该还是那个人高马大、身体强壮、正值壮年的硬汉。结果，当阿克塞尔罗德亲眼见到克林顿本人时，着实吃了一惊。

克林顿伸出颤颤巍巍的右手去和阿克塞尔罗德握手。他的身材也缩水了，即使价值不菲的定制西装也掩饰不住。大大的头和瘦削的身体显得很不协调。他原来的头发又多又粗，现在掉了很多，越来越稀了，甚至还能瞥见粉色的头皮。

去年夏天，白宫里还在为是否要寻求克林顿的帮助而吵得不可开交。当时，阿克塞尔罗德反对贾勒特，支持普洛夫。但是，现在他开始有些怀疑自己的选择了。

这个蹒跚孱弱的老人还是他想象中的那个能挽救奥巴马的政治魔术师吗？说到底，选举是个重体力活，非常考验人的体力和耐力。克林顿能坚持到底完成任务吗？他的能力现在如何呢？会不会也随着他的身体一起衰退了呢？

---

① 贝娜齐尔·布托，巴基斯坦前总理，人民党领导人。2007年12月27日在伊斯兰堡邻近的拉瓦尔品第市举行的竞选集会上遭遇自杀式袭击受伤，不治身亡。

克林顿对朋友说，他知道自己的外表变化很大，和他从前给人们留下的印象相去甚远，很有可能让人惊慌不安。他已经65岁了，而外表看起来却比实际年龄更老一些。这都是因为他的健康状况越来越糟，甚至曾经还有几次他和死神擦肩而过：2004年，他接受了四冠状动脉搭桥的紧急手术；2005年，为了去除左胸腔增生的疤痕组织和流体，他又接受了一次紧急手术；2010年，他再次为了清理心脏阻塞而接受了紧急动脉支架手术。

克林顿现在形容枯槁，身形瘦削，感觉多活一天是一天。他非常坦率地承认自己为了健康地活着付出了很多努力。他曾经非常爱吃麦当劳的巨无霸汉堡和薯条，现在他却是个严格的素食主义者，坚决不沾一点儿荤腥。为此，他瘦了24磅，重回高中时的体重。他还练习佛教冥想，减轻压力。

克林顿从不避讳提到手抖的问题。

他已经和医生确认过了，自己的手抖不是帕金森症。“我手抖是年纪大了的缘故，”他在“克林顿基金会”赞助的高尔夫球锦标赛上说，“你可能注意到了，我累的时候手会有点儿抖。很多老人都这样。”

其实，坦承自己年老体弱也是克林顿将政治劣势转化成优势的策略。他想向人们传递这样的信息：他不再是过去那个年轻浪荡、不守规矩、性爱成瘾的布巴人了。他有意识地强调自己年事已高：行动也慢了，说话也随性了。这就是他为自己打造的新形象：一位有亲和力、有智慧的长者。

这都是克林顿重新树立形象的手段。在他离开白宫的十年中，他一心一意地想要重塑形象，重写历史。为此，克林顿创立了规模庞大的“克林顿基金会”，慈善捐款总额多达数十亿。他每年举行的“克林顿全球倡议”会议吸引了各个领域的精英，其中包括各国政要首脑、诺奖得主、商界领袖和社交名流。他积极投身于各项慈善事业，还经常前往发展中国家考察。在投身慈善的过程中，他逐渐成为当今最积极、最受欢迎的前总统。跟他相比，爱管点儿闲事的吉米·卡特总统自然显得黯然失色。

曾经的“滑头威利①”（诸多贬低克林顿的绰号之一），现在已经改头换面，成功地转型为当今世界最伟大的老政治家了。

总体来说，美国人民对他的做法还比较买账。他们好像突然集体失忆，忘记了克林顿曾经的过失，认定他是睿智年长的民族领袖。他们喜欢克林顿的即兴演讲，爱听他自嘲的笑话、半真半假的陈词和自圆其说的政治警句。

甚至一些共和党人也发出反常的论调：他们说克林顿执政的年代国家预算平衡，内部改革完善，中产阶级增多，美国雄踞世界，没有对手，可以称得上是美国的黄金时代。

这是克林顿“东山再起”的华丽回归。从克林顿成为总统候选人至今的20年时间里，现在是克林顿最受欢迎的时候。不管阿克塞尔罗德和他的团队有没有意识到，面前这个面色苍白、颤颤巍巍、形容憔悴的威廉·杰斐逊·克林顿绝对是贝拉克·奥巴马最有力的支持者。

克林顿自豪地向奥巴马的来访团队炫耀，从自己位于大厦十四层的办公室，可以俯瞰整个哈莱姆黑人区。他指出自他卸任后将办公室搬到哈莱姆区以来，这里发生了翻天覆地的变化，不光经济复兴，中产阶级的比例也扩大了。他说哈莱姆区的复苏他有很大的功劳。在带领大家参观办公室的时候，克林顿自夸道，哈莱姆社区的人们都将他视为美国的第一个为黑人服务的总统。但是鉴于阿克塞尔罗德曾与真正的第一个黑人总统共事，克林顿说的话似乎就有些班门弄斧了。

---

① 滑头威利，克林顿的绰号之一，形容他很滑溜，能躲能闪，遇到麻烦总能全身而退。

"出于对克林顿的敬畏，阿克塞尔罗德和梅西纳行为谨慎，就像是去特尔斐[①]跟神谕者朝圣一样，"随后，一位民主党人在补充克林顿和奥巴马团队会面细节时说，"他们从克林顿办公室的窗户向外眺望，对窗外的景色大为赞赏。他们还称赞克林顿民调支持率高达 60% 多，很受选民欢迎，尤其是白种人、工人阶级和犹太人。听着他们的恭维，克林顿感到非常满意。"

梅西纳后来用幻灯片向克林顿展示了奥巴马各阶段的竞选策略。他对克林顿说，在当前竞选阶段，总统有两条可供选择的思路，但是他还没决定好主要往哪条路上砸钱宣传。一个是攻击共和党的候选热门人物米特·罗姆尼，说他是不值得信任的墙头草；另一个则是抨击罗姆尼，但是要说他是脱离民众的右翼富豪，说他会害了中产阶级。

阿克塞尔罗德打断了梅西纳，他说他不认为这两条路线是互相排斥的。在他看来，罗姆尼在这两方面都容易受攻击，可以同时攻击他既是失信的墙头草，又是脱离人民的大财阀。

而克林顿却不这样认为，他强烈反对说罗姆尼向来都是墙头草。至于他为何反对，我们就不得而知了，可能是想和阿克塞尔罗德斗气，也可能是觉得阿克塞尔罗德的判断确实存在严重失误。

据在场的一位参与者回忆，克林顿当时说："曾经有人想攻击我，说我是墙头草，但是根本不管用。我同意攻击他是右翼分子。这个策略对筹集竞选经费也有帮助。"

---

① 特尔斐，希腊比较受欢迎的考古遗迹。人们认为特尔斐并不是一处普通的遗迹，有其特殊的意义。特尔斐在古代被认为是已知世界的中心，是天堂与大地相接的地方，是人类在地球上最接近神明的地方。

克林顿和阿克塞尔罗德的争论还在继续，但是奥巴马团队的成员却愈发觉得克林顿的状态令人担忧。克林顿看上去虚弱无力，根本不具备竞选所需要的体力。

因此，吉姆·梅西纳临行前直截了当地表达了自己的疑问，他问克林顿能为奥巴马的宣传付出多少时间和精力呢？

“我会全力以赴，”克林顿说，“别担心。我肯定会让你们的老板获得连任。”

TIPS

林肯总统

亚伯拉罕·林肯，美国第 16 任总统，首位共和党总统，也是首位被暗杀的美国总统。他任总统期间，美国爆发内战，史称南北战争。林肯坚决反对国家分裂。1862 年 9 月 22 日，林肯发表《解放黑人奴隶宣言》，宣布自 1863 年 1 月 1 日起废除叛乱各州的奴隶制，奴隶将成为自由人。1863 年，他在著名的葛底斯堡演说中提出“民有、民治、民享”的口号，鼓舞士气，于 1865 年 4 月取得内战胜利。1864 年 11 月 8 日，林肯再次当选为总统。1865 年 4 月 14 日晚，林肯在华盛顿福特剧院观看喜剧《我们的美国亲戚》时遇刺，次日逝世。

第十四章　暗中怀疑

2012 年初，克林顿开始代表自己的最佳损友奥巴马竞选。他的表现让奥巴马团队喜出望外。尽管一直不辞辛苦地为奥巴马卖力宣传，克林顿的心里其实也很疑惑，他不知道自己到底应不应该担任总统的发言人，因为他打心底不想让奥巴马连任。

5 月底，克林顿参加了美国有线电视网的《皮尔斯·摩根今夜秀》，因为他的好友、电影大亨哈维·温斯坦正担任该节目的客座主持。

一开始，好莱坞巨星和政坛巨擘先聊了一些关于电影的趣闻，看似和政治毫无关系。但是作为奥巴马的最主要募捐者之一，温斯坦还是将话题转向了政治，竭力给克林顿推销总统候选人奥巴马制造机会。然而，克林顿却完全跑题，既没有称赞奥巴马，也没有批评罗姆尼。

温斯坦身着好莱坞标准服饰：黑色西装，白色衬衣，黑色领带，下巴有短须。他是典型的好莱坞自由派人士，自以为是，自相矛盾。他曾公开表示支持严格限制枪支的法律，但他却从昆汀·塔伦蒂诺[①]拍摄的电影狂卷数百万美元，全然不顾里面满是血腥和尸体的场面。他曾为儿童慈善组织捐出巨款，但是却不认为罗曼·波兰斯基[②]应该为吸毒和强奸13岁少女受罚。他曾拍摄了很多广受好评的非主流电影，其中《莎翁情史》还获得了奥斯卡奖，但是也因为威胁电影导演而被踢出局。

温斯坦当晚没有显露出一丝流氓做派，而是乖乖地把臃肿的身体塞进主持人该坐的椅子里，盯着美国有线电视网的摄像机镜头，声音略显沙哑，他承认自己怯场。

“您知道的，”他在电视演播室里对坐在桌子另一边的克林顿说，“您能坦然地和人打交道。我每次看见您，您都很放松。您敢当着别人的面直言不讳。但是您知道的，我有点儿紧张。您是怎么应对紧张的呢？”

“直视对方的双眼，”克林顿说，“然后你就会忘了边儿上任何事儿。”

“我只有在跟人讨论电影的时候才会觉得自然，”温斯坦说，“您最喜欢哪一部电影啊？”

“《正午》[③]是我第一部看了不止一次的电影……我敢说我看了得有25或30次。”克林顿回答说。

“您后来发现这部电影是反对麦卡锡的吗？”温斯坦问道。

“是的，我后来察觉到了，”克林顿说，“但我还是很喜欢这部电影，因

---

① 昆汀·塔伦蒂诺，20世纪90年代美国独立电影革命中重要的年轻导演，以独特的个性及对商业电影和艺术电影均有深刻理解著称，擅长非线性讲述故事、难忘的对白及血腥场面，致力于将美国本土B级片的黑色暴力风格发扬光大。

② 罗曼·波兰斯基，法国大师级导演，凭借自己拍摄的短故事片引起欧洲电影界的关注，曾因被指控与一名13岁女孩发生不正当性关系而被美国警方通缉。

③ 《正午》，美国电影，描述了以孤独的正义对付邪恶的故事，因主人公的遭遇和处境与总统的境遇相类似，所以该片自上映以来，就成为历届美国总统最爱观看的影片。

为它不是典型的西部硬汉片。加里·库珀饰演的角色孤身一人，害怕得要死，最终却还是做了正确的事。”

“您在当总统的时候，有没有觉得自己像库珀扮演的执法官一样，看着城里的居民四下逃窜，只剩自己孤身一人面对敌人？”

“有时候会，”克林顿说，“大部分人都不支持我在波斯尼亚和科索沃所做的事情。你有时得问自己，最终结果是什么？当看到加里·库珀最终骑马出城的时候，城里的居民很开心。能够摆脱弗兰克·米勒及其党羽，他们高兴得不得了。这其实是一回事。”

“现在，如果我要拍一部关于您生平的电影，您愿意让谁来出演您呢，总统先生？”温斯坦问道，“布拉德·皮特，还是乔治·克鲁尼？”

“布拉德·皮特太帅了。”克林顿说，“乔治·克鲁尼体型和我差不多……但是他也很帅，但是，您知道的，如果你可以往他的鼻子上放一些填充物，让他的鼻子显得圆一点，然后再给他化化妆，估计就会像我了。”

在当今所有前总统，甚至所有政治家中，如果说妙语连珠和智慧超群，没人能比得上克林顿。不管是电影还是马赛人的婚俗，他都能口若悬河，侃侃而谈。

凭借着独特的天赋，克林顿赢得了美国所有观众的青睐，不管黑人还是白人、老人还是年轻人、男人还是女人、穷人还是富人，都为他所折服。2012 年初，他开始代表自己的最佳损友奥巴马竞选。期间，他更是将这个天赋发挥得淋漓尽致，兑现了自己当时向竞选经理吉姆·梅西纳许下的诺言：帮助奥巴马赢得连任。

在 2012 年的前几个月里，克林顿为现任总统奥巴马在几个中西部战场州进行巡回政治演说。他向奥巴马最不擅长吸引的蓝领白人投票者讲述自己执政期间的良好经济增长记录，将他的衣钵传递给了奥巴马。他还和奥巴马共同露面，其中有一次是在克林顿密友特里·麦考利夫的郊区家中。当时，麦考利夫正打算要竞选弗吉尼亚州的州长。克林顿对批评奥巴马执政期间经济记录的言论进行了回应。他说，一般要让经济从房市崩盘而造成的经济危机恢复过来要10年。如果用这样的标准来衡量，奥巴马非但没有“拖进度，反而是提前完成任务了”。

在竞选演讲期间，克林顿同意参演了一个时长17分钟的竞选视频。该短片由奥斯卡最佳纪录片获奖导演戴维斯·古根海姆[①]亲自操刀，主要是想赞扬奥巴马批准奇袭奥萨马·本·拉登并将其杀死的军事行动。

“奥巴马选了一条更艰难、更光荣的路，”克林顿在视频中说道，“当看到那一幕时，我自思自忖，我多希望那是我下的命令啊。”

克林顿的表现让奥巴马团队喜出望外。仅仅凭借采访中的一个30秒片段，他们就在竞选运动中连续5个月一路领跑，直到大选那天。

但是和往常一样，与克林顿有关的事情向来都不会简单直接。虽然一直不辞辛苦地为奥巴马卖力宣传，克林顿还是向朋友吐露了一直埋藏在自己心里的疑惑，他不知道自己到底应不应该担任总统的发言人,因为他打从心底里不想让奥巴马连任。

克林顿的一位老友在竞选运动中经常和他谈话，这位老友说克林顿曾提到：“从战略角度看，如果2016年和希拉里竞争的是一位共和党在任总统，那么她的优势会更为明显。原因很简单，该死的奥巴马是民主党人，他已经当了8年总统，选民很有可能已经对民主党审美疲劳了。不管怎么说，克林顿终归是克林顿，这次权当是为将来帮希拉里竞选练手了。”

---

① 戴维斯·古根海姆，美国电影导演与制片人，曾凭借《不愿面对的真相》获得第79届奥斯卡金像奖最佳纪录片奖。

5 月份米特·罗姆尼得到共和党提名后，一些政治观察员注意到了克林顿对这次总统竞选的矛盾态度。

“从某些角度来看，”雷恩·利兹在《纽约客》中写道，“如果奥巴马在 11 月的竞选中失利，那么无疑希拉里就会成为民主党的领袖，这将会大大加快她入主白宫的步伐。至少克林顿最亲近的一位顾问似乎很支持这个策略。据能够接触到第一手资料的两个消息人士称，克林顿的得力助手道格·班德已经说他要投票给罗姆尼了。”

克林顿如果再克制一点儿，就会把对奥巴马的感觉藏在心里，但是他已经习惯了将脑中的想法直接表达出来。这有利于帮他和观众建立密切的联系，但也总是让他陷入困境。作为一个世界顶级话痨，他一向口不择言，不计后果。《纽约时报》的专栏作家莫琳·多德和其他一些人将克林顿比作自我摧毁的大笨狼怀尔[①]。

在《皮尔斯·摩根今夜秀》的访问中，温斯坦提到了唐纳德·特朗普想要逼迫奥巴马出示出生证明的事情，并问克林顿对此有何看法。这本应是克林顿极力贬低特朗普和蔑视“出生地怀疑运动”的绝佳机会，然而克林顿非但没有抓住机会，反而称赞了特朗普。这间接佐证了特朗普对奥巴马的质疑：奥巴马确实并非出生于美国。

温斯坦：您打算怎样让美国公众忘记出生证事件呢？

克林顿：我不知道。

温斯坦：特朗普不觉得这样做很不地道吗？

① 怀尔，美国卡通片形象，经常朝悬崖跑或者越过悬崖边缘也没有察觉。

克林顿：我不知道。你也知道唐纳德·特朗普向来对我和希拉里都非常友好。我们都是纽约人。

温斯坦：刚好我也是纽约人。

克林顿：我喜欢特朗普。我还喜欢和他打高尔夫。

与克林顿接受美国有线电视网的温斯坦采访的同时，资金充足的奥巴马早已砸下过亿美金在电视上播放竞选广告了。他的目的就是将罗姆尼抹黑成不可靠的墙头草、蠢材、脱离民众的财阀，以及遇到复杂外交事件会紧张得手足无措的外交新手。更重要的是，奥巴马还在广告中揭发罗姆尼的隐私，说他曾担任贝恩资本[①]的私募股权执行官，根本没有资格当总统。

奥巴马在广告中将突出阶级仇恨作为政治手段，他说："我的对手认为像他那样每年赚 2 000 万美元的大富豪要比警察或者老师这样每年挣 5 万美元的人享受更低的税率。"

在奥巴马的一则竞选广告中，有人将贝恩资本形容为"吸人血的吸血鬼"。

不出所料，温斯坦在采访克林顿的时候也问到了有关罗姆尼的资格问题。克林顿本应抓住这一大好时机，运用说话技巧帮助奥巴马宣传，在坐实奥巴马对罗姆尼的抹黑宣传的同时，再趁机向他发出致命一击。

克林顿就是克林顿。他搞砸了：

温斯坦：罗姆尼州长现在一直说他在贝恩资本的时候创造了很多就业，还有他在私营领域有超过 25 年的经验。他似乎在针对某一特定群体，

① 贝恩资本，美国一家私人股权投资公司。

您觉得这会不会影响人们的判断，让人们觉得他能创造出现任总统创造不了的就业呢？

克林顿：我觉得他的话会影响和商人交好的人群。我觉得罗姆尼在商业领域做得十分出色，人们确实对此争议颇多。但是试想一下，如果你进入这一领域，想要拯救一家濒临倒闭的公司，刚好你和我都有朋友在公司投资。那么就有两种选择。第一，你可以投资一家公司，不断积累负债，拖垮公司，最终变卖所有资产，开除所有员工，让他们没有退休金。第二，你可以进入一家企业，削减开支，抱着救活企业的想法让它高效运行。当然，并非努力就能成功。你拍的电影也不一定部部都能引起轰动啊。

温斯坦：那是肯定的。

克林顿：所以我觉得我们不该让自己置身于说不清是好事还是坏事的境地……罗姆尼每天起床，去办公室，完成自己的使命，这没什么问题。他还当过州长，在商界也成就斐然，足以超过当总统的门槛要求。

TIPS

罗斯福家族

罗斯福家族出过 2 位美国总统。分别是第 26 任总统西奥多 · 罗斯福和第 32 任总统富兰克林 · 罗斯福。罗斯福家族的 2 位总统跨越了党派。西奥多 · 罗斯福是共和党人，1901 年至 1908 年任总统；他的远亲富兰克林 · 罗斯福是民主党人，1933 年至 1945 年任总统。富兰克林 · 罗斯福还是美国历史上唯一连任超过 2 届（连任 4 届，病逝于第 4 届任期中）的总统。

第十五章　利益冲突

从情感上来讲，克林顿想看奥巴马输。但是从理性的角度来讲，考虑到克林顿一派的晋升问题，他不得不说服自己，全力以赴帮助奥巴马击败罗姆尼。一方面，他想以帮助奥巴马连任居功；另一方面，如果奥巴马连任失败了，他则可以借机牢牢抓住民主党的控制权。

商界成就斐然！

奥巴马的基本竞选策略就是攻击罗姆尼在私募股权领域的业绩，克林顿却对其大加称赞，显然是蓄意搞破坏。这使得奥巴马竞选团队勃然大怒，克林顿这个家伙究竟要干什么？

事后，克林顿立刻向奥巴马团队道歉，表示自己说错话了，非常抱歉。他甚至还倚老卖老——克林顿的助手解释说，克林顿已经“65 岁高龄”了，免不了偶尔说错话。

但事实是这样吗？

按照《政客》的罗杰 · 西蒙的说法，“你永远都猜不透克林顿的心思，你能邀请他出山，但是你永远猜不出他会表现出好的一面，还是坏的一面”。

然而，有些人却不这么认为。

“克林顿当然知道自己在说什么了，而且他想表达的就是这个意思，”希拉里的一位密友解释道，“他在美国电视新闻网的采访中故意这么说的。他有自己的盘算。他认为已经和奥巴马达成了协议。所以，作为回报，奥巴马也应该对希拉里许下承诺，帮助她在 2016 年竞选总统。同时，奥巴马还应该把民主党全国委员会的控制权移交给克林顿夫妇，并双手奉上他们的竞选捐款人名单。然而奥巴马却只是嘴上说说，行动上却没有表现出诚意。克林顿之所以说罗姆尼在商业领域‘成就斐然’，就是想要给奥巴马敲一下警钟。”

“克林顿在被采访时改变主意其实还有其他原因，”该人继续说道，“你必须得了解克林顿的心理。自罗斯福之后，克林顿是首位成功连任的民主党总统，他很看重这一点。从历史角度来看，他想保持这一记录。即使他出错了，奥巴马仍可以继续成为民主党领袖，轮不到克林顿上位。但是克林顿预见的未来却是自己担任政党机器的领袖，帮助希拉里当选总统。”

“从这两方面看，”该人总结道，“奥巴马连任对克林顿并无益处。”

此刻，可能有些读者会提出异议：如果克林顿想要奥巴马输又怎么会全力以赴帮他竞选呢？这怎么解释得通呢？

我们必须记住：政客跟常人是不同的。他们之间的关系与感情无关。政治家之间的关系就像民族、国家之间的关系：没有永恒的朋友，只有永恒的利益。克林顿和希拉里是一体的，都属于克林顿一派的。

在即将到来的总统选举中，克林顿有可能从互相冲突的两方面获益。一方面，他想以帮助奥巴马连任居功；另一方面，如果奥巴马连任失败了，克林顿一派也不是全无好处，他可以借机牢牢抓住民主党的控制权。

从情感上来讲，克林顿想看奥巴马输。但是从理性的角度来讲，考虑到克林顿一派的晋升问题，克林顿不得不说服自己，全力以赴帮助奥巴马击败罗姆尼。

克林顿的两面性不仅会贯穿整个竞选运动，还会延续到以后的事件。

TIPS

杜鲁门总统

哈里·S. 杜鲁门，美国民主党政治家，第32任副总统（1945年），随后接替因病逝世的富兰克林·罗斯福总统，成为第33任美国总统（1945年—1953年）。1945年签署命令对日本长崎、广岛投放原子弹而加速第二次世界大战结束进程。1947年提出“杜鲁门主义”，要求国会拨款4亿美元援助希腊和土耳其，镇压当地人民革命运动。1948年批准以控制欧洲为目的的“马歇尔计划”。1953年卸任。1972年12月16日病逝于堪萨斯城。

第十六章　索要美差

克林顿给白宫传话，说他一定要在会议（民主党全国大会）第二天发表提名演说，别的都不接受。他还威胁奥巴马说，如果不满足他的要求，他就拒绝出席大会，而该演说通常是留给副总统的。

定于2012年夏末举行的民主党全国代表大会马上就要到了，克林顿想让奥巴马输的秘密心愿似乎有望达成。

经济方面坏消息频传：失业率连续42个月居高不下，一直高达8%；美联储发布的经济数据显示中等收入家庭的资本净值大幅缩减，跌至20年来最低水平。与此同时，罗姆尼的民调支持率迅速上升，似乎有望在11月的选举中击败奥巴马。

民主党内部慌成一团。“如果我们还没有新策略，不能许诺给中产阶级更好的未来，就不可能在11月份的大选中逆袭了。”克林顿的前顾问詹姆斯·卡维尔和民主党民调家斯坦·格林伯格在一本广为流传的备忘录中写道。

“奥巴马的宣传应该明确指出经济问题究竟原因何在，但是他们没有。”民主党前主席唐·福勒说。

"民主党人必须意识到总统在艰难的政治环境中面临一位财力雄厚的对手，"白宫前助手兼奥巴马竞选策略师比尔·伯顿说，"大家如果不团结一心，奥巴马就有可能落败。"

深知竞选前景堪忧，奥巴马的顾问团努力寻找机会，妄图制造突发事件逆转局势，挽救败局，实现绝地反击。他们逐渐达成了一个共识：即将于北卡罗来纳州夏洛特市举行的民主党大会就是他们的救命稻草。如果方法得当，他们就能在会后触底反弹，重燃竞选希望。夏洛特市的三天会议至关重要，成败在此一举。

就在他们开始着手准备夏洛特市的会议、草拟发言人名单时，宣传部里要求克林顿发表演讲的呼声越来越高，因为他一直都被民主党的忠实追随者视为偶像。

其中要求最强烈的又是奥巴马的竞选策略师普洛夫。他明确表示必须要在大会上给克林顿安排一个重要角色。虽然主流媒体对奥巴马的报道一直比较乐观，但是普洛夫知道奥巴马的竞选并不顺利。截止到民主党总统提名大会的当晚，民主党在抹黑罗姆尼的负面广告上已然花费了超过 2 亿美元，是共和党的四倍。然而普洛夫的内部民调显示，奥巴马和罗姆尼之间的竞争仍旧难分胜负，罗姆尼甚至还在一些重要的摇摆州占有优势。

此外，普洛夫也绝对有理由担心随后几个月的竞选趋势。罗姆尼的竞选宣传效果好，比奥巴马筹得的竞选经费多。从当下开始一直到 11 月，罗姆尼的资金优势都将胜过奥巴马。

至此，普洛夫不得不承认奥巴马的竞选策略失败，虽然他们的竞选策略涉及各个方面，但是唯独漏掉经济是绝对行不通的。而且威斯康星州的众议员保罗·瑞恩作为副总统提名人加入了共和党竞选阵营，在大佬党[1]的竞选策略中大谈医保制度和财政赤字。再加上消费者信心指数跌至一年来最低，家庭收入持续下降，人们普遍认为奥巴马经济学宣告失败。56% 的已登记投票人表示不满意奥巴马在经济方面的表现，这无疑将会给奥巴马造成重大的打击。

事已至此，必须有人在民主党全国大会帮奥巴马站台，证明他能整顿好经济，但是这话肯定不能由奥巴马来说。

克林顿在 20 世纪 90 年代期间担任美国总统。当时，美国国内经济繁荣，财政收支平衡，他也因此成为国内最受爱戴的民主党人士。普洛夫认定如果想要在会后翻身就必须邀请克林顿。

那么还剩一个问题：奥巴马强烈反对在会议上突出克林顿。他最不想看到的就是克林顿站在夏洛特市的会议厅演讲台上，把风头全抢走。他不愿承认自己需要求助的对象是这样一个人：因做伪证（虽然未被定罪）和妨碍司法公正而遭到众议院弹劾的前总统。如果他这样做了，就等于承认自己不能独立获胜，是个失败者。他不能这样做，也不愿这样做。而且不同意这样做的不止奥巴马一人，在讨论中地位举足轻重的第一夫人米歇尔 · 奥巴马和顾问瓦莱丽 · 贾勒特也强烈反对在大会上给克林顿安排美差。

“如果非得让克林顿发言，”贾勒特说，“就给他安排一个次要的、非黄金时段的角色，等电视摄影机关了再让他讲话。”

8 月末的时候，共和党人走了霉运。艾萨克飓风扫过共和党全国大会的会

① 大佬党，即共和党。在传统观念中，共和党代表大财团的利益，民主党主要代表中产阶级和普通平民的利益，所以，共和党被称为有钱人的大佬党。

址——佛罗里达州坦帕市边缘，扫走了三天会议议程中最重要的一天，还和在电视上播放米特·罗姆尼传记录像的黄金时间撞上了。更糟的是，克林特·伊斯特伍德①还搞砸了最后的机会。他对着一把空椅子发表了一通语无伦次的冗长独白，抢走了罗姆尼的头条和风头。随后"最大新闻"网站的克里斯托弗·鲁迪写道："本应在黄金时间阐述政党方针的克里斯·克里斯蒂几乎没有提到任何有关罗姆尼或奥巴马的内容，他的演讲更像是为自己连任新泽西州长的加油打气。"很明显，共和党大会还没结束就已注定失败。

奥巴马的白宫团队欣喜若狂。共和党人难受之日，就是民主党收获之时。这就是普洛夫及其竞选团队成员一直祈祷的天赐良机。等到他们在夏洛特市举行民主党大会的时候，他们将上演一出声势浩大、精彩绝伦的大戏。

然而，还有一个重要问题一直困扰他们。克林顿给白宫传话，说他一定要在会议第二天发表意义重大的提名演说，别的都不接受。他还威胁奥巴马说，如果不满足他的要求，他就拒绝出席大会，而该演说通常是留给副总统的。

如果要满足克林顿的要求，奥巴马必将要冒巨大的风险，这一点无须别人多说。如果克林顿离题该怎么办呢？如果克林顿利用分配给他的会议时间赞美自己的美德，而不是歌颂奥巴马又该怎么办呢？如果克林顿自己成为演讲的主角该怎么办呢？

但是在普洛夫的坚持下，奥巴马最终还是妥协了，这枚苦果他非吞下不可。他同意了克林顿在黄金时间发表提名演说。

7月25日，即大会开始六周前，奥巴马在"空军一号"上给克林顿致电，

① 克林特·伊斯特伍德，好莱坞电影导演和演员，1986年当选为卡梅尔市市长，成为继里根之后又一位电影明星出身的从政人。

邀请他在大会上发表重要演说。这是为数不多的几次奥巴马没有听从贾勒特的意见。

他很为自己的决定结果担忧。

TIPS

肯尼迪家族

肯尼迪家族是从爱尔兰来美国的移民后裔。过去半个世纪以来，肯尼迪家族的成员在美国政坛上扮演过诸多重要角色：总统、议员、大使、市长。约翰 · F. 肯尼迪 1961 年起担任美国总统，1963 年 11 月 22 日，他在达拉斯遇刺身亡。他的弟弟罗伯特 1968 年在参加总统竞选期间遇刺身亡；他最小的弟弟爱德华 · 肯尼迪 1980 年竞选总统失利，但出任了 47 年的参议员。如今，小一辈的肯尼迪家族成员依然活跃在政治舞台，出任美国驻日本大使的卡罗琳 · 肯尼迪是肯尼迪总统与第一夫人杰奎琳的女儿。

第十七章　魔术大师

克林顿希望提名演讲能一举成功，这样不仅能帮奥巴马获得连任，还能为希拉里在 2016 年竞选总统奠定基础。然而，克林顿本来就对奥巴马吹毛求疵，现在要反过来夸奖他，他实在是觉得无话可说，只能编造一个华丽的谎言。

克林顿已经开始着手准备大会演讲稿了。他的新办公室坐落于一个改建过的红色谷仓内，距离他在查帕瓜老屋巷 15 号的荷兰殖民风格的豪宅只有几步之遥。以往希拉里都会给丈夫的演讲稿提意见，但是这次她却没有。希拉里当时人在亚洲，忙于国务卿的事务，也希望尽量远离党内派系的斗争。这次是克林顿大显身手的机会，不是她的。她自己的机会还在后面。

多年来，克林顿一直对自己写演讲稿的过程保密。“克林顿想让所有人，包括自己身边的高层和密友都认为他的演讲稿是他自己一个人的杰作，没有请任何人帮忙。”迪克·莫里斯和艾琳·麦克盖恩在《慎独不足，自信有余——克林顿旁传》中提到。然而，如其他总统一样，克林顿也是找很多人帮自己写演讲稿。这次，他找了几个写手和帮手来一起完成大会演讲稿，这其中包括克林顿任总统期间的办公室主任约翰·波德斯塔和华盛顿权力掮客兰尼·戴维斯，他们都提出了自己的观点，再由克林顿权衡并把这些观点融入演讲草稿中。

在克林顿的书桌上，有一袋削好的2号铅笔、一盒黑色记号笔和一堆黄色的便笺本。他的爱犬谢默斯——一只棕色的拉布拉多犬蜷缩在他脚下。谷仓的房梁下有一个木制的印第安人雕像，这是他以前担任总统时的旅游纪念品。靠墙的一边是一排书柜，书柜上摆满了一些经常翻阅的名人传记，压得书柜咯吱作响。克林顿酷爱读书，而且记忆力超群。虽然这里面的很多书他已经多年未曾翻阅，但仍能整段整段地从中引用。

克林顿一直想要名垂青史，继承林肯、罗斯福和里根等前任的衣钵，成为具有划时代意义的总统。他后来也向自己的朋友承认，他知道此次的大会演讲将会被人们视为他自卸任十几年以来最重要的正式演讲。克林顿一直在积极重塑个人形象，但是只要一想到自己可能经受不住考验，他就会十分痛苦。因为这就会证实了一直以来对手所说的话：克林顿并非杰出总统，只不过是个还算凑合的总统。

据最了解克林顿的人称，克林顿最放纵的方面不是女人，而是自怨自艾。他经常说对手对自己如何不公。他提到10年、12年甚至20几年前发生的政治斗争，就像是叙述上周发生的事情一样。他对自己过去的政治创伤念念不忘，仿佛伤口仍在流血。虽然克林顿离任后依然很受欢迎，但是他本人仍不敢相信，自己已经重新赢得了美国人民的青睐。他们真的原谅了他和莱温斯基在总统办公室的风流韵事了吗？他并不确定。

帮助克林顿草拟大会演讲稿的人说，克林顿期望此次演讲能够发挥魔力。克林顿告诉大家，如果他的演讲一举成功，不仅能帮助奥巴马获得2012年连任，而且也可以为希拉里在2016年竞选总统奠定基础，还能帮他重返“克林顿时代”。克林顿为这次演讲付出了很多心血，这是他自卸任以来最重视的一件事。通过这次演讲，克林顿想要让所有人都知道，他能与各时代的伟人比肩。

媒体一直猜测克林顿是否敢在此次大会演讲中抢奥巴马的风头。

“克林顿又不傻，他当然知道自己的使命。他是去那儿（夏洛特市）帮奥巴马赢得连任的，”《华盛顿邮报》的高级政治新闻通讯员丹·巴尔兹写道，“抢总统的风头？奥巴马在重要演讲上也绝非等闲之辈啊。不管克林顿表现如何，夏洛特最重头的演讲还是奥巴马的。”

怀疑克林顿是否会盖过奥巴马风头的人一点儿也不了解大人物的心思。事实是，克林顿不会将荣耀让给任何人——包括在自己主场演讲的奥巴马。如果有人想将克林顿提名总统候选人的演讲和奥巴马接受总统提名的演讲做比较，克林顿（情报人员给他取了个绰号叫埃尔维斯[①]）当然也想要加冕称王。

作为进行提名演讲的人选，克林顿的任务似乎非常简单：将奥巴马描述成一个伟大的总统，必须通过连任来完成未竟的事业即可。但是，还有一个恼人的事实摆在眼前：他相信自己演讲的反面也成立。因为他认为奥巴马是个无能的总统，他没有权利继续执政。不到一年前，克林顿还叫上了一帮老友聚集在红色谷仓里，劝说希拉里挑战奥巴马争取党内的总统提名。虽然此番行动最终未能成功，但是他对奥巴马的真实态度暴露无遗。克林顿曾猛烈抨击奥巴马的工作和税收提议，他说奥巴马攻击华尔街大亨实在是大错特错，因为这些富豪已经承诺要多交税，帮助缓解财政压力。此外，这些华尔街大亨中有很多人和克林顿私交甚密。

---

① 埃尔维斯，美国职业摇滚歌手，人称“猫王”。

“经济简直是太糟糕了，一潭死水，”克林顿当时说，“美国丧失了3A信用评级。希拉里，你和奥巴马打了这么多年交道，你比他自己还了解他，更别说那些给他出主意的人了。他们全都不知道自己在干什么……奥巴马根本不知道怎么当总统。他不懂世界的运作方式。他绝不可能胜任总统一职……他根本就是个业余选手！”

克林顿对奥巴马的这一评价给本书作者带来了灵感，本人在2012年的一本关于奥巴马的书中就使用了“业余者”作为标题。克林顿本来就对奥巴马吹毛求疵，现在却要反过来夸奖他，他实在是觉得无话可说。所以，在他提笔写作的时候，一直看着白纸犹豫不决：要是他想协调演讲任务和内心感情的冲突，就必须编造一个大胆华丽的谎言。

奥巴马被虚构的形象逐渐在克林顿的标准拍纸簿上成形了。克林顿一步一步地创造了一个和奥巴马几乎完全不同的人。他把奥巴马从任意增加税收和开支的自由派转化成了一个信奉机遇、责任和团体美德的民主党中间派。

克林顿之前也完成过转型的任务。在20世纪80年代末期，崇尚极端自由主义的乔治·麦戈文、沃尔特·蒙代尔和迈克尔·杜卡基斯三位民主党候选人竞选总统接连失败，克林顿却通过将保守的经济政策和进步的社会政策相结合，成功制定出了“第三条道路”，并借此成功问鼎总统宝座。克林顿将自己定义为“新民主党人”，敢于在福利改革、社区治安制度、特许学校、政府再造、自由贸易和预算平衡等方面挑战正统的自由主义学说。

克林顿从第一稿开始，就一直围绕着奥巴马和自己一样也是“新民主党人”的主题，他们都信奉中产阶级努力工作、遵守规则和承担责任的价值观。他完全不提奥巴马反感应得权益计划，而且毫不在意高达17万亿美元的国家债务漏洞的事情。

奥巴马是一个古典自由主义者吗？他会承诺向富人征税、回归阶级福利和身份政治吗？他会通过向更多人发放免费物品来维持民主党的联盟吗？

反正克林顿塑造出来的形象不是这样的。

奥巴马是个信奉大政府主义的财富重分论者吗？他会拿有钱有势的银行家和少数富人开刀吗？

奥巴马提倡的是划分阶级的民粹主义[①]政策，但是在克林顿的演讲中却找不到任何此类政策的痕迹。

奥巴马不信任资本主义的自由市场吗？他听上去像是占领华尔街运动的成员吗？

克林顿在所有草稿中都没有提及上述所有问题。“克林顿假想奥巴马从来没有过‘索尔嘉时刻’[②]，而奥巴马确实曾经强烈谴责过选民基础中的极端分子和种族敌意，”一位帮助克林顿确定大会演讲内容的伙伴说，“克林顿告诉我，奥巴马将权力下放到了基层：在医疗卫生方面，他把权力交给了（众议院议长）南希·佩洛西和参议院多数党领袖哈里·瑞德。这就是奥巴马的领导方式。他是传统的民主党自由派，你无法改变他，但是你可以重新给他定位。所以克林顿做出了一个战略性的判断，”该人继续说，“他要在选民心中重塑奥巴马，让他变成一个易于接受的中间派的政治家，而不是偏激的极左派。”

克林顿先将自己的想法匆忙地记录下来，然后一次又一次地修改。他先写

---

① 民粹主义，是一种政治哲学或政治语言。民粹主义认为平民被社会中的精英所压制，而国家这个工具需要从这些自私自利的精英团体复原健康，用来改善全民的福利和进步。

② 索尔嘉时刻，是指政治术语“Sister Souljah Moment”。索尔嘉是一名美国饶舌女歌手，她于1992年“洛杉矶暴动”事件后发表了一番激进言论。克林顿通过抨击她的言论，从而达到了疏远民主党人杰西·杰克逊的目的。“索尔嘉时刻”通常指政客为疏远自己党内极端分子而公开与之划清界限的行为。

出句子框架，再用强势的形容词和动词替换掉弱势的词汇，然后又用记号笔调整段落顺序。就在他深陷写作痛苦之中时，有一位朋友来拜访他。随后，克林顿的朋友向作者描述了当时的场景：前总统的便笺本上撕下来的黄色便笺就像瀑布一样从书桌上散落，有的甚至掉到了他的爱犬身上，逼得谢默斯不得不起身悄悄溜走。

克林顿还收到了阿克塞罗尔德给他的演讲提纲。阿克塞罗尔德是克林顿的演讲联络人，他传达了奥巴马方对克林顿的演讲内容和时间的建议。他们给了克林顿 25 分钟的时间，让他来摧毁共和党人和罗姆尼，使美国人民相信奥巴马有能力管理美国的经济。克林顿看了阿克塞罗尔德的建议后，就将其扔进了废纸篓。

大会日益临近，阿克塞罗尔德很着急，想看演讲的终稿，但是克林顿坚持不给他看。克林顿绝不会让奥巴马的人有机会修改自己精心写作的演讲稿。所以，就在大会开始的几天前，奥巴马阵营中的所有人都对克林顿的演讲内容一无所知。

“前总统克林顿两天后就要在民主党全国大会上发表极为重要的演讲了，”八卦网站从夏洛特市发回报道说，“但是没人知道他要说什么。一般来说，重要的大会演讲都要经过仔细审查和精心修改。克林顿是唯一没有上交演讲稿的人，这使得民主党的高层变得愈发紧张。”

“如果我是你，”贾勒特在奥巴马准备离开华盛顿前往夏洛特市参加会议时对他说，“肯定会半夜惊醒，出一身冷汗，担心克林顿会惹出什么乱子。”

“奥巴马策划了自己（和克林顿）的联盟，我觉得他肯定一直在想‘我为什么要这样做呢？’”崇尚极端自由主义的“美国进步中心”主席尼拉·坦登说，“奥巴马这样做是因为他想赢，这就是他赢得胜利的方式。在此过程中，他要担起克林顿可能成为无冕之王的风险。”

TIPS

里根总统

罗纳德·威尔逊·里根，美国杰出的政治家，1911 年生于美国伊利诺伊州。他曾担任第 40 任（第 49—50 届）美国总统（1981 年—1988 年）。在踏入政坛前，里根也担任过电台体育节目播音员、电影演员（他曾先后在 50 多部影片中担任角色），并且两次任电影演员协会主席。他的演说风格高明而极具说服力，被媒体誉为“伟大的沟通者”。他是美国历史上当选和就职时年龄最大的总统，也是最长寿的总统。他还是历任总统中唯一演员出身的总统。

第十八章　毕生荣耀

民主党左派分子在会议政纲中删除了所有关于“上帝”的字眼，甚至还在2004年和2008年的政纲中删除了承认耶路撒冷是以色列首都的内容。如此大张旗鼓的删节给民主党的公关造成了巨大危机。清理烂摊子的任务最终落在了本次大会主席安东尼奥·维拉莱戈萨的身上。

虽然克林顿极力想在标准拍纸簿上写下语序恰当的词句，但是直到演讲前一天，他也没写好演讲稿。9月4日是民主党全国大会的第一天，当晚克林顿抵达酷热难耐的夏洛特市。第二天早上，他在下榻的希尔顿酒店套房里召集了前助手组成的智囊团，帮助他将一堆没有头绪的笔记、思考和想法整理成型。

今晚，克林顿就要进行演讲了，但是此时他还在心急火燎地和助手准备讲稿。与此同时，大会的演讲场地时代华纳中心球馆却陷入了一片混乱和迷茫，因为民主党左派完全控制了此次大会，而克林顿却希望奥巴马远离这些左派分子。

民主党左派分子极度偏离美国政治主线，他们不光在长达40页会议政纲中删除了所有关于“上帝”的字眼，甚至还在2004年和2008年的政纲中删除了承认耶路撒冷是以色列首都的内容。如此大张旗鼓的内容删节给民主党的公关造成了巨大的危机；不能和美国主流价值观保持一致，着实令他们有些可悲。

清理烂摊子的任务最终落在了本次大会主席安东尼奥·维拉莱戈萨的身上，他是洛杉矶市的市长，极具个人魅力。

大会结束几个月后，本书作者代表《名利场》对维拉莱戈萨进行了采访，为写稿搜集素材。“吉姆·梅西纳和大卫·阿克塞罗尔德之所以会选我主持大会，原因有好几个。”他在洛杉矶的市长办公室对我说，“我在担任美国市长会议主席的时候，就极力推崇奥巴马的政策议程。他不止一次地邀请我到华盛顿来为他的政策议程站台，其中包括基础设施等各方面的政策。为此，我曾经数次在白宫发言。除此之外，我还是拉丁裔美国人，他们选我也是为了争取拉丁裔美国选民。此外，作为加利福尼亚州众议院的前议长，我知道如何在众目睽睽之下做出决定。”

在维拉莱戈萨接受主席之位后，白宫告诉了他一些大会上可供使用的论点。此外，奥巴马夫妇尤其想让他攻击罗姆尼在私募股权领域的行为。但是，维拉莱戈萨拒绝了他们的左翼观点，因为他觉得这样做会让他站不住脚。

在大会第一天的下午三点半，维拉莱戈萨接到了白宫政治活动家的匿名电话。

“总统对于在政纲上删节‘上帝’和‘耶路撒冷’之类的字样非常生气，”白宫政治活动家说，“他想让这些词重新出现。为了修改政纲，你必须放弃现有规则。”

“这些我都了解，”维拉莱戈萨答道，“我曾经担任过加利福尼亚州众议院的议长，我很清楚这些规则。但是如果你要废除规则，就会让任何人在政策议程中什么都提，这可是很危险的。”

“我们不想让媒体过多关注这件事，”白宫政治活动家说，“我们只想尽快摆脱这件事！”

维拉莱戈萨一挂电话，就接到了美国有线电视广播网派驻白宫的首席通讯员杰西卡·叶琳的电话。

“市长先生，”她说，“我听说政纲上不许说‘上帝’和‘耶路撒冷’这样的字样。”

维拉莱戈萨立刻给他在白宫的联系人打电话。

“你刚刚跟我说你不想惊动媒体，可他们已经知道了，”他说，“就像我之前跟你说的，我当过加利福尼亚州众议院的议长。如果你想要妥善地处理这件事情，就必须通过表决，而且还得先估计好（计算票数）。绝对不能在无法预计结果的前提下进行表决。如果在计票之后，我觉得有信心通过，就宣布大会主席想要通过口头表决的方式，把‘上帝’和‘耶路撒冷’重新列入政纲。”

“你不能这样做，这样不民主，”这位白宫政治活动家说。他不顾维拉莱戈萨的强烈要求，坚决反对让与会代表进行口头表决，一定要让他们填表表决。

“所以，”维拉莱戈萨回忆道，“第二天我去参加这次关于政纲的大会，我约了俄亥俄州前州长泰德·斯特里克兰德对政纲提个修正案。此次修改必须经过三分之二以上的代表赞成才能通过。现在，我想让大家投票支持，但是白宫告诉我不能这样做，这样不民主，所以我说：‘同意的喊是，不同意的喊不。’很多人，包括在大会会场和在家看电视的，听到的‘不同意’比‘同意’多。”

“第二次的表决结果则是‘同意’和‘不同意’各占一半。”

“你必须得掌控局面，你得让他们做他们该做的事。”参与大会的国会议员建议维拉莱戈萨说。

“我让大家再投一次票。”维拉莱戈萨在广播系统里说。

维拉莱戈萨希望“同意”的人多过“不同意”的人，但是试了三次都失败了。然而，他仍旧坚持宣布修正案通过。

“据大会主席的决议，三分之二的人都表示赞同。”他说。他话音刚落就招来一片嘘声和大声反对。

面红耳赤的左派分子大声呼喊，坚决反对使用“上帝”和“耶路撒冷”，这令民主党蒙羞。然而无论公平与否，安东尼奥·维拉莱戈萨也一同受辱了。

“那天晚上，”维拉莱戈萨说，“我在后台和奥巴马、米歇尔、副总统拜登、拜登夫人以及克林顿待在一起。拜登张开双臂给了我个熊抱，然后对总统说：‘总统先生，安东尼奥向来铁骨铮铮，绝不屈从。’总统看着我说：‘别担心，安东尼奥，这事马上就会过去。’我说：‘总统先生，对我来说，这是一辈子的事。但您是总统，您让我把“上帝”和“耶路撒冷”重新加进政纲里，我肯定会照做。’

“试想一下，如果我按白宫政治活动家说的做，让大家填表表决，我们有可能会输。在三天的会期中，我觉得最荣耀的时刻就是投票的那一刻。我坚定支持以色列，支持犹太人建国。能让‘上帝’和‘耶路撒冷’重回政纲，我特别骄傲。”

然而，奥巴马并没有向维拉莱戈萨表示感谢。

“维拉莱戈萨没有得到奥巴马的一丝谢意，”曾和二人共同待在后台的消息人士称，“奥巴马和他的团队成员最不讲诚信了。他们从来都是过河拆桥，白宫里全是卑鄙之辈。”

TIPS

水门事件

水门是华盛顿的一座大厦。水门事件指美国共和党在 1972 年总统竞选中的非法活动暴露后的政治丑闻。在 1972 年的总统竞选中，为了获得民主党内部竞选策略的情报，1972 年 6 月 17 日，以共和党尼克松竞选班子的首席安全问题顾问詹姆斯 · 麦科德为首的 5 人潜入位于华盛顿水门大厦的民主党全国委员会办公室，在安装窃听器并偷拍有关文件时，当场被捕。随后的调查表明，尼克松政府为破坏选举采取了一系列的行动，闯入水门只是其中之一。由于此事，尼克松于 1974 年 8 月 8 日宣布辞职，从而成为美国历史上首位辞职的总统。

第十九章　霸占讲坛

克林顿滔滔不绝地演说，用光了分配给他的 28 分钟后，根本没有停下来的意思。主流媒体被克林顿的演讲深深地吸引了。在自由派专家看来，这是克林顿卸任后最成功的演讲了。就连奥巴马本人讲述自己的故事都不如克林顿讲得生动。

克林顿在公众面前总是表现得沉着、冷静而富有魅力，他很像在新闻发布会上的约翰·菲茨杰拉德·肯尼迪。也有人把他比作罗纳德·威尔逊·里根——伟大的沟通者。

但实际上，克林顿的长处并不在此。

克林顿的演讲与传统意义上的演讲有所区别。他的演讲更像是一场引人入胜的聊天盛宴。沙哑的声音、南部的腔调、散漫的风格，再加上与生俱来的体恤观众的直觉，都使他能够创造出一种亲切的氛围，让他和听众能够自由地沟通。

“克林顿很会营造气氛，让人感同身受，”迪克·莫里斯[①]说，“我曾经亲耳聆听了他的演讲，他对听众的面部表情很有研究。不仅如此，他还善于在演讲的时候和观众互动。对此，我钦佩不已。克林顿能够读懂听众的想法，听众也知道克林顿能够领悟他们的想法。克林顿超凡的反应能力似乎让他的思维更加敏捷，这使得他能够即兴发挥并表达出演讲稿中没有提及的观点。”

虽然将克林顿与存在主义哲学家马丁·布贝尔相提并论似乎有些奇怪，但是，克林顿的确是和听众建立起了一个团结、亲密和互惠的纽带，在演讲中真实再现了布贝尔所谓的“我—你”关系。一般来说，他不会使用奥普拉式过分煽情的方式，但是仍能让听众觉得自己和克林顿密切相关。

今晚，克林顿严阵以待，要为大家奉上一场精彩的“我—你”演讲。

晚上10点40分，克林顿伴随着自己参加竞选的主题曲佛利伍麦克的《永不止步》，拍着富有感染力的大手，从容不迫地登上了时代华纳中心球馆的演讲台。他与座位离演讲台最近的伊利诺伊州的代表团成员进行了近距离的眼神交流。两万名代表和来宾让整个场馆座无虚席。当他们看到顶着棉花糖似的花白头发的克林顿出现在演讲台后的超大屏幕上时，现场沸腾了。人们起身呐喊，喊到嗓子都哑了。

当晚，克林顿身着海军蓝西装，红蓝相间的领带打成了双温莎节。他的鼻子一直都红红的，所以还化了化妆掩盖一下。他比之前增肥了几磅。这样，在无孔不入的电视灯光下，他就不会显得瘦骨嶙峋了。克林顿看上去休息得很好（虽然他只睡了几小时），也很放松（虽然他的肾上腺已经超时运转了）。他动作缓慢，好像一位年迈的部落领袖来给人们以智慧的启迪。而此时，他没有被肩负的重任

① 迪克·莫里斯，克林顿的首席竞选顾问，也是他最信任的幕僚和最器重的智囊。

所吓倒。他要通过 7 家网络说服 2 500 万名电视观众听取自己的意见，投票支持奥巴马竞选连任，虽然这位总统的大部分承诺还没有兑现。

两三个小时前，克林顿终于把演讲稿交给了奥巴马团队。大卫 · 阿克塞罗尔德、大卫 · 普洛夫和奥巴马的首席讲稿撰写人乔恩 · 法夫罗[①]对讲稿的长度进行了修改，删节了 2 000 多个单词，最终剩下 3 279 个单词。通过计算，他们觉得这个演讲在电视直播中约时长 28 分钟，于是，就把编辑过的讲稿上传到了自动提词机上。

克林顿和自动提词机之间的渊源很长。克林顿不同于奥巴马，奥巴马最精彩的演讲一般都是按照提词机一字一句地讲出来的，如果没有提词机，他就会结巴；但克林顿向来不会像奴隶似的被提词机这样的电子显示设备束缚。例如，1993 年，他曾在国会的联席会议上发表演讲，但是助手却误把以前旧的演讲稿上传到了提词机上。然而克林顿却仍旧凭借着惊人的记忆力，流利地背出了正确的演讲词，直到提词机修好。而那次的讲稿内容十分复杂，包括很多有关医疗卫生事业计划的复杂细节。

“市长先生，各位民主党党员。此刻，我们为了提名总统而在此相聚，然而，我心中已经有了最佳人选，”克林顿的开场白引发了夏洛特市民众的疯狂欢呼和热烈掌声，“我想提名的人一生经历了许多逆境和不平坦……我想提名的人外表冷酷（欢呼和掌声），内心狂热（欢呼和掌声）……我想提名贝拉克 · 奥巴马为美国的下一任总统（欢呼和掌声）……能够提名他担任民主党的舵手是我的莫大荣幸。”

---

① 乔恩 · 法夫罗，白宫有记载以来最年轻的首席讲稿撰写人，他是在民主党全国代表大会上结识奥巴马的。

克林顿当晚状态极佳，和大家热切地交流着。随着大量修辞和比喻的运用（“他是个非常出色的人”……“你们看了他们的大会了吗？我看了”……“老实说，让我们想想”……），他的演讲变得越来越长。大卫·阿克塞罗尔德为他规定的讲稿为 3 279 个词，但是他的实际演讲却比约定长了 80%，或者精确点来说，多了 2 609 个词。克林顿几乎记下了所有被阿克塞罗尔德、普洛夫和法夫罗删掉的原稿内容。在演讲过程中，他能快速回忆起那些词汇，然后将它们补充到原来的位置。此外，他还即兴添了很多词。

克林顿滔滔不绝地用光了分配给他的 28 分钟，但是他根本没有停下来的意思，甚至超过了 11 点的电视午夜档节目，搞得电视网络制作人不得不在切断直播转回地方新闻和继续直播克林顿演讲之间做出抉择。最后，他们还是选择了直播克林顿。等到克林顿做最后总结的时候，演讲已经用时 50 分钟了，期间他依旧没看提词机，一直即兴发挥。

“乔治·华盛顿的满嘴木牙①一直备受诟病，自他被封为平庸的调查员后，人们就觉得美国气数将尽，”克林顿说，“但是到目前为止，所有赌美国会惨败的人都输得一败涂地，因为我们总能胜利归来。每经过一次困难，我们都会变得更强一点儿，更好一点儿。我们这样做是为了捍卫先贤身负荣耀、前赴后继、毁家纾难创立的合众国，是为了建设一个更好的联邦。我亲爱的美国人民，如果这就是你们想要的，如果这就是你们所信奉的，你们就必须投票，你们就必须支持贝拉克·奥巴马总统竞选连任。”

主流媒体被克林顿的演讲深深地吸引了。

---

① 乔治·华盛顿患有严重的牙疾，他1789年就任美国总统时，口中仅剩一颗牙，因此他收集了种种材质的假牙，包括木牙、象牙、海象长牙、河马长牙，甚至一位同胞的牙齿。

在自由派专家看来，这是克林顿卸任后最成功的演讲了。就连奥巴马本人讲述自己的故事都不如克林顿讲得生动。他们完全被克林顿戏剧般的掌控能力震慑住了。

“很明显，克林顿在夏洛特过足了演讲的瘾，”约翰·F.哈里斯和乔纳森·马丁在《政客》中写道，“微笑、鼓掌，坚称与共和党人平等合作，摒弃了乏味的语言，如同资深民主党人鲍勃·施特劳斯一样的妙语连珠：‘每一个政治家都想让选民相信自己是出生在自己构筑的小木屋里。’”

作家汤姆·朱诺在《绅士》的博客文章中用新新闻主义的手法描述了这个演讲:

> 克林顿在周三的演讲上使用了提词机，但是他的使用方式和其他演讲者不同……他使用提词机，就像约翰·柯川[①]使用《我的最爱》中的和弦作为展示精湛技艺的开始一样。时代华纳中心球馆的提词机是一个黑色的大盒子，安放在代表坐的那层中间，距离舞台约有50英尺；能够在黑色的背景上用白色的字幕滚动提词，其中白色箭头指示的地方就是演讲者正在说的句子。如果演讲者停止演讲，或者演讲内容与讲稿不一致，提词机上的箭头就会变成红色。观看克林顿提名奥巴马演讲的一大乐趣就是一边听，一边看着纠结的提词机。因为每当讲稿停止滚动时，箭头就会开始变成红色。
>
> 他对保罗·瑞恩[②]的行为进行了评价——“批评和自己做了同样事情

---

① 约翰·柯川，美国爵士萨克斯风表演者和作曲家，开创性地运用调式并成为自由爵士乐的先锋，最具代表性的专辑为《我的最爱》。

② 保罗·瑞恩，28岁当选共和党国会众议员，目前是国会众议院预算委员会主席，曾任威拉德·米特·罗姆尼的副总统竞选搭档。

的人是需要勇气的”——当箭头变红的时候。他还嘲笑了乔治·华盛顿的木牙。几乎每次他直接与听众互动的时候，几乎每次他说“你们都得认真听，因为这真的很重要”或者“你现在很开心，但是该严肃的时候到了”的时候，提词机上的箭头都是红色的。提词机上任意一句简单的演讲词，例如，“我亲爱的美国人民”会变成“我亲爱的美国人民，包括所有在场的观众和电视机前的朋友”——演讲就这样被他不断扩展与增加，这使人们会再次想起克林顿展示过的一项才艺，那就是吹萨克斯。

总体来说，和撒那[①]是克林顿的演讲风格而不是他要表达的实际内容。克林顿所描述的奥巴马更像是中间主义的克林顿而不是总统办公室里的那个左派分子，但是几乎所有主流分析师都没有提到这个事实。克林顿刻意回避奥巴马和美国商界的失败关系时，分析师们也没有嘲笑他。相反，他们都说：“我们民主党人认为只有当企业和政府真正能够做到通力合作，致力于促进增长和共享繁荣时，国家才能运转得更好。”当克林顿说“我从来没想仇视”共和党人时，所有人都不觉得反感。而事实上，克林顿和希拉里一样痛恨共和党人。当克林顿说党派对立心理极为严重的奥巴马决心要和共和党人进行建设性合作的时候，大家并不觉得克林顿是在撒谎。实际上，奥巴马在过去的四年中，一直在国会中忽视共和党，这使得他成为最近几届最容易引发争议的总统。

几乎所有媒体评论的焦点都是克林顿的雄辩言辞。非盈利研究所“波因特学院”的网站总编辑马拉里·吉恩·特诺尔写了题为《提升克林顿民主党全国代表大会演讲效果的十个修辞策略》，对克林顿的演讲进行了分析。她认为克林顿在

① 和撒那，圣经用语，赞美上帝时的欢呼之声。

演讲过程中遵循了西塞罗[①]的“修辞标准”。她在文章一开始就写道：“‘真相核实网站’称克林顿的讲稿是‘真相核查员’的噩梦，还有些人批评他的演讲太长了，但是有一点使克林顿的演讲引人注目，那就是——文采斐然。”

《大西洋连线》（现称《连线》）的资深作家达希尔·班尼特，比特诺尔更加棋高一着。他在克林顿面对媒体演讲的时候，同步再现了克林顿的讲稿。其中，克林顿即兴插入的词用斜体表示。

“但凡你在推特上关注的记者，”班尼特写道，“昨晚他们必定对克林顿的提名演讲加以评论，其中讨论热点莫过于克林顿的演讲和事先预备好的讲稿相去甚远。大会向媒体发布的讲稿只有四页，其中正文格式为单倍行距，系统小号字体。但是提词机操作员却发现，克林顿完全不按套路出牌。实际上，四页的讲稿只是克林顿49分钟演讲的提纲。这着实惹怒了操作提词机的工作人员。于是，我们决定对这两个版本的演讲稿进行比较，看看当代最伟大的演说家到底有什么绝活。”

然而，并非所有人都将克林顿欢呼成新时代的西塞罗，还是会有些不同的声音。

“我觉得克林顿的演讲有一些很诡异的地方，如果你仔细听，会听出潜台词，你会发现有些内容其实是反对奥巴马的，”前众议院议长纽特·金里奇说，“我认为克林顿的原意是这样的：‘我能改革福利政策是因为我和共和党人合作，但是奥巴马先生你没有。’他虽然没有这样说，但是他就是这样想的。‘我创造了历史上时间最长的经济增长，但是奥巴马先生你没有；我通过和共和党人合作实

① 西塞罗，古罗马著名政治家、演说家、雄辩家、法学家和哲学家。他出生于古罗马奴隶主骑士家庭，以善于雄辩而成为罗马政治舞台的显要人物。

现了四次预算平衡，但是奥巴马先生你没有。’”

查尔斯·克劳塞默向来以真知灼见著称，他说：“你们看，克林顿这次的演讲包含了他所有的典型元素，迷人、幽默，有时候篇幅还很长。我认为这次他提到布什家族的次数比坦帕市（共和党的全国代表大会）的三天会议还多。但这也正是克林顿的经典之处。看似毫无章法、不合常理、自我陶醉的演讲……既像国情咨文演说，又像政策专家研讨会。然而在我看来，这次演讲更像是克林顿的第三任期竞选演讲，而宣传奥巴马的色彩却好像有些次要了。他只是偶尔说一嘴，‘他和我想的一样’，把奥巴马硬塞进演讲。”

奥巴马在会议厅的总统包厢里听了克林顿演讲的前20分钟，然后他身边的情报人员请他转移到待命室里。奥巴马、米歇尔、副总统拜登，还有一群助手就一起在待命室里等待克林顿的演讲结束。

奥巴马的随从人员中有非常厌恶克林顿的，尤其是瓦莱丽·贾勒特。他们对他的长篇大论十分恼火，但也只能悄悄地骂脏话泄愤。

“克林顿喜欢聚光灯，”贾勒特说，“你根本赶不了他下台。如何才能让他下台呢？”

但是两个大卫——阿克塞罗尔德和普洛夫——认为，克林顿把奥巴马用克林顿式的怀旧方式包装起来，真是帮了大忙。他们尤其感谢克林顿在经济管理方面为奥巴马做的辩护。

克林顿说：“没有其他总统，包括我和历任前辈，能在短短的四年内就复兴破坏严重的经济。”

“克林顿做完演讲后，”大会主席安东尼奥·维拉莱戈萨一直在后台和奥巴马团队成员站在一起，他回忆道，“很显然，克林顿的演讲激动人心，使得总统和副总统都有些飘飘然了。我都能看到空气中喜悦的火花。”

一般来说，总统被提名人要等到接受提名演讲时才能出现。但是这次，奥巴马却决定打破传统，提前上台，他要和克林顿一起出现在演讲台上。当克林顿看到奥巴马的时候，他向奥巴马深深地鞠了一躬。有人认为这是克林顿在向总统表达敬意，但是有人却认为克林顿鞠躬是理所应当的，他只是在履行和奥巴马达成的协议。

克林顿也确实践行了自己的诺言。与之相比，第二天晚上，奥巴马进行的接受提名演讲似乎就有些相形见绌了。全靠克林顿的出色表现，奥巴马的支持率在会后反弹了两三个点。这已经足够确保奥巴马在竞选中战胜罗姆尼了。

TIPS

美国总统山

拉什莫尔山国家纪念公园俗称美国总统山。公园里雕刻着 4 座高达 60 英尺的美国前总统头像，从左到右依次为乔治 · 华盛顿、托马斯 · 杰斐逊、西奥多 · 罗斯福和亚伯拉罕 · 林肯，这 4 位总统被认为代表了美国建国 150 年来的历史。时至今日，拉什莫尔山不仅成为世界级的旅游胜地，还是美国总统的象征。

第三部

骗　局

Part Three: The Deception

班加西事件发生以后，奥巴马想让希拉里歪曲事实真相，把该事件描述为一起自发性示威事件。虽然希拉里起初并不赞同白宫编造谎言，但她还是很快加入了撒谎的行列，并积极出谋划策。

第二十章　外交诡计

班加西事件发生以前，奥巴马在反恐方面一直有很高的威望。他想让希拉里歪曲事实，说班加西事件是由网上一段诋毁伊斯兰先知和创立者穆罕默德的模糊视频引发的，是一次自发性示威事件。

2012 年 9 月 11 日下午晚些时候，也就是克林顿在民主党全国代表大会发表演讲的6天之后，希拉里才拖着疲惫的身躯，结束了对库克群岛为期一周半的访问，回到了位于国务院 7 层的办公室。库克群岛是南太平洋上的一个偏远岛链。太平洋岛国论坛[①]就在该群岛举办，共吸引了来自将近 60 个国家的代表。她此行的目的就是参与太平洋岛国论坛，加快美国的战略转移，又称“战略再平衡[②]”，收

① 太平洋岛国论坛，原名“南太平洋论坛”，2012年8月27日至31日，第43届太平洋岛国论坛领导人系列会议在库克群岛举行。该论坛的宗旨是加强论坛成员间在贸易、经济发展、航空、海运、电讯、能源、旅游、教育等领域及其他共同关心的问题上的合作和协调。论坛加强了在政治、安全等领域的对外政策协调与区域合作。

② 战略再平衡，美国利用中国周边个别国家对中国发展的疑虑，来加固美国的战略地位，该战略是对美国重返亚太的进一步充实。

缩中东势力，转向亚太地区。此前，人们都觉得这个政策只是一句政治空话，并非实际的策略。

算上这次访问，希拉里担任国务卿期间的旅程已接近100万公里，仅次于上届国务卿康多莉扎·赖斯。但是希拉里却比赖斯还年长7岁，也不如她那么爱健身。她每周工作80小时，频繁地穿梭于不同时区，经常开会到后半夜，近乎自残的工作方式让她看起来又苍白又憔悴。因此，她也干脆不顾及个人形象了：头发干枯凌乱，身体日渐臃肿。希拉里实在是太惨了，甚至连她的两个高层助手都看不过去了。她的办公室主任谢丽尔·米尔斯和私人发言人菲利普·莱内斯私底下都很为希拉里担心，她们觉得希拉里会把自己累死的。

她这样拼命工作是为了什么呢?

外交政策专家一致认为希拉里之所以这样拼命努力并非是想向外界证明什么。据《纽约时报》称，希拉里希望自己离任后可以被人们称为“身着干练便装的全球漫游家[1]”。资深中东问题谈判代表亚伦·大卫·米勒将希拉里的国务卿任期总结为“不重要”。美国企业研究所外交与防务政策研究室副室长丹妮尔·普莱特卡则这样说：

> 关于希拉里·克林顿在担任国务卿期间的表现，人们基本上可以达成这样一个简单的共识：无聊。按照希拉里自己的标准来算，她几乎一无所成。她在自己认为最重要的领域——妇女和宗教少数群体的权利、巴以和平、遏制伊朗核武器计划——几乎毫无建树。妇女和宗教少数群体在中东和北非拥有的自由权利甚至还更少了。在阿富汗，当地人民曾

① 此处“漫游家”的原文也是英国一家箱包公司名，作者用了双关手法。

抱有希望，但奥巴马政府却决定“有计划地”撤军。那么巴以关系呢？这还用问吗？虽然国际社会一直劝说伊朗不要制造核武器，但事实却是伊朗比以往任何时候都更接近核武器。

虽然希拉里的近期访问对美国重返亚洲帮助甚少，但是她却依旧兴致高涨，这都要归功于媒体对克林顿激情演讲的正面报道。主流媒体在铺天盖地地赞扬克林顿的同时还总结道，克林顿全力声援奥巴马总统，这标志着二人关系的重大转折。自由专栏作家们写道：克林顿夫妇和奥巴马夫妇终于休战，平息宿怨，找到共识。在停战状况下，克林顿在总统竞选的最后 8 周中一直为奥巴马奔波演讲、出演广告，扮演了民主党选票的火箭助推器。至此，民主党再次团结一心，各项事业在积极的环境中进展顺利。

可是好景不长，就在“9 · 11”事件 11 周年纪念日当天，恐怖袭击事件再次发生。事发当时，希拉里刚从亚洲之行中恢复过来，正在雾谷处理日常事务。此次事件发生在距离华盛顿特区 5 205 英里之外的班加西，它不仅会对奥巴马的连任竞选造成极大威胁，令希拉里的名誉受损，还让克林顿夫妇和奥巴马夫妇之间的宿怨再次浮出水面。

下午刚过 4 点，国务院运作中心向希拉里的办公室主任谢丽尔 · 米尔斯发出警告，美国驻班加西领事馆遭受了数十名武装人员的袭击。

谢丽尔 · 米尔斯是一名非裔美国人，毕业于斯坦福大学法律系，外貌出众，在华盛顿素来以“希拉里的保护神”著称。米尔斯是克林顿选战中的老手，她最著名的举动就是在克林顿遭遇弹劾案时，仍旧力挺他。“今天我之所以能够站在你们面前，”她站在一众参议员面前，让人注意到其种族和性别，“全都是因为克林顿总统的信任。”克林顿和莫妮卡·莱温斯基的事情并不“光彩”，但是克林顿在“民权、女权以及各项权利方面的记录是毋庸置疑的”。

她的忠诚使得她在希拉里阵营中占据首要位置。《华盛顿邮报》这样写道：“米尔斯之所以受到克林顿夫妇的青睐是因为她不留退路、寸步不让的行事方式——这也是克林顿夫妇最喜欢的做事方式。”

接到第一次警报的两小时后，运作中心发出了第二次警报。米尔斯读完警报后，立刻将其拿到了希拉里的办公室。这次警报提到了“别墅 C”惨遭伊斯兰教法虔信者组织的纵火袭击，大使 J. 克里斯托弗·史蒂文斯就藏身于其中一间安全屋里。伊斯兰教法虔信者组织是与基地组织相关的恐怖组织，已经宣称对此次袭击事件负责。

希拉里随后发表声明，指责助理国务卿及其下属官员办事不力，未能及时通报班加西外交据点关于加强安保的请求。很显然，希拉里在撒谎。仅举一例：希拉里曾经签署电报，确认克里斯托弗·史蒂文斯大使的前任吉恩·克雷兹大使曾正式要求采取额外安保措施。

鉴于希拉里的个人管理风格，所以她说“我不知情”根本不成立。她不爱把工作委托给别人做，喜欢身体力行、亲自管理，不希望在工作上有任何盲区。在米尔斯的协助下，希拉里甚至参与了之前正常是由国务院安全办公室或领务办公室负责的事情。一位不愿意透露姓名的前国务卿曾对本书作者说，希拉里积极地参与了国务院各个层级的细节事务。

“虽然希拉里不擅长外交政策的战略管理，”前国务卿说，“但她却比以前的国务卿都出色。”

在袭击发生的几个月前，米尔斯和她的副手杰克·沙利文已经跟希拉里说过美国驻班加西领事馆的安保十分脆弱，而游荡在班加西狭窄街道上的伊斯兰民兵组织又装备有重型武器，所以很容易受到袭击。米尔斯和沙利文还告诉希拉里，班加西是利比亚解放运动的发源地。反对派在此起义，最终推翻了铁腕总统穆阿迈尔·卡扎菲政权，国家也因此陷入无政府状态。

此外，希拉里还收到了中央情报局和国务院情报与研究局的通报。这两个机构都明确表示基地组织已经将核心从巴基斯坦和阿富汗之间的联邦直辖部落地区转移到了阿拉伯半岛，甚至北非地区。班加西是地中海沿岸的重要油港，在混乱的局势中显得尤为脆弱。

“我们相信基地组织已经将作战能力转移到了这些分支机构，他们也知道自己的通信受到密切监视，”一位高级情报官员对《华盛顿时报》说，“但是他们仍旧决定通过这些分支机构打击我们。”

希拉里在米尔斯的帮助下，积极参与国务院的日常管理，所以她不可能不知道近几个月班加西发生的一系列耸人听闻的暴力事件：

4月，恐怖分子向载有联合国全权公使伊恩·马丁的车队投掷了爆炸装置。

5月，一个火箭推进榴弹击中了国际红十字会的办公室。

6月，一个简易爆炸装置在美国领事馆外爆炸，在领事馆的围墙上炸开了一个洞。放置简易爆炸装置的民兵组织在出事地点留下传单，称此次袭击事件是为死于利比亚的基地组织二号头目阿布·亚哈·利比复仇。

6月，一群隶属于伊斯兰教法虔信者组织的武装人员突袭了班加西的突尼斯领事馆。伊斯兰教法虔信者组织与基地组织关系十分密切。

6月，有极端分子想用火箭推进榴弹暗杀英国大使多米尼克·阿斯奎斯爵士，但未遂。这促使英国将本国人员撤出班加西。

英国陆军情报六局和以色列情报及特别行动局（摩萨德）都曾警告华盛顿，称伊斯兰教法虔信者组织和其他与伊斯兰北非基地组织有关的圣战组织都在班加西进行活动。

有人发现班加西附近城镇升起了臭名昭著的基地组织的阿尔拉雅，即“伊斯兰国”黑旗。

8月，即袭击发生前不到一个月，美国驻班加西领事馆向国务院发送电报，传达工作人员召开的“紧急会议”结果。电报称：“地区安全长官对领事馆的安保表示担忧。领事馆在人手数量、安保措施、武器装备、东道国支持以及综合方面都存在很多不足，根本无法抵御恐怖分子发动的联合进攻。”

史蒂文斯大使自己也向国务院发回了一系列外交电文，警告说班加西的安保措施几乎形同虚设。其中有一条电文题为：《利比亚部落冲突、政治高压和极端主义升级，安保措施脆弱难以抵御袭击》。

9月10日，即美国驻班加西领事馆遇袭的前一天，接替死去的奥萨马·本·拉登成为基地组织新头目的艾曼·扎瓦赫里发布了一段录像，呼吁“利比亚的子民们”报复中央情报局的无人机轰炸。

虽然发生了一系列令人担忧的袭击事件，但是希拉里仍旧未能跟进美国驻班加西领事馆的一再要求，为领事馆加强安保。原因如下：她认为（事实证明是错误的）中央情报局是处理班加西各项行动的主要机关，能够在领事馆遭受袭击的时候提供足够的后备支援。

从国务院运作中心收到第一次警报开始，米尔斯在随后的几小时里一直坐在办公桌前，密切关注正在班加西肆虐蔓延的战事，并一直向希拉里报告最新消息。她不停地打电话，向国务院指挥系统、五角大楼以及中央情报局的工作人员询问事件最新进展。

此外，米尔斯还让总统的国家安全顾问汤姆·唐尼伦定时向希拉里汇报最新情况。唐尼伦跟希拉里说国家安全委员会已经截取了领事馆袭击事件的主要幕后策划者——利比亚民兵组织伊斯兰教法虔信者组织与伊斯兰北非基地组织之间的电子通讯，其中伊斯兰教法虔信者组织在推特上声称对此次袭击事件负责。

下午 5 点 41 分，希拉里致电中央情报局局长大卫·彼得雷乌斯。此前，她和彼得雷乌斯已建立了非常密切的工作关系。去年夏天，他们还一同制定了武装叙利亚反对派的联合计划，但是白宫中主张规避风险的政治专家却对该提议表示了反对。毕竟他们正在火力全开，备战连任，不想让奥巴马卷入又一场国外战争。希拉里问彼得雷乌斯，中央情报局的特工到底从班加西发回了什么消息。更重要的是，她想知道为什么中央情报局未能从其分支机构派人增援班加西领事馆。

此刻，希拉里仍旧觉得应该坐立不安的官员是彼得雷乌斯而不是自己。她也完全有理由这样认为。毕竟美国在班加西的行为从始至终都是中央情报局的行动。在美国派驻班加西的 40 名左右官员中，只有 7 名隶属于国务院。美国驻班加西领事馆的主要目的是为仍在班加西工作的 30 余名中央情报局工作人员提供保护。

希拉里亲自下令让领事馆保持开放，配合中央情报局的任务。她非常清楚，中央情报局正在参与一项涉嫌违法的武器偷运计划。该计划将武器从利比亚东部偷运出境，途径土耳其，最终送到反对叙利亚巴沙尔·阿萨德政权的反对派手中。包括火箭发射器在内的所有武器都是从基地组织在利比亚的分支民兵组织中购得的。然而这些武器中有很大一部分都落入了叙利亚的基地组织成员和中东其他地区的恐怖分子手中。

国会的情报委员会本应负责对中央情报局监管。但是，中央情报局并未将这些行动告知国会，更不要说获得国会批准了。此外，就在偷运武器的同时，奥巴马还妄图欺骗公众，称自己不愿意向叙利亚反对派提供武器，因为他担心武器有可能会落入坏人之手。

“中央情报局称将武器输送到叙利亚的通道为‘老鼠路线①’，但是奥巴马政府从未公开承认政府在其中所扮演的角色。”调查记者西摩·M.赫什在《伦敦书评》中写道，“老鼠路线……是一条偷运武器和弹药的路线，始于利比亚，途经土耳其南部，跨越叙利亚边界，抵达反对派所在地。在叙利亚，有很多武器最终落入了圣战主义者手中，其中有些人还和基地组织有联系。”

简言之，奥巴马政府实际上正在秘密地为自己的全球头号敌人基地组织提供武器。这项行动与26年前动摇了里根政府统治基础的“伊朗门丑闻”有许多类似之处。

一些曾与我交谈的外交政策专家也很不解，为什么袭击发生当日史蒂文斯大使会待在美国驻班加西领事馆里呢？

“如果史蒂文斯觉得情况不妙，那他为什么要去班加西呢？”前国务院高层官员兼对外关系委员会荣誉主席莱斯利·盖尔博说，“那里根本就没有国务院的行动。他是要在班加西和危险的伊斯兰领导人进行对话吗？他太了解他们了，因为他们是反对卡扎菲行动的一部分。我们所讨论的人不是蠢材：史蒂文斯是一个经验老到、能力出众的人。他非常了解班加西这些该死的基地组织成员。”

---

① 老鼠路线，第二次世界大战结束前夕，德国情报机构驻意大利的头目瓦尔特·拉乌夫为纳粹战犯逃亡精心策划的路线。该计划将纳粹分子分别送到西班牙、埃及、黎巴嫩和阿根廷等国，逃脱法律制裁。

史蒂文斯大使能讲一口流利的阿拉伯语，与包括基地组织分支机构在内的利比亚民兵组织建立了密切的关系。据我的消息渠道称，史蒂文斯去班加西就是为了监视中央情报局的武器运送，确保武器不落入恐怖分子之手。前往班加西就像是手无寸铁地闯入拓荒之前的美国西部一样，危险系数非常高。除非华盛顿的直属上司觉得此举确有必要，否则像史蒂文斯这样的老手是不会冒这样的风险的。

不幸的是，史蒂文斯必须去一趟，因为像中央情报局的很多行动一样，这次行动也出了差错。利比亚的武器本来是用来支持叙利亚亲美反对派的，但最终却落入了反对西方的危险分子手中。

得知伊斯兰北非基地组织已经将触角延伸到了北非全境，并将非洲的主权国家马里变成了像阿富汗一样的避难所，白宫和国务院都提高了警惕。以色列总理内塔尼亚胡向总统奥巴马抱怨，由中央情报局负责运送的武器最终落入了伊朗所支持的黎巴嫩真主党以及加沙地带的哈马斯手中。

“去年，”曾为多届以色列政府效力的外交官多尔·戈尔德写道，“伊斯兰北非基地组织已经开始在整个撒哈拉扩展势力。他们的武器来源于卡扎非倒台后的利比亚，因为利比亚当地的兵工厂助长了从摩洛哥到西奈半岛[①]的武器交易。以色列方面的消息人士指出利比亚的武器也都抵达了加沙地带，其中肩扛式 SA-7 型防空导弹首次射向了……以色列的直升机。”

当晚 8 点，希拉里让米尔斯安排自己与格里高利·希克斯进行电话会议。希克斯是国务院派驻利比亚首都的黎波里的外交使团副团长，总领各项事务。当他说史蒂文斯大使正在班加西的一所医院中并且估计已经死亡时，希拉里及其全体高层工作人员都在电话会议上，这其中就包括负责近东事务的代理助理国务卿伊丽

① 西奈半岛，连接非洲及亚洲的三角形半岛，面积6.1万平方公里。

莎白·琼斯。此外，史蒂文斯的遗体已找不到了，因为发动此次领事馆袭击事件的伊斯兰教法虔信者组织已经将医院包围了。

希克斯对反穆斯林录像以及自发的抗议示威只字未提。“我们在利比亚没有见到任何与录像有关的示威游行。”希克斯后来说道。第二天，助理国务卿琼斯发了一封邮件，称与基地组织有密切关系的恐怖组织——臭名昭著的伊斯兰法虔信者组织——在幕后策划了美国领事馆袭击事件。

上午刚过10点，米尔斯告诉希拉里说总统奥巴马会打电话过来。当时，希拉里是华盛顿最了解班加西袭击事件的官员之一。她知道史蒂文斯大使和一名通信操作员已经身亡，攻击人员密切配合，利用迫击炮对中央情报局分支机构人员进行打击，可能还有两个美国人丧生。她坚信基地组织发动恐怖袭击就是为了在“9·11”事件的纪念日向美国发出抗议。

然而，当希拉里拿起电话听到奥巴马的声音时，她才得知，原来奥巴马心中另有想法。

直到班加西事件发生以前，奥巴马在反恐方面一直有很高的威望，因为他抓住了本·拉登。虽然他在国内事务（经济萎靡不振；平价医疗法案，又称奥巴马医改方案，也很不受欢迎）方面表现平平，但是他一直跟选民强调，是他“消灭”了基地组织头目，“基地组织的核心力量也节节败退”。

奥巴马的竞选伙伴乔·拜登老爱喋喋不休。这次，他竟然把奥巴马刺杀本·拉登事件变成了一句竞选口号，这让身处芝加哥的奥巴马竞选团队喜出望外。“你们想知道我们的生活是不是变好了？”拜登向一众支持者吹嘘，“这样说吧，你们可以在车尾贴上这样的贴纸：‘奥萨姆·本·拉登已经死了，但通用汽车仍在运转。’”

“（奥巴马）连任的核心信息就是基地组织正迅速走向历史的尘埃里，”基思·科夫勒在《白宫档案》中写道，“奥巴马本身也表示，所有基地组织成员正在走向灭亡。”

然而，奥巴马必须意识到他的吹嘘完全是一派胡言。就在吹嘘战胜基地组织的同时，他也收到了和希拉里相同的警告情报简报。简报称基地组织已经转移，而且对美国在中东利益的威胁更大了。虽然他极力想让选民相信反恐战争已经成为历史，但是他很清楚，事实并非如此，因为情报界一再提醒他事实与他吹嘘的恰恰相反。

“2012 年夏秋季节，包括总统在内的美国高层官员都获悉（基地组织的）非洲分支正在不断敛财和收集重要情报，打击美国和西方国家利益的决心也愈发坚定。”《华盛顿时报》报道说，“这份机密简报和奥巴马在竞选过程中的（乐观）声明存在巨大差异。这使得情报界不得不关起门来讨论，恐怖组织的灭亡是不是由于某些政治原因而被夸大了。”

离选举日已经不足两个月了，总统已经迎来了竞选的最后阶段，竞选总监普洛夫也正有效地掌控着白宫的内外政策。在普洛夫看来，奥巴马赢得连任有两个最具说服力的论点：第一，他杀死了本·拉登，赢得了反恐战争；第二，他拒绝参与叙利亚事务，使美国避免了一场中东战争。

如果班加西事件泄露了，那么这两个论点就都站不住脚了。

“听总统提起班加西袭击事件时，希拉里很震惊，”希拉里团队中的一位法律顾问在接受采访时说，“奥巴马想让她歪曲事实真相，说袭击事件是由网上一段诋毁伊斯兰先知和创立者穆罕默德的模糊视频引发的，是一次自发性示威事件。希拉里告诉奥巴马：‘总统先生，这个故事太没有说服力了；此外，这个理由刻意忽略了该袭击事件发生于 9 月 11 日。’但是总统很坚决，他说：‘希拉里，我需要你尽快发布国务院声明。’”

和总统谈话结束之后，希拉里给克林顿打了电话。克林顿正在小岩城的克林顿总统图书馆屋顶公寓里，她向克林顿讲述了奥巴马的意图。

“我受够了。”一位对夫妇二人对话知情的希拉里法律顾问称希拉里这样说。

“这个故事根本不成立。”克林顿说。

“我当然知道了，”希拉里说，“我已经和总统说过了。”

“这个理由根本站不住脚，”克林顿说，“总统竟然想说此次事件并非恐怖事件，我简直不敢相信。好吧，就算这次我信了。但是，在奥巴马的监管下，他似乎不允许任何人提起有恐怖主义事件发生。还记得他当时否认胡德堡屠杀（由一名激进的伊斯兰少校制造）是恐怖主义行为吗？他叫那次事件什么来着？哦，我想起来了，他称其为工作场所暴力行为。”

希拉里的法律顾问又提供了一些细节：“在他们打电话期间，克林顿开始构思起了各种末日方案，他甚至想让希拉里为此辞职。但是他和希拉里很快都意识到辞职不切实际。一方面，中央情报局在班加西的非法武器运输事件已经让希拉里引火上身，她给中央情报局提供了庇护，她和中央情报局是串通好的。另一方面，克里斯多夫·史蒂文斯是自1979年卡特政府以来第一位因公务死亡的大使，希拉里应该要为没能给他提供必要保护负责。但最重要的是，如果她的辞职影响了奥巴马的连任概率，那么民主党人将永远不会原谅她。她的政治前途和奥巴马的政治前途就危险了。”

奥巴马把希拉里逼到了死角，她和克林顿根本看不到出路。因此，在9月11日晚上10点30分，国务卿希拉里·克林顿发布了《关于班加西袭击事件的声明》。她在声明中指出：

有些人想要为此次的邪恶行径辩护，说此次袭击事件是为了回击网络上发布的煽动性视频。美国也强烈谴责所有刻意诽谤他人宗教信仰的行为。我们包容宗教信仰的传统可以追溯到国家建立之初，而且从未改变。所以我要强调：这种暴力行为没有任何理由。

掩盖班加西袭击事件的真相现在已经成了美国的官方策略。

TIPS

区分美国总统的届、任、位

届：美国总统任期四年，任满四年为一届。如果总统在任期内死亡或因故去职，另由他人接任，继任总统和前总统为同一届总统。例如，1921 年至 1924 年的第 34 届总统，开始由沃伦 · 哈定担任，1923 年他病故后，由卡尔文 · 柯立芝接任。哈定和柯立芝均为第 34 届总统。

任：一人连续担任几届总统职务，仍为一任。如美国第 42 任总统克林顿，他从 1993 年至 2000 年连任两届总统。但如果在不连续的几届总统选举中先后几次当选，当选几次就算几任。例如，第 25 届总统（1885 年—1888 年）和第 27 届总统（1893 年—1896 年）都由格罗弗 · 克利夫兰担任。由于不是连任，他被认为担任过两任总统。

位：指担任过总统的实际人数。美国从 1789 年开始选举总统至今，不论是连任，还是先后当选几任，有几位算几位，迄今美国已有 44 人担任过总统职务。

第二十一章　继续撒谎

> 虽然希拉里起初并不赞同白宫编造谎言，但她还是很快加入了撒谎的行列，并积极出谋划策。她从不为说谎烦恼，她愿意不惜一切代价，阻止班加西事件令白宫和国务院在政治上蒙羞。

虽然希拉里起初并不赞同白宫编造谎言，但她还是很快加入了撒谎的行列，并积极出谋划策。实际上，奥巴马找不到比希拉里更合适的人选了，因为他知道只要希拉里下定决心认准一件事，就会放下身价，披荆斩棘，直到目标实现，并不顾及自己的行为是否违背道德。

希拉里从不为说谎烦恼。《纽约时报》的专栏作家威廉·萨菲尔是最早说希拉里是那种说谎却很心安理得的人。他曾在1996年的一篇文章中称希拉里是“天生的撒谎大王”。他指出作为第一夫人，希拉里“迫于无奈误导自己的下属和朋友参与一系列的欺骗行为”。此外，希拉里曾在商品交易中牟取高达10000%的暴利，并用荒唐的理由为自己辩解。萨菲尔还引用了希拉里狡辩的原话。她否认自己下令解雇了两名白宫旅务办公室助理；她还隐藏了与文斯·福斯特[1]自杀有关的文件。“她长期撒谎，都成了习惯，”萨菲尔写道，“而且她从来没有为撒谎或者唆使助手和朋友撒谎承担过任何责任。”

领事馆袭击事件发生两天后，大使史蒂文斯和其他三名遇难美国公民的遗体被送到了安德鲁斯空军基地。此时，希拉里的撒谎功力发挥得无以复加。她身边分别站着总统奥巴马和副总统拜登，她称：“我们目睹了针对美国使馆的愤怒与暴力行径，这一切都源于一段与我们毫不相干的网络视频。美国人民很难理解也无法接受这种愚蠢透顶的行为。”

即使是不需要撒谎的时候，希拉里也会习惯性地撒谎。仪式过后，希拉里走到查尔斯·伍兹身边，义正词严地说：“我们一定不会善罢甘休，我们一定会彻查制作视频的人。”查尔斯·伍兹正是班加西事件中身亡的前海豹突击队队员蒂龙·伍兹的儿子。

还没过一周，希拉里就和奥巴马一起出现在了巴基斯坦电视台播放的一则商业广告中。广告对华盛顿联合新闻发布会的视频进行了剪辑，挑选了其中一些片段。在广告中，总统和国务卿宣称反穆斯林视频导致了领事馆袭击事件，他们为“视频”内容道歉。“我们坚决反对视频里的内容和信息。”克林顿在一则广告中说。该广告花费了国务院 7 万美元，上面带有“付费内容”的标记。

至此，事件形势已经十分明朗了。希拉里愿意不惜一切代价，阻止班加西事件令白宫和国务院在政治上蒙羞。当她听说众议院情报委员会的资深民主党人达奇·拉普斯伯格要求中央情报局将有关班加西事件的非机密“事实”整理出来时，她就提高了警觉。希拉里告诫自己的办公室主任谢丽尔·米尔斯和新闻秘书维多

① 文斯·福斯特，希拉里的知己，随希拉里进入白宫任职几个月后吞枪自杀。

利亚·纽兰一定要密切注意中央情报局的草稿，看里面有没有可能对她和总统造成伤害的内容。

希拉里的担心并非没有依据。《旗帜周刊》的斯蒂芬·海斯随后发表报道称，中央情报局恐怖主义分析办公室所拟写的初稿涉及美国政府“知道伊斯兰极端分子和参与袭击事件的基地组织有密切关系”。初稿中还写道：“中央情报局已经对与基地组织有关的极端分子进行了预测，并认为他们可能会在利比亚的班加西制造各种威胁事件。”中央情报局向来都会为自己开脱辩解，这次也不例外。

中央情报局刚把事件总结呈送给国务院和政府其他部门进行检查和审阅，纽兰就在米尔斯的提醒下，首先提出了反对意见。随后，还有一些人也表示了反对。纽兰发现初稿中存在一些模糊的内容，“有可能被（国会）成员拿来随意发挥，痛斥国务院未能对警报给予高度重视”。于是，她对初稿表示了反对。

“为了解决这些问题，”斯蒂芬·海斯写道，“中央情报局的官员删除了所有与伊斯兰教法虔信者组织有关的内容，并对初稿进行了微调。但是在随后的一封邮件中……纽兰写道：问题依然存在，她的上司还是很不满意。但是纽兰并没有在邮件中提及上司的姓名。她还在邮件中提到，改动后的材料也没有‘解决她和领导的全部问题’。”

在随后的几天里，她的上司——也就是希拉里·克林顿——要求她一定要确保材料中没有任何可能会对国务院造成不良影响的内容。材料最终经过了12轮修订，删除了所有涉及“圣战主义者”、“基地组织”和“伊斯兰法虔信者组织”的内容。至此，报告的所有内容都指向班加西事件为自发的“抗议示威”。政府发言人也一再谎称抗议示威是由视频分享网站上的视频片段引起的。

此刻，离选举的日子只有短短的52天了。奥巴马的竞选队伍对此次竞选持谨慎乐观的态度，他们认为奥巴马能够在 11 月 6 日战胜米特 · 罗姆尼。九个数据模型的预测结果都显示奥巴马会赢得胜利。然而，迈克尔 · 尼尔森在《克莱蒙特书评》中写道："另有五个统计严密程度差不多的模型，其预测结果都是罗姆尼会赢。"

可见二人的差距极小。

在白宫西翼的大卫·普洛夫、芝加哥竞选总部的大卫·阿克塞罗尔德和吉姆·梅西纳看来，班加西事件对竞选的威胁极大。美国公民不幸丧生再加上恐怖袭击事件，都给我们在国家安全方面敲响了警钟。奥巴马本来有机会在选举中险胜，这样一来，他的胜算就更小了。

袭击发生的第二天，奥巴马就飞到拉斯维加斯去筹集资金。他走之前还让贾勒特给希拉里打电话，希望让希拉里参加周日早上的政治谈话节目，并使用政府过滤过的那套说辞。总统想让希拉里"照搬金斯伯格的做法"。金斯伯格是莫妮卡 · 莱温斯基的律师——威廉姆 · H. 金斯伯格。贾勒特说，从来没有人能同一天出现在美国五档最主要的周日早间电视节目里，金斯伯格是第一个。

2007 年，希拉里在全力备选总统的时候学过一次金斯伯格，然而她的表现并不好。美国有线广播电视网《可靠消息来源》的主播霍华德 · 库兹指出，希拉里在是否同意虐待恐怖主义囚犯的问题上犹豫不决。库兹还注意到，希拉里在回答很多问题的时候都表现出了"克林顿式的喋喋不休"。乔恩 · 斯图尔特在《囧司徒每日秀》中播放了希拉里在采访中捧腹大笑的趣味特写。自此，希拉里就很少参加任何周日的新闻节目了。原因很简单：她和克林顿都知道，自己在问答形式的节目中没能给人们留下讨喜的印象。

虽然如此，希拉里还是不太敢拒绝总统。毕竟，她在 2016 年竞选总统时还要指望奥巴马帮忙，所以她不想惹怒总统。于是她就给还在小岩城的克林顿打电话商量对策，克林顿得知此事很担心。

“克林顿告诉我：‘在咱们碰面之前，你千万别做任何决定，我马上坐飞机回华盛顿。我们约在家里见面。’”希拉里在和朋友讲述对话细节的时候回忆道。

几小时后，克林顿回到了位于怀特黑文使馆街的家中，和希拉里坐在客厅里一起商讨对策。一同在场的还有几名助手。

据一位在场的当事人透露，克林顿曾对希拉里说：“我绝对不会让你参加那些访谈节目，散播那些脑残言论。我现在命令你，必须拒绝白宫的要求。”

“去你的吧！”希拉里说，“谁都不能命令我。”

“这就是个该死的陷阱。”他说。

“我知道这是个该死的陷阱，”她说，“但是怎么才能拒绝总统呢？”

“拒绝还不容易吗？你就说跟他说‘不’，别的什么都不用说，”克林顿说，“你听我说，我也是为你2016年的大选考虑。白宫公共关系部门编出来的言论实在是太荒唐了，根本站不住脚。阿克塞罗尔德和其他人就是想要把烂摊子都推到你身上。谎言终有一天会被揭穿，到时候责任就全都在你了。相信我，到时候奥巴马肯定会丢下你不管的。”

“不可能，他不会这样对我的。”希拉里说。

“即使奥巴马不会这样对你，”克林顿说，“但是如果你上了节目，那么你说谎的片段就有可能被共和党人利用，他们会在2016年的竞选广告中没完没了地攻击你。”

“当出现纰漏的时候，克林顿夫妇之间的关系会紧张得令人窒息，”一位知晓二人对话的人这样说道，“他们专注起来就像运动员一样，或者说更像国际象棋选手。克林顿说奥巴马的人也太看不起他们夫妇了。他们曾在2008年的竞选中成功击败克林顿夫妇。自此，奥巴马团队便士气大增，狂妄程度与日俱增。奥巴马夫妇十分确信班加西事件的责任会落到希拉里身上，如果她出头，最终结果则是破坏自己2016年的总统大选。克林顿说：'他们觉得我们蠢得像白痴。'"

"好吧，"希拉里最终还是妥协了，"那我就对他们说我不感兴趣吧。"

当希拉里告诉贾勒特自己不想参加周日的节目时，贾勒特不得不改变策略，向国家安全顾问汤姆·唐尼伦求助，希望他能在电视上效仿金斯伯格的做法。唐尼伦拒绝了，理由是自己不擅长出镜。接下来，贾勒特又联系了中央情报局局长大卫·彼得雷乌斯，但是彼得雷乌斯也不同意这个方法，因为他说政府过滤后的说法简直就是"笑话""根本没用"。彼得雷乌斯还劝白宫，千万不要这样做。

然而有一个人却非常乐意接受这项任务，她就是脾气暴躁的联合国大使苏珊·赖斯。她一直为把国务卿一职让于希拉里而耿耿于怀，周日的访谈刚好可以让她向国会议员、参议员和华盛顿其他政治阶层好好地展示一下自己的外交能力。"照搬金斯伯格"的举动将成为她取代希拉里的前奏，因为希拉里在1月1日就要卸任了。

9月16日星期日的时候，班加西灾难已经过去了整整五天。苏珊·赖斯和美国广播公司驻白宫高级通讯员兼代班主持人杰克·泰普尔一同做客新闻节目《本周》。赖斯身着黑色套装，粉红打底衫，搭配珍珠耳环和珍珠项链。泰普尔问她，利比亚政府称袭击美国驻班加西领事馆的民兵组织可能和基地组织有关系，这是真的吗？

"根据目前所掌握的信息，"赖斯回答说，"我们认为班加西事件是为了呼应开罗的自发性抗议示威，目的是回应侮辱穆斯林的视频，并非早有预谋。"

克林顿夫妇和一群密友聚集在怀特黑文的日光浴室，同时观看赖斯的五档节目录像。这五档节目分别是哥伦比亚广播公司的《面向全国》、全国广播公司的《会见新闻界》、美国广播公司的《本周》、有线电视新闻网的《美国国情》以及福克斯新闻频道的《福克斯周日新闻》。

“看见赖斯代人受过，我都于心不忍。”克林顿说。

“我不这么认为。”希拉里说。

赖斯是希拉里的宿敌。在克林顿执政时期，赖斯在白宫和国务院都曾工作过。希拉里觉得赖斯是个叛徒，因为她在2008年的大选中转向支持奥巴马。

克林顿穿了一身高尔夫球衣，一边观看电视录像，一边拿着球杆练习挥杆。过了一会儿，他放下球杆，给自己泡了一杯花草茶，坐到了天鹅绒沙发上。

《面向全国》的主播鲍伯·西弗问赖斯：“你们不觉得班加西袭击事件是几个月前已经密谋好的吗？”

“我们不这么认为，”赖斯回答说，“根据目前掌握的信息，我们无法将事件推断为有预谋的或是有计划的。”

“看她的录像实在是太折磨人了。”希拉里说。

“哎，只能说幸好上电视的不是你。”克林顿说。

希拉里从椅子上站了起来，走到克林顿身后，弯下腰来，亲吻了克林顿的头顶。

克林顿抬头看看她，微微一笑。一位在场的朋友注意到，克林顿的眼里闪烁着泪光。

希拉里有幸躲过一劫，但这只是暂时的。在总统竞选的最后几周里，奥巴马遭到了班加西事件的狂轰滥炸。共和党人从三个方面攻击他：第一，不肯透露袭击事件发生当晚他身在何处；第二，未能保护班加西领事馆的安全；第三，谎称袭击事件是由反穆斯林视频引发的自发性示威活动。而奥巴马则只是一再重复之前的声明，这非但不能解决问题，反而令情况变得更加糟糕。

9月18日，奥巴马现身大卫·莱特曼主持的《深夜秀》，他说“极端分子和恐怖分子以视频分享网站上的反穆斯林视频为借口，发动了一系列针对大使馆的袭击”。

9月20日，奥巴马现身环球电视台的大厅，他说“因对视频的愤怒而引发的自发性抗议被极端分子用来试探是否能够直接损害美国的利益”。

9月25日，奥巴马在联合国大会上发表讲话，称“粗鲁残暴的视频在广大的伊斯兰世界引发了不满……但是这并不能成为袭击大使馆的理由”。

直到9月27日，也就是袭击事件发生的两周之后，白宫发言人杰伊·卡尼才最终向白宫新闻集团坦白，总统已经接受了事实真相。

“总统的意思，”卡尼说，“是说班加西事件是一次恐怖袭击。”

在有线电视新闻网的《美国国情》上，主播甘蒂·克劳里问参议院军事委员会中的资深共和党员约翰·麦凯恩，为什么如此明显的一个结论会耗费政府这么长的时间。

“这里面涉及政府想要传达的理念，奥巴马政府想让公众觉得基地组织已经走向衰落，”麦凯恩答道，“不然，你觉得联合国大使为什么会一再强调这是一次自发性的抗议示威呢？……自发性的抗议事件会使用重型武器和迫击炮对班加西领事馆进行长达四小时的攻击吗？赖斯之所以这样说只能有两个原因，不是刻意隐瞒真相就是情报出现错误。”

虽然不同党派对班加西事件的讨论日益激烈，但是该事件似乎还只是在政坛内部发展，并没有引起全国选民的过分关注。原因并不难发现：无党派的主流媒体在很大程度上最小化甚至略去了事件的重要性——至少在班加西事件上，他们刻意隐藏了真相。

再次回到9月，奥巴马在袭击事件发生后不到24小时就坐下来接受了访问。访问奥巴马的是他最喜欢的记者——《60分钟》栏目的史蒂夫·克罗夫特。但是这次采访直到9月23日才播出，而且录像带中很关键的一部分，即奥巴马否认袭击事件是恐怖行为的片段不见了。直到11月4日，克罗夫特一直都对这段重要的访问片段只字未提。至此，距离选举日只有两天了，哥伦比亚广播公司新闻频道才在网上发布了这一重要的采访片段，但仍没有在《60分钟》里播出。

媒体的做法为班加西骗局又增添了一个新的话题：主流媒体的作用是掩盖事实真相。

TIPS

美国副总统

美国的副总统是美国总统的第一继任人选。根据美国宪法，如果总统去世或失去工作能力，由副总统接任总统职位。第二次世界大战以来，有3位副总统在总统任期内接任总统职务：杜鲁门因罗斯福去世、约翰逊因肯尼迪遇刺、福特因尼克松下台而分别继任总统。美国副总统不拥有行政实权。他兼任国会参议院议长，通常情况下，其在参议院没有投票权，仅当参议院的100位议员投票结果为平局时，副总统的投票有决定权。

第二十二章　刚愎自用

选举的胜利冲昏了奥巴马的头脑，让他滋生了傲慢自大的情绪。他一次次地表现出自己对克林顿夫妇不欠任何情分，气得克林顿差点心脏病发作。

虽然克林顿在帮奥巴马竞选的过程中有些三心二意，但他还是务实的，他知道奥巴马赢得选举有助于实现自己的长远利益。如果奥巴马在竞选中获胜了，那么他就欠克林顿一个大人情，原因主要有两方面：首先，克林顿在民主党全国大会进行了出色的演讲；其次，希拉里在班加西事件后，鹦鹉学舌似的重复政府规定的说辞。他们夫妇都给奥巴马帮了大忙。所以在克林顿看来，他们夫妇已经和奥巴马达成了协议。他们夫妇二人在2012年支持奥巴马；反过来，奥巴马要在2016年支持他们。奥巴马报恩的时候已经越来越近了。

然而，克林顿似乎太急着索取回报，甚至连自己的政治格言都忘了。他曾经提醒过希拉里："政治斗争中根本不存在忠诚这回事，因为在政治的规则手册里压根儿就没有'忠诚'这个词。"

奥巴马就是个活生生的例子。其实，奥巴马向来都是忘恩负义的。帮奥巴马筹集了数百万美元竞选经费的主要募捐者几乎从来没有收到过奥巴马的谢意，因为奥巴马从来就不觉得亏欠他们。还有一些有影响力的非裔美国人，他们从奥巴马还是伊利诺伊州议会成员时期就支持他。但是，现在他们给白宫打电话的时候，从来都没人接听。像参议院多数党领袖哈里·瑞德以及众议院少数党党鞭①斯坦尼·霍耶这样的民主党国会高层都抱怨奥巴马经常无视他们。

9 月末的时候，奥巴马第一次表现出自己对克林顿夫妇不欠任何情分。克林顿让自己的得力助手道格·班德给白宫打电话，说自己很乐意指点一下奥巴马，告诉他如何才能最有效地战胜罗姆尼。毕竟，奥巴马 10 月 3 日就要在丹佛大学迎来和罗姆尼的第一次辩论了。

就克林顿的个人经验来说，在任总统身边一般都会围着一群应声虫，让总统滋生膨胀心理，很容易轻敌。他很担心奥巴马，因为奥巴马对自己的说服能力太过自信了，很有可能把辩论搞砸。克林顿还从民主党的小道消息得知，奥巴马对自己的竞选前景太过自信了，甚至都没有认真为辩论做准备。

克林顿等了几天，都没等到奥巴马的回电。他不敢相信，奥巴马竟然拒绝了他的帮助。这伤害很快就变成了愤怒。

“克林顿觉得在大会之后他和总统的关系应该是不错了，”克林顿的一个朋友说，“他不敢相信白宫会如此无礼，竟然不给他回电。”

克林顿的担忧最终还是应验了。奥巴马稀里糊涂地完成了第一场辩论，输给了有备而来的罗姆尼。10 月 16 日，奥巴马赢得了在纽约州亨普斯特德镇霍夫斯

---

① 党鞭，起源于英国的政党名词，指议会内的代表其政党的领袖，政党纪律主管，功能是为了确保议员出席并按照政党立场行事。

特拉大学举办的第二场辩论。至此，克林顿再也无法抑制自己的愤怒了。3天后，克林顿在和布鲁斯·斯普林斯汀[①]一起参加俄亥俄州的帕马所举办的竞选活动时，完全跑题了，就像之前在哈维·温斯坦的访谈中一样不负责任。他说罗姆尼是对的，美国的经济根本就“没搞定”。

克林顿还跟俄亥俄州的观众顺便提到了发生在霍夫斯特拉大学辩论中的一件小事。有一名举棋不定的选民被选中向奥巴马提问，他站起来直视总统的双眼，然后说：“四年前，我对您满怀希望，但现在不了。”然后，克林顿又补刀：“我觉得（奥巴马）会哭，因为他知道（经济）是没搞定。”

克林顿的话根本就是在说奥巴马是个失败的人，是个窝囊废。听到克林顿的诋毁言论后，普洛夫和奥巴马竞选团队中的其他人全都气得咬牙切齿，但在公众面前没露出半点儿口风。

政治观察员们一致认为，奥巴马赢了第三场也就是最后一场主题为外交政策的辩论。虽然罗姆尼的表现也算可圈可点，但是仍无法匹敌奥巴马在种族（西语裔美国人、黑人、年轻人和单身女性都一边倒地拥护奥巴马）和逻辑方面的压倒性竞选优势。在选举日当天，奥巴马几乎赢得了所有选战激烈的州，包括新罕布什尔州、弗吉尼亚州、俄亥俄州、艾奥瓦州、科罗拉多州、佛罗里达州和密歇根州。此外，奥巴马还在总统选举团中以100票的压倒性优势胜过罗姆尼。

在克林顿看来，奥巴马的胜利就是他克林顿的胜利。“要不是我在大会上做了激动人心的演讲，奥巴马根本不可能赢得选举。”克林顿跟朋友说。计票结束后，奥巴马向克林顿致电表示感谢。然而，奥巴马在芝加哥迈考密克会展中心发表演

---

① 布鲁斯·斯普林斯汀，美国70年代以来大红大紫的摇滚乐巨星之一，摇滚歌手，词曲作者，他的东大街乐队是美国最著名的摇滚乐队之一。

讲时向很多人公开致谢，唯独没有提及比尔·克林顿的名字。这个“疏忽”似乎有些太过明显了。很显然，奥巴马夫妇没有忘记克林顿的诸多“失误”。

发现自己的名字被漏掉了，克林顿十分震惊。

“奥巴马觉得所有成果都是他自己争取来的，”克林顿向希拉里抱怨，“听他的语气，我觉得他已经患上‘第二任期综合征’了。”

觉得奥巴马有可能患上“第二任期综合征”的不止克林顿一人。就在选举结束的第二天，《华尔街日报》的约翰·斯蒂尔·戈登就写了一篇题为《连任的危险》的专栏文章。

“奥巴马是第16个成功获得连任的总统，”戈登写道，“奥巴马先生最好仔细研究一下历任总统的第二任期。历史告诉我们千万不要把连任当成自不量力的开始。绝大部分总统的第二任期都不如第一任期成功，有些甚至可以称得上是灾难。”

正如戈登所说，历史给我们上了严肃的一课：大部分总统在连任期间都会陷入战争和丑闻泥潭，有的总统甚至会跟国会山①起冲突。奥巴马不喜欢钻研历史。他爱看的是通俗小说和侦探故事。他在参议员丹尼尔·井上的葬礼上发表颂词时，使用“我”做了30次主语、12次宾语，另有21次则使用了“我的”。奥巴马的自恋心理极度膨胀，听不进戈登的警告也就不足为奇了。

奥巴马经常说亚伯拉罕·林肯、马丁·路德·金、纳尔逊·曼德拉是自己最尊敬的历史人物，但是他并没有学到他们宽容大度的品质。相反，奥巴马很像伍

① 国会山，通常说的国会大厦，指作为美国国会办公机构的国会建筑，美国国会是美国联邦政府的立法机构。

德罗·威尔逊。根据历史学家佛利斯特·麦克唐纳的描述，威尔逊“有点儿自诩为救世主”。

麦克唐纳写道：“在威尔逊当选总统的第二天，民主党全国委员会主席邀请他一起探讨重要职位的任命问题，结果却遭到威尔逊的断然拒绝。威尔逊说：‘在我们开始讨论之前，我必须事先声明一点，我并不亏欠你什么。你要记住，是上帝派我来担任美国下一届总统的。’”

和威尔逊一样，奥巴马也坚信是上帝派自己来担任美国总统的。关于坚信上帝任命一说，有很多骇人听闻的例子。其中，最离谱的就是发生在2005年秋天的“神圣召唤”事件。当时，奥巴马正在芝加哥南郊区的天主教堂里和圣·萨拜娜教堂的激进左翼神父迈克·弗莱格见面吃早餐。弗莱格神父是奥巴马在神职人员中最亲密的政治顾问，这点与备受争议的牧师耶利米·怀特弗相同。在吃薄煎饼的时候，奥巴马告诉神父，他迫不及待地想竞选总统。当时，奥巴马担任参议员还不足8个月。

“我跟奥巴马说，我坚信人们亟盼改变。”弗莱格在接受本书作者采访时说，“我告诉他：‘奥巴马，如果你真的觉得上帝在召唤你当总统，就忘掉一切常规，义无反顾地去做吧。’奥巴马说：‘好的，神父，我坚信自己的人生计划是要成为美国总统，而且上帝让我现在就出发。’”

无独有偶，虽然从本质上说，奥巴马2012年成功连任本质只是一次选举胜利，但他也将这视为上帝的旨意。虽然他在选举团中高票胜出，但是他的普选优势极为微弱，是近百年来所有在任总统中最小的，只有2008年胜出优势的一半。此外，选举使得众议院落入了顽固的共和党多数派手中，其中就包括目中无人的茶党保守派，他们根本就不打算和民主党总统达成妥协。

贾勒特却鼓励奥巴马忽略这些事实。她是奥巴马“均富”计划的主要设计师之一，传承了意识形态的火炬。最近，最高法院决定支持《平价医疗法案》（俗称奥巴马医改），奥巴马也成功地提高了针对美国最富有阶层的纳税税率。贾勒特认为最近这两件事表明奥巴马最近在政坛顺风顺水，不可战胜。她和米歇尔都觉得奥巴马成功连任有更深层次的、甚至带有一定神秘色彩的意义。

贾勒特曾经和朋友讨论过自己跟总统的对话，该朋友称贾勒特曾说："这意味着你能兑现对自己和米歇尔的承诺，成为自己理想中的总统。这意味着你可以为解决美国收入不公做贡献。你通过提高税率为政府帮助穷人和中产阶级项目筹得了更多经费。你一定会成为一名真正的转型总统。"

奥巴马本身就自恋自大，再加上贾勒特和米歇尔的强烈鼓吹，他在选举之后就变得愈发傲慢自大、目中无人了。参议员林赛·格雷厄姆和约翰·麦凯恩认为苏珊·赖斯在周日访谈节目上的表现有争议，威胁说要阻止提名赖斯担任国务卿。因此，奥巴马用强硬的语气说，自己已经准备好要和他们较量上几个回合。他怒气冲冲地说："如果参议员麦凯恩和格雷厄姆，还有其他人想要追随谁，那么他们追随的就应该是我。"

很显然，奥巴马已经准备好要让共和党人去见鬼了。他完全把林登·约翰逊的名言抛诸脑后："在政治中，如果不能让别人见鬼，千万不要把大话说出去。"

"奥巴马在就职演说中只是随口提到了国家债务问题，并没有太重视，"乔·斯卡伯勒[①]写道，"如果奥巴马在演讲中所规划的国家未来四年发展方向是真的，那么这位前社区组织者就是在带领美利坚合众国走向有史以来最矫枉过正、适应良好、发展愉快但是却无可挽回的破产国家。"

① 乔·斯卡伯勒，美国著名新闻主播、前众议员。

为了让自己的激进政策在国会得以通过，奥巴马提出了一个三管齐下的策略。

首先，他计划获得共和党反对派领袖的同意。他要在第二次任期做巡回演说，使用类似竞选的策略给国会里的共和党成员施压，让他们不管喜欢与否都投票支持他的议案。

历届总统一般会在选举结束后解散自己的竞选团队，但是奥巴马却没这样做。相反他开始着手将位于芝加哥的“联合支持奥巴马”转变成叫“联合行动”的政治利益集团，继续为攻击共和党人募集高达5 000万美元的广告经费。奥巴马在《新共和》[①]的一个采访中提到过自己的计划，他打算在第二任期里“多跟美国人民对话，而不是只在华盛顿玩内幕游戏”。他会利用社会热点问题，例如枪支、移民、同性结婚和环境问题来扩大自己在民主党内部的支持，推进自己激进的议程。

其次，奥巴马计划妖魔化共和党对手，让选民产生厌恶心理，进而反对他们。白宫顾问丹·法伊弗将共和党人比作人体炸弹、绑匪和纵火犯。奥巴马在一次新闻发布会上指责“共和党当前的一致原则就是要让3 000万美国人民无法享有医保”。他还将众议院共和党人视为没有“原则”的“专制主义者”，拒不考虑他们的意见。

奥巴马的目标是击垮大佬党，让南希·佩洛西在2014年的中期选举中重新出任众议院议长。民主党和共和党作为对手党，再也不会开诚布公地讨论分歧了。只要是妨碍奥巴马将华盛顿的计划扩展到美国公民的日常生活中的人，都会被他

---

① 《新共和》，1914年创刊，具有自由派色彩，是全美话语权力极高的“意见杂志”。近年来，由于领导层频繁更迭，更因其副主编文章报道失实丑闻导致言论作家的流失，杂志名声下跌。

塑造成邪恶受贿、道德残缺的人。

他在和众议院的共和党人讨论减少国家债务的“大交易”时，曾威胁他们说，如果自己得不到想要的，他们也别想好过。众议院议长博纳 12 月 13 日与奥巴马在总统办公室会面，他做了如下记录：

> 总统预测将来可能会发生全球性的经济衰退，如果不能达成符合他心意的协议，那么他将在接下来的四年中一直进行反对众议院共和党人的宣传，让他们成为导致经济衰退的替罪羊。奥巴马还说他的报复行为会从就职演讲一直延续到第一次阐述《国情咨文》。如果共和党现在不让步，那么他在第二个任期中绝对不会允许共和党人削减开支。

第三，奥巴马计划使用“至高无上的总统职权”规避国会。他将越过法定权限，在国会程序之外制定一套自己的行事规则，颠覆几十年来的监管先例。他会在国会休会的时候使用休会任命，在没有经过参议院同意的情况下就填补高级官员空缺。即使参议院不休会，他也照做不误（例如，他会在没有征询参议院意见或同意的情况下，任命新的消费者金融保护局成员）。他将使用行政命令废除福利情况下的工作要求，要求宗教组织提供避孕设施，拒绝实施《婚姻保护法案》，终止遣送年轻非法移民回国。总之，他要挑着执行国会通过的法律，选择性地忽视他不想执行的。《宪法》就让它见鬼去吧。

正如《华尔街日报》所言：“如果国会没有顺着奥巴马的意思来，他就一意孤行。”

在大部分资深政治观察员看来，奥巴马的战略只有一个缺点，就是无法奏效。

"无休止的宣传根本无法影响国会的投票，"众议院议长博纳的高层政治顾问预测道，"如果奥巴马想要推行枪支管制的法律，那么他就要对参议院中的红州[①]民主党员施加影响，但事实是他们根本就不喜欢奥巴马。这根本不可能。他的宣传对红州没有任何作用。如果他想要改革移民法案，就必须去亚利桑那州进行呼吁，但是参议员麦凯恩绝对不会受他的影响的。"

"奥巴马认为自己是公选的救世主，"美国税制改革协会的创立者兼主席格罗夫·诺奎斯特在一次采访中说，"奥巴马觉得共和党要垮台了。但是在这十年中，众议院应该还是会掌握在共和党手中。这种情况会一直持续到下一次人口普查和不公正的选区划分[②]。即使到了那个时候，共和党仍有可能继续把持众议院。所以，共和党远比奥巴马想象的要强大得多。"

"我记得《华盛顿邮报》的发行人凯瑟琳·格雷厄姆过去常说'伸手不打笑脸人'，"鲍勃·伍德沃德有一次说，"你也跟参议员和国会议员交谈过，所以你肯定知道他们都觉得奥巴马不喜欢他们，至少是不在意他们。所以就产生了如此多的冲突和谈判……（但是）在任何谈判中，你都得给对手留尊严。但是总统却偏要走上去用手指戳他们的眼睛。"

"总统觉得妥协和让步是软弱的表现，他觉得美国需要政治冲突，因为他可以借这些冲突让国会屈从于自己的意志，"卡尔·罗夫写道，"华盛顿根本就不是这样运作的，尤其是总统在第二次任期时。如果奥巴马固执己见，就有可能过

① 红州与蓝州是指美国近年来选举得票数分布的倾向。红州较支持共和党，蓝州则较支持民主党。一般说来，在西部沿海、东北部沿海和五大湖畔州的选民投票倾向较支持民主党，故称蓝州；而南部沿海和中部则较倾向于投给共和党，故称红州。

② 不公正选区的重新划分，一州为州议会议员和国会众议员的选举而改划选区，目的是设立较多的由州议会多数党控制的选区，因而能使较多的多数党成员当选为州议会议员或国会众议员。

早地重犯其他总统犯过的错误，使自己的第二次任期充满艰难、备受争议。”

但是奥巴马根本就没心思听卡尔·罗夫等批评家的话。选举的胜利冲昏了他的头脑，让他滋生了傲慢自大的情绪。这一点在他对待克林顿夫妇的时候表现得最为明显。

3 个月前的高尔夫球聚会后，克林顿一直觉得自己得到了总统的承诺，可以指定下一任民主党全国委员会主席，或者至少可以和奥巴马公开讨论这个问题。这将大大有利于克林顿控制民主党的运作，对希拉里在 2016 年竞选很重要。因此，选举结束不久后，克林顿给奥巴马递上了一个名单，上面写着他认为可以担任民主党全国委员会主席的几个人选。

但是，奥巴马根本就没有考虑过克林顿名单上的人。实际上克林顿后来得知，白宫从来都没有联系或审查过他所提名的人选。

2012 年 12 月初，克林顿拿起一份报纸，看到奥巴马重新任命黛比·沃瑟曼·舒尔茨担任民主党全国委员会的主席。更让克林顿气愤的是他打电话给总统想要抱怨一下这件事时，奥巴马根本没有接他的电话。

在等了 24 小时之后，克林顿终于等到了大卫·阿克塞罗尔德的电话。这回，轮到克林顿不接电话了。

克林顿在希拉里面前大发脾气。

“他当时脸都气红了，差点儿喘不上气来，”她后来和朋友说，“我非常担心他，怕他心脏病又犯了。我就给医生打了电话，医生到了我们家中（位于查帕瓜），想要给他打一支镇静剂，但是他拒绝了。”

最终，奥巴马还是打来了电话。两人终于开始对话了。

“克林顿说，他可以从奥巴马的声音非常肯定地判断出，奥巴马是照着标好了一二三条的提纲念的，”一位曾与克林顿讨论电话内容的密友说，“他能感觉到电话正在被录音，或者被监听，所以克林顿决定不多说话。”

“奥巴马开门见山，”克林顿的密友继续说，“他说他还没有准备把自己的竞选数字运算、数据挖掘和社会媒体力量移交给克林顿夫妇。相反，他要把自己的竞选运作体系转变成自己第二次任期的政治利益团体‘联合行动’。希拉里必须得自己建立数据系统和分析系统。克林顿听完后说‘好的’，于是就那样了。

“奥巴马说离 2016 年的大选还有很长时间，现在就决定在民主党的提名中支持谁还为时尚早。他目前还没有准备好要支持希拉里。他要给自己留有选择的余地。他要反悔。

“克林顿都快气炸了，一句话都说不出来。

“然后奥巴马含糊不清地提到了班加西事件，让克林顿相信白宫想让希拉里为这个烂摊子背负政治责任和法律责任。

“说完，奥巴马就停了下来，等待克林顿的回应。但是克林顿只是嘲笑了一下奥巴马，然后就把电话挂了。

“希拉里说，随后她在办公室里找到了克林顿，发现他双手抱着头。”

当然，克林顿不知道奥巴马是听从了瓦莱丽·贾勒特的意见。回想 8 月份的时候，贾勒特就跟总统说：“你可以随便给克林顿开空头支票。你是总统，选上后不用给他任何回报。”

克林顿只知道自己被奥巴马摆了一道，他根本就不想支持希拉里竞选总统。

业余总统竟然青出于蓝了。

TIPS

星条旗

美国国旗俗称“星条旗”，旗面左上角为蓝色长方形，中有50颗白色五角星，星区以外是13道红白相间的宽条。13道宽条代表最早赢得独立战争胜利的13个州，50颗五角星代表美国的50个州。旗面上的红色象征强大和勇气，白色象征纯洁和清白，蓝色象征警惕、坚韧不拔和正义。1818年美国国会通过法案，国旗上的宽条固定为13道，五角星数目应与合众国州数一致。每增加一个州，国旗上就增加一颗星，一般在新州加入后的第二年7月4日执行。

第二十三章　豪华行宫

克林顿一生周游世界，到过很多地方，但小岩城才是他最爱的地方，每当心烦意乱的时候，他就会飞到这里。他在这里经营着自己的政治遗产，他也是当地诸多公民心中的偶像，尤其是女性。

每当克林顿心烦意乱的时候，他就会飞到自己最爱的地方：小岩城。这次，他一时气愤挂断了总统的电话，随即就登上了一位富豪朋友提供的私人飞机，飞过阿巴拉契亚山脉，直奔阿肯色州。

克林顿一生周游世界，到过很多地方，在华盛顿和查帕瓜都有豪宅，但是他总是会回到小岩城，因为他在这里经营着自己的政治遗产：克林顿总统图书馆、克林顿博物馆、克林顿基金会的办公室，还有阿肯色大学克林顿公共服务学院。

“只要看到总统图书馆的顶层豪华套房亮起明亮的蓝光，你就知道克林顿又回到小岩城了，”克林顿的朋友说，“那蓝光就是信号，告诉人们克林顿又回家了。”

自从图书馆修建工程开始，克林顿就成为诸多当地公民心中的偶像，尤其是女性。很多女性都很仰慕克林顿，不论年纪大小，不管婚配与否。因此，克林顿时不时地会给自己招惹些麻烦，惹恼这些女性的丈夫或者父亲。

“如果克林顿想在华盛顿或者纽约不检点，肯定会被媒体逼着改过自新，”克林顿在小岩城的一位律师密友说，“但是，他在小岩城就会受到保护。大家觉得克林顿是神圣不可侵犯的。”

“我不是说克林顿想洁身自爱，因为他确实不想这样，”这个朋友继续说，“在这里，克林顿觉得自己可以随心所欲，无所顾忌，做事从来不计后果。如果他喜欢你的妻子，那么他就会立刻发起浪漫攻势，即使你就站在妻子旁边。这样的情形我已经见过不止一次了。希拉里也很看不惯。在我看来，希拉里除了处理公事外从不在克林顿身边，这并不是巧合。二人一起现身小岩城的次数屈指可数，大概就是因为这个。”

希拉里处理的方式就是眼不见心不烦。比起让丈夫去纽约或者其他地方，希拉里还是觉得让他待在小岩城比较省心。至少他在小岩城能远离道格·班德及其狐朋狗友还有生意伙伴的不良影响。其实，希拉里想让切尔西接手班德的工作，担任克林顿的得力助手。她觉得克林顿有切尔西在身边总该会表现得好一点儿，毕竟他也不想让女儿尴尬。希拉里想让切尔西看好克林顿，这样自己就能全力竞选总统了。

克林顿将小岩城改造得焕然一新，所以当地人非常喜欢他。在修建造价高达1.65亿美元的总统图书馆之前，小岩城正处于困难时期，是克林顿帮他们复兴了城区的经济。图书馆自2004年开放以来，已经为小岩城带来了25亿美元的新项目。克林顿总统中心共5层，周围有风景宜人的湿地和公园。然而这里之前却是一片废弃的仓库、垃圾和污水。

图书馆像一座大桥横跨在阿肯色河上。这个建筑是为了响应克林顿竞选总统时的承诺——“修建一座通往21世纪的大桥”。他的顶层豪宅三面都是蓝色的防弹玻璃幕墙。“图书馆位于城市中心，从顶层豪宅可以看到沿着阿肯色河几英里以外的景色，”克林顿的老友大卫·莱奥普洛斯说，“看到此景，你会觉得自己就像漂在空中。克林顿就在房顶上打高尔夫，直接把球打进阿肯色河里。”

克林顿的公寓中摆满了各国领导人赠予的艺术品，颇具民族特色。公寓内的所有设备都使用了高科技，包括全电脑控制的采光系统和供暖系统。此外，房间里还有好几台55英寸的平板电视，其中一台被他用来和各国要员进行视频会议。同他进行视频会议的人包括美国劳工总会与产业劳工组织主席理查德·特鲁克马和英国前首相托尼·布莱尔。

克林顿向来支持环保，所以他坚持建筑不能破坏生态环境。所以建筑地板用的是废旧轮胎制再生橡胶。房顶上覆盖着厚达9英寸的表层土壤，用于收集雨水，防止降水白白流失。此外，屋顶上还种着90种当地植物，包括草莓、蕨类植物、柳枝稷、香草和玫瑰。其中，香草供楼下的四星级饭店“42”使用；饭店取名“42”是为了纪念美国第42任总统克林顿，主要用途是为克林顿提供食物和承办聚会。

“小岩城的大部分女性都觉得受邀去克林顿的顶层豪宅是莫大的荣耀，”之前在图书馆实习的一名女性说，“这里是克林顿的官邸和寻欢作乐的豪华行宫，被用来吸引他爱慕的女性。克林顿会在楼上举行各种各样的聚会，有大型聚会也有小型私密聚会，其中还不乏一些并不符合他年龄的刺激派对。他宴请的对象包括基金会的潜在捐赠人、老板、政客名流和新朋老友。”

每当克林顿离开图书馆的时候，都会有四辆黑色育空越野车以及安保人员随行。当他们沿着当地主要公路“克林顿总统大道”行驶的时候，克林顿会降下车窗向民众挥手致意。人们见到著名的总统也很高兴，总会高声欢呼。如果克林顿心情不错又看到认识的人，他就会让司机停车，然后下车跟人们进行亲密交流。对男士握手致意，对女士则亲切吻面。因此，他也经常引发交通堵塞和骚乱，但是大家似乎都不介意。短暂停留使克林顿有机会和他的仰慕者接触，这正是他所需要的。

克林顿每周日都会去教堂，而且经常会被邀请到布道坛上发言。他很享受这种待遇。不同派别的教堂克林顿都会去，但是他最爱去黑人教堂，因为那里的人最爱戴他。

克林顿饭量很大，经常去胡安妮塔酒店的墨西哥餐厅和酒吧，很多记者和政治经理人都爱来这里买酒。

然而克林顿最喜欢的地方还是首都酒店，他喜欢在酒店的酒吧里喝一杯红酒，大嚼油炸豇豆，然后接受众人的敬仰。克林顿可以叫出所有人的名字，上至经理下到杂工。当然，克林顿也会和女服务员调情。

克林顿回到小岩城后的第一项议程就是班加西事件。他深知奥巴马想要把班加西事件的责任归咎于希拉里。10 月份的时候，乔·拜登在副总统竞选辩论中再次提到了班加西事件，他说国务院未能将班加西需要加强安保的情况告知白宫。拜登的话更加印证了克林顿的结论。为了加强宣传效果，大卫·阿克塞罗尔德还参加了福克斯新闻频道的节目，再次把所有的过错都推到了国务院身上，也相当于推到了希拉里身上。

克林顿下定决心，绝对不能让总统及其团队脱身，把希拉里变成替罪羔羊。当然，他知道希拉里正面临着班加西事件所带来的严重法律问题和政治问题。从法律程序来说，众议院和参议院在调查班加西事件之前就会传唤希拉里，要求其宣誓做证。两个委员会在传讯过程中还会调查国务院与班加西领事馆之间的通信内容和内部公文，查找关于领事馆缺乏恰当安保的内容。

克林顿不知道那些文件上都写了什么。

从政治方面来说，如果主流媒体让民众认为希拉里是班加西事件的罪魁祸首，那么希拉里就很难摆脱罪人形象了。这不仅会给她的国务卿任职记录留下永久的污点，还会降低她当选总统的概率。

克林顿必须想办法清除这个污点。

于是，他召集了一群法律专家，帮他共同探讨解决问题的最佳方案。克林顿的法律后援团在看到班加西和华盛顿的往来通信及内部公文后，得出了这样的结论：从法律角度来看，希拉里有可能为自己提出合理辩护，逃脱个人责任。

从律师团达成的法律意见书来看，希拉里之所以会不顾安保问题，坚持让班加西领事馆开放，是因为奥巴马政府要求她这样做。她只是服从奥巴马总统的国家安全委员会下达的命令。国务院是中央情报局向叙利亚反对派秘密运输武器的关键环节和重要堡垒。此外，希拉里在与中央情报局秘密协商解决安保问题的时候采取了适当的步骤：国务院下属的班加西领事馆要为中央情报局的秘密行动提供外交保护，而中央情报局则必须对领事馆的安全负责。换句话说，希拉里绝对有理由相信中央情报局会确保国务院工作人员的安全。法律专家还说，事情进展出现偏差并不是希拉里的过错。她根本无从知晓和基地组织有关的民兵会袭击领事馆，她更不知道中央情报局下令班加西的工作人员避免暴力冲突，导致他们因为服从命令而未能及时对袭击做出反应。

“如果中央情报局没有命令他们的工作人员袖手旁观，那么大使克里斯·史蒂文斯可能就不会死，”克林顿在小岩城给希拉里打电话时说，“有麻烦的是中央情报局，跟你没有关系。”

“这真是个好主意，”希拉里说，“不过我还是得接受传讯在国会面前做证。”

“我觉得这是个好机会，你可以借此抬高身价，”克林顿说，“你不能表现得像是推脱责任。躲闪回避是奥巴马的作风，不是你的风格。你必须得比奥巴马表现得更有总统气势。你要跟那些浑蛋说：‘责任止于此[①]！’”

希拉里有时不会接受克林顿的意见，这令他很生气，但是这次她选择听克林顿的。

“如果他们问我，”她讽刺地说，“我会说‘这不是我的错，但是作为国务卿，我必须负责’。”

但凡克林顿待在图书馆的时候，这里就少不了各种事务。他刚刚解决完班加西事件，马上就把注意力转移到了下一件事上。他要帮助希拉里组建政治顾问团队，准备入主白宫。

他下定决心，一定要把国内最具权势和号召力的政治人物都聚集到小岩城。他以邀请大家来阿肯色大学克林顿公共服务学院讲课为借口，意图把这个学院打造成与马萨诸塞州的哈佛大学肯尼迪政府学院齐名的顶级学院。

一个接一个的名人纷纷来小岩城的克林顿学院授课，比尔·克林顿和希拉里·克林顿在小岩城的机场停满了私人飞机。来小岩城授课的人有科林·鲍威尔[②]（外交和军事问题），唐娜·沙拉拉[③]（教育和医疗问题），罗伯特·鲁宾[④]

① 责任止于此，这是美国前总统杜鲁门信奉的一句名言，是指工作中不要互相推卸责任，要对自己的行为承担起责任。

② 科林·鲍威尔，美国第一个黑人上将，第一个黑人参谋长联席会议主席，第一个黑人国务卿。

③ 唐娜·沙拉拉，美国前任卫生部部长，美国迈阿密大学校长，美国威斯康星大学麦迪逊分校前任校长、教授。

④ 罗伯特·鲁宾，美国银行家，在克林顿时期担任第70任美国财政部长。

和罗伯特·赖克[①]（税收和经济政策），詹姆斯·卡维尔[②]（政治），阿尔·戈尔[③]（环境问题）和卡罗琳·肯尼迪[④]（教育）。

“卡罗琳参观了图书馆，”克林顿的一位朋友说，“毫无疑问，克林顿这是在向肯尼迪家族抛出橄榄枝。他和希拉里很看重和肯尼迪家族的关系，想借助肯尼迪家族的魔力帮助希拉里获得提名，赢得大选。”

此外，克林顿还与几个关键州的民主党重要官员进行了接触。克林顿派私人飞机将他们接到小岩城进行贵宾之旅，参加亲密聚会。

然而克林顿最关注的还是拉拢工会和捐款。在他看来，工会对希拉里赢得2016年选举至关重要。美国劳工总会与产业劳工组织主席理查德·特鲁克马和克林顿私交甚笃，已向“克林顿全球倡议”捐了数百万美元。作为回报，克林顿则在华盛顿扮演特鲁克马的说客，提倡将“卡片检查”立法，便于工会组织工作。

“克林顿对特鲁克马有求必应，在战略问题上给他提意见，经常进行电话联系，”克林顿的一名核心成员说，“工会领袖和克林顿这样的政治家交往，往往会爆发出惊人的力量，因为克林顿会给他提供大量帮助。克林顿是一个非常有价值的合作伙伴，但是和他交往的代价也很高。克林顿是能力出众的决策领袖和职业玩家，他从来不会白白付出，特鲁克马和其他的工会领袖必须意识到这一点。他希望工会大军站在希拉里这一边，并为她提供竞选经费。”

---

① 罗伯特·赖克，布兰第斯大学海勒研究生学院社会与经济政策的教授，曾在三届联邦政府中任职，曾任前克林顿政府的劳工部长，是《美国前景》杂志的共同创办人和编辑。

② 詹姆斯·卡维尔，美国政治家，曾任克林顿的竞选经理。

③ 阿尔·戈尔，美国政治家，曾于1993年—2001年担任副总统，后成为一名国际上著名的环境学家，由于在全球气候变化与环境问题上的贡献受到国际的肯定，获得2007年度诺贝尔和平奖。

④ 卡罗琳·肯尼迪，美国第35任总统约翰·肯尼迪和第一夫人杰奎琳·肯尼迪的女儿，当时即将出任驻日大使，是首名担任这一职务的女性。

“奥巴马当然有工会的鼎力支持。特鲁克马的语气总是和奥巴马很像，因为他经常信口开河，称华尔街的巨头十分贪婪，应该将他们的财富分给大众，”此人继续说，“但是工会不喜欢奥巴马。他们对奥巴马很失望，比如，工会在威斯康星州举行罢免州长斯科特·沃克尔的行动，奥巴马竟然没有现身。然而，克林顿却前来助阵，所以工会都喜欢他，尽管该行动最后还是以失败告终。可是，这就是克林顿的与众不同之处，所以工会的人愿意和克林顿共同进退，为他赴汤蹈火。”

克林顿经常在图书馆和特鲁克马及其他人召开会议。其中，部分会议和白宫内阁正式会议相同，还有一些则更像大学里的闲谈，克林顿本人比较偏爱后者。天气好的时候，他喜欢在豪华公寓的屋顶花园举行集会。他会一边说话，一边把高尔夫球打进阿肯色河里。克林顿还会从花园里剪下黄玫瑰花分发给大家。他觉得这个举动既友好又轻佻。

克林顿让“42”的主厨将食物和饮品送到他房间，保证每个客人都酒足饭饱。他竭尽全力想把自己的公寓打造成举足轻重的政治沙龙，吸引所有的顶级顾问和思想家前来拜访，分享观点。

克林顿做这一切只为一个目标——稳扎稳打，接管民主党。

克林顿的朋友们完全有理由相信克林顿能建立一个强大的集团，为希拉里发动最有效的竞选宣传。但是，他们私底下很担心克林顿和希拉里的性格抵牾，害怕他们在2016年重演2008年的悲剧。2008年的时候，克林顿行为失控，不但没给希拉里帮上什么忙，反而招来了很多麻烦。

“他们在很多问题上意见都不一致，”希拉里的一位老友说，“主要是因为两个人性格存在差异。克林顿喜欢直中要害，痛击对手；然而希拉里虽然从高中开始就争强好胜，但是她打从心眼里想要被爱戴而不是被讨厌。克林顿却认为爱情和政治从来都是不择手段的，但是希拉里说话做事却想要留有余地，不想招致人们反对。”

“2008 年，克林顿针对奥巴马的‘童话’（称奥巴马始终反对伊拉克战争是‘童话’）说辞令希拉里十分难堪，”此人继续说，“希拉里知道这件事会埋下祸根。她曾为此和克林顿大吵起来，甚至还发生了肢体冲突。她还因克林顿为此言论辩护而将他推开。她警告克林顿，把奥巴马的竞选和杰西·杰克逊的竞选相提并论有可能被冠以种族主义者之名。

“在以前的政治竞选过程中，克林顿夫妇几乎每天都要吵架。他们不但骂人还拍桌子，偶尔还会在酒店套房里扔东西。克林顿是候选人的时候，希拉里可以让步，放任他自己把事情搞砸，至少她是这么认为的。但是，克林顿张扬的个性和极富煽动性的演讲弥补了他的过失。

“但是老实说，我认为克林顿做不到不争不吵，优雅地鞠躬，让希拉里自己发言。我很担心最后一次的总统竞选会演变成旷日持久、逐渐升级的家庭斗争。”

其他消息人士则担心克林顿出了名的暴躁脾气只会随着年龄增长而越来越坏。就像克林顿的法律顾问所说：“我认识克林顿几十年了，他一直都是暴脾气。在克林顿夫妇的内部小圈子里，大家都知道他们夫妇之间会爆发肢体冲突。而且不得不说，这种情况现在更严重了。有的人年纪大了，心态会变得平和，但是克林顿却恰恰相反。他是我的朋友，我也很喜欢他。但是，当克林顿觉得自己遭到背叛或者信赖的人让他失望时，他完全控制不住自己的脾气。”

“我的意思是说，”他继续说，“如果希拉里在 2016 年的大选中没达到克林顿的预期要求，他肯定会对她大发脾气。当然，希拉里也会奋力反击。如果事情真的在辩论准备时期或者其他关键时刻发生，肯定会招致灾难。在克林顿还是总统的时候，二人之间的政治游戏就逐渐升级。在这个时候我很怀疑他和希拉里的脾气能否磨合到一起。

“在过去的25年里，他们一直分居，从来都不用朝夕相处。但是当他们开始竞选的时候，风险和压力都将是空前的。老实说，我很担心克林顿会为此丧命，希拉里也会精神崩溃。”

TIPS

白宫

白宫是美国总统的官邸和办公室，始建于1792年，1800年基本完工。1902年美国总统西奥多·罗斯福正式将其命名为“白宫”。乔治·华盛顿是唯一没能住进白宫的总统。在白宫时间最长的是连任四届总统的富兰克林·罗斯福（1933—1945）。在白宫待的时间最短的是威廉·亨利·哈里森，他执政仅一个月就因病逝世。

第二十四章　一派谎言

希拉里说自己不想参加2016年总统竞选，然而所有人都看出了她正全心全意地为竞选下一届总统做准备。她编出的更大的谎言是关于她的健康。她一直对自己的就医记录保密，她担心记录一旦公开，她就没有资格竞选总统了。

希拉里·克林顿曾经在1993年和2003年两次被芭芭拉·沃尔特斯①评为“年度十大魅力人物”，是入选该榜单次数最多的人。前第一夫人2012年12月再次入选该名单又将大幅度提高节目的尼尔森②收视率。沃尔特斯在这些方面向来直觉很准，这不光因为她是从业时间最长的广播记者（她从1962年开始主持《今日秀》

① 芭芭拉·沃尔特斯，美国电视新闻历史上第一位女性联合主持人、尼克松首次访华团中唯一的女主播，采访过自尼克松以来每一位美国总统和第一夫人，五次获得艾美奖，当选过“历史上最伟大的流行文化偶像”“20世纪最有影响力的妇女”。

② 尼尔森，全球著名的市场调研公司，主要根据客户的具体需求来定制调查方案，定期发布节目收视率的数据调查。

就是电视名人），而且她还是广播电视领域最精明、最富有的制作人之一。

芭芭拉和希拉里确有私交，但这并不是她让希拉里登上自己年度榜单的原因。不管你如何看待希拉里，喜欢她也好，讨厌她也好，不管你觉得希拉里能否配得上这一路的赞誉，都不能否认她是女权运动的杰出代表。希拉里曾和丈夫共同执政长达 8 年，她还担任过 8 年参议员，4 年国务卿。在过去的 11 年里，希拉里一直被盖洛普民调评为“最受尊敬的女性”。现在希拉里即将离开国务院了，对于明年民主党内的总统提名胜券在握。

芭芭拉在访问一开始就问了一个很明显的问题:“如果您想参加2016年的（总统）选举，要做些什么呢？”

“我曾经说过，我确实觉得自己不会再竞选总统了，”希拉里答道，“现在我也不想竞选，但我还是想给社会做点儿贡献。”

“会是政治方面的吗？”芭芭拉问。

“应该不是，”希拉里说，“我觉得会是慈善事业或者学术方面的……”

显然，希拉里没有说实话。

根据我在本书中阐述的内容，所有人都可以明确地看出希拉里正在全心全意地为竞选下一届总统做准备，她的忸怩作态只是想要避免不必要的政治麻烦。希拉里正在等待一个恰当时机。她想在 2014 年的中期选举后，宣布自己将参加竞选。

“您也知道，”芭芭拉继续盘问，“您的丈夫想让您竞选 2016 年的总统。您想对他说点儿什么呢？”

“他想让我做我想做的事，”希拉里说，“而且他也已经说得很清楚了。”

希拉里的谎言更加离谱了。

克林顿每天早上醒来脑子里都只有一个想法: 如何在白宫重建克林顿王朝。正如克林顿的密友对本书作者所说：“克林顿一定要让希拉里当上总统，至死方休。”

芭芭拉指出，如果希拉里选择参加2016年的竞选，那么希拉里到那时已经是69岁高龄了。如果她再赢得连任，那么她离任的时候都77岁了。

“年龄问题会对您造成困扰吗？”83岁高龄的芭芭拉身体依旧硬朗。

“在我看来，年龄真的不是问题，”希拉里说，“谢天谢地，我体格很棒，身体健康，精力充沛，耐力十足，连我自己都不敢相信。”

显然，这是希拉里最大的谎言。

希拉里的健康状况有严重问题。她一直对自己的就医记录保密，因为她担心就医记录一旦公开，自己连竞选总统的资格都没有了。实际上，就在芭芭拉·沃尔特斯采访节目播出的当天，希拉里就昏倒撞伤了头，还被诊断出脑震荡。

就在原定于去参议院对外关系委员会和众议院外交事务委员会为班加西事件做证的当天，希拉里的晕厥魔咒再次爆发了。委员会主席也不得不原谅希拉里没能到国会山接受质询，但这不免引发很多方面的不满。希拉里是不是假装脑震荡，想要躲过国会质询呢？前共和党国会成员艾伦·韦斯特觉得希拉里是假装的，他对福克斯新闻说，希拉里得的是“班加西流感”。《纽约时报》则称其为“障眼法”。

面对班加西丑闻的新一轮扭曲，希拉里的私人发言人菲利普·莱内斯立即进入了损害控制状态。莱内斯性格马虎，在很多华盛顿的媒体专家中毁誉参半。《时尚》杂志将他描述为希拉里的“形象塑造师和修复师”。以随性著称的“高客传媒”则称莱内斯为“恶习难改的八卦传播者，自我推销者，代表老板责骂记者的枪手”。据有线电视新闻网报道，大使克里斯托弗·史蒂文斯有写日记的习惯。他在日记中提到自己担心基地组织可能会袭击美国驻班加西领事馆，这和雾谷的官方说法存在冲突。莱内斯抨击有线电视新闻网，说他们“恶心”。之后，已故的八卦网站的记者迈克尔·哈斯汀斯针对莱内斯攻击有线电视新闻网的过激言辞表示了质疑，莱内斯则称哈斯汀斯是“彻头彻尾的浑蛋”，并发邮件让哈斯汀斯“滚远点儿”。总之，菲利普·莱内斯就是希拉里的警犬，他所说的关于希拉里身体状况的任何言论都该谨慎对待。

根据莱内斯给媒体的说法，希拉里晕倒时正一个人待在位于怀特黑文的家中，原因是出访欧洲时感染了肠炎病毒。他说，病毒造成希拉里严重脱水，所以她才昏倒并撞伤了头部。莱内斯并没有说明事件发生的具体时间，他也没有提到希拉里之前也有过一次类似的昏厥。当时是2005年，希拉里正在布法罗参加一个妇女组织的活动。当哈斯汀斯问及希拉里是否住院时，莱内斯只说希拉里的私人医生已经察看过她的情况，希拉里目前正在家休养。

上述为莱内斯叙述的事件过程，媒体不得不接受他的说法，因为他们也没有其他消息渠道。

但是后来，事实证明莱内斯说的都是谎言。

“希拉里摔倒并撞伤头部的时候，克林顿在旅行，”希拉里的一位至交好友说，“克林顿觉得菲利普·莱内斯编的肠炎和脱水理由非常荒唐，因此十分生气。他说，莱内斯编的故事根本不能自圆其说，肯定会招致各种阴谋论。”

因此，克林顿一回到华盛顿，就把莱内斯叫到一旁大声训斥，批评他处理突发状况的无能表现。

“你怎么不说希拉里是流产呢！”克林顿跟莱内斯说，“你脑子里都在想什么呢？办事不力，愚蠢无能！脱水这种理由很明显就是说谎，简直荒唐至极。编出这种理由只能说明希拉里和她的顾问脑子不够灵光，没让希拉里定时饮水。”

在此，本书将首次揭露希拉里晕倒事件的真相，和莱内斯叙述的版本完全不同。

首先，希拉里晕倒的时候正在位于国务院七层的办公室里工作，而不是莱内斯向媒体说的在家中。她先在国务院的医务室里接受了治疗，然后在希拉里自己的坚持下，人们将她送往怀特黑文疗养。克林顿一回来就判断出希拉里情况不妙，于是他下令立即用飞机将希拉里送往位于曼哈顿区华盛顿堡的纽约长老会医院。随后，莱内斯在新年放假期间发表声明，证实希拉里正在医院接受治疗。这难免加剧了人们对希拉里病情的猜测。

希拉里在医院的时候，被诊断出了多种病症。

她右耳后侧，即大脑和颅骨之间有静脉血栓。而且她的血栓位于大脑向心脏输血的血管中。医生解释说，瘀血是由于长期乘坐飞机所致，而希拉里已经在世界各地飞了不知道多长时间了。

更糟糕的是，希拉里本身就有罹患血栓和眩晕的倾向。除了几年前在布法罗昏厥，希拉里还在2009年登机去也门的时候昏倒过，当时她的手肘被摔至骨折。此外，希拉里还有几次不明原因的阵发头晕。几年前，希拉里的腿上曾经长过血栓，她的医生对她进行了抗凝血治疗。然而，她却愚蠢地停止了服用抗凝血药物，这可能就是她最近罹患血栓的原因。

“大脑中的血栓所能导致的唯一结果就是转化成中风，”了解希拉里情况的心脏病专家说，“但是希拉里目前的情况还没有这么危险。我觉得血栓事件并不妨碍她竞选总统，因为血栓并没有给她留下后遗症。包括富兰克林·罗斯福、艾克[①]、尼克松等在内的好几届总统都曾使用过抗凝血剂。”如果希拉里能坚持服

① 德怀特·大卫·艾森豪威尔，小名艾克。

用抗凝血药物进行治疗，那么她血栓复发概率将很小。

希拉里身边的一位消息人士说，一番详细的身体检查过后才发现，易发血栓其实是希拉里最轻微的问题。此外，希拉里还患有甲状腺疾病，这种疾病对于她这个年纪的女性来说十分常见，而且昏厥表明她的心脏也有一些潜在问题。心脏压力测验还显示希拉里心律和心脏瓣膜也都存在异常，用外行人的话来说，希拉里的心脏瓣膜供血不稳定。

作者想与克林顿夫妇的心脏病医生艾伦·史瓦兹取得联系，但史瓦兹医生拒绝发表评论，因此我们无法判断希拉里的具体健康状况及其长远影响。然而，希拉里曾和朋友讨论过自己的健康状况，她说她的医生考虑要对她实施心脏瓣膜置换手术。但是，最终还是放弃了。不过，在允许希拉里出院之前，医生曾警告克林顿："今后必须有人时刻密切关注她的身体情况。"

克林顿对整件事情的处理方式仍旧余愠未消，他称此次事件为政治"灾难"。

"他脸都气红了，感觉要吐血，"一位和克林顿一同前往医院看望希拉里的朋友说，"我很担心他会跟希拉里一起住院。希拉里的健康危机及可能引发的政治危机都让克林顿处于惊慌崩溃的边缘。他做的一切，他的全部努力都是为了让希拉里当总统。他做梦都想实现的白宫第三任期和第四任期，现在都被打上了问号。"

"切尔西此次也备受打击。他对眼中含泪的女儿说，如果自己不适合出面，那么她必须代表妈妈出面讲话。"这位朋友继续说，"他跟切尔西说：'我不相信你妈妈身边的那些蠢材，你必须加入进来。'切尔西很快就掌握了要领，不久，她就向新闻媒体发表了声明。她微笑着说母亲的身体状况很好，正在痊愈。克林顿不让希拉里看到自己的愤怒，因为他不想让希拉里难过。但是希拉里确实颤抖得很厉害，我从没见过她这样。她很害怕自己的心脏会出问题，更怕可能出现的后果，尤其是未来可能要接受的心脏手术。”

TIPS

五角大楼

五角大楼是美国国防部所在地。这座建筑于 1941 年 9 月破土动工，工程项目负责人是陆军准将布里恩 · 伯克 · 萨默维尔。基于可利用的土地面积和建筑形状的限制（正方形或矩形占地面积过大），五边形被认为是这座大楼最佳的建筑形状。1943 年 1 月，仅仅历时 16 个月，这一号称世界上建筑面积最大的单体办公楼宣告竣工，并按其建筑外形命名为“五角大楼”。“9 · 11”事件中，五角大楼受到袭击，部分建筑被撞毁。

第二十五章　血战难免

对班加西事件进行说明的听证会上，希拉里情绪失控的场面震惊了所有人。克林顿指责奥巴马对班加西问题处理不当，没有履行总统的职责。如果奥巴马不采取行动，在班加西事件上给希拉里提供庇护，那么克林顿就有意愿而且有能力破坏奥巴马野心勃勃的连任议程。

希拉里在昏倒事件五周半后终于抵达国会山，对班加西事件进行说明，人们对这次听证会期待已久。她身着深绿色衣裤套装，显得面色愈发蜡黄。在电视强光的照射下，希拉里额头和眼角的皱纹比以往更加明显，仿佛刀刻在脸上一样。由于脑震荡的后遗症，希拉里把隐形眼镜换成了一副厚镜片的框架眼镜。在向参议院对外关系委员会读事先准备好的讲稿时，希拉里还有些紧张，一直用手摆弄镜架。英国《卫报》在博客上对听证会进行了实时报道，称希拉里的语调“近乎悲伤，仿佛来此做证对她很不公平”。

此次听证会从很多方面都可以视为2016年总统竞选的预演，因为希拉里所面对的两名委员会委员——肯塔基州的兰德·保罗[①]和佛罗里达州的马克罗·鲁比奥[②]——都是有实力竞选总统的共和党员。共和党已将二人列入长长的备选名单了。

“如果当时我是总统，发现你没有阅读班加西发来的电报，没有阅读史蒂文斯大使发来的电报，”兰德·保罗说，“我肯定会解除你的职务。”

但是最富有戏剧性的，还是威斯康星州的资深参议员、茶党共和党员罗恩·约翰逊质问希拉里，为什么对班加西袭击事件进行了错误解读，坚持称其为自发性抗议事件而不是有预谋的突袭。

“简单得一个电话就可以立即查明（袭击事件发生的原因）。”约翰逊说。

希拉里回答说，自己当时不想干涉调查。

接下来则是希拉里和约翰逊之间的激烈交锋：

约翰逊（嘲讽地）：我觉得这是个不错的借口。

希拉里（反驳）：不，这是事实。

约翰逊（纠缠不休）：我们都受到了误导，错误地认为当时存在抗议行为，并且抗议行为随后引发了其他事件。所有的美国公民都被误导了。

希拉里（猛挥胳膊，提高声音）：恕我直言，此次事件造成4名美国公民身亡已成定局，至于造成伤亡的是恐怖分子还是晚上刚好出去散步的年轻人有什么区别呢？现在讨论这个有什么意义呢？

---

① 兰德·保罗，美国政治家，美国共和党人士。2013年3月，保罗在年度保守派政治行动会议上，以25%的选票赢得保守派政治行动会议2016年总统候选的非正式投票。

② 马克罗·鲁比奥，古巴裔美国律师、政治家，共和党成员，现任美国参议员。

希拉里情绪失控的场面让许多人颇为震惊。毕竟她一直将自己定位为头脑冷静的政治专家，管理负责国家安全的各个部门，保证美国在危机四伏的世界中依旧安全。这是她一直以来坚持不懈地在选民中逐渐树立起来的形象。在2008年的初选中，希拉里在电视上刊登广告，称自己在承受压力的情况下，比对手贝拉克·奥巴马更加可靠。“时间是凌晨3点，你的孩子安然地熟睡着，”一个声音低沉的解说员缓慢而严肃地说，“但是白宫里却响起一阵急促的电话铃声……你想让谁来接电话呢？”接着便是自信的希拉里在昏暗的房间中接起电话的画面。

现在，希拉里却因为难掩狂怒，彻底颠覆了自己精心打造的形象，她不再是那个沉着冷静的美国命运管理员了，反而因为暴怒的举动让人们联想起了她之前的形象：专横跋扈、脾气暴躁的女人。这让所有人都很震惊，当然，这其中不包括和希拉里在伊利诺伊州帕克里奇一同长大的老朋友们。但是他们也很诧异。并不完全是因为她在参议院听证会上的发飙。

据他们回忆，希拉里父母都是完美主义者，但凡有人批评或招惹希拉里，他们都会心烦意乱。希拉里一直都是帕克里奇最难搞的小孩之一，这事还要从她4岁的时候说起。当时，她哭着回家向母亲诉说自己被一个名叫苏西·欧·卡拉汉的女孩欺负了。“如果苏西打你了，”希拉里的妈妈告诉她，“我允许你还手。”

这个故事在帕克里奇的孩子们中流传甚广，最后希拉里把苏西的鼻子打得鲜血直流。这只是希拉里争强好胜的一生的开始。还有一次，希拉里第一个稳定交往的男友吉姆·伊里戈延把希拉里的小兔子送给了邻居家的男孩，希拉里非常生气。“她往后退了两步，然后挥拳击中我的鼻子，”多年后伊里戈延回忆道，“我很震惊。我抬手摸了摸，发现鼻子都流血了。希拉里深深地伤害了我。”还有一次，希拉里最亲密的朋友里克·里基茨骑车不小心撞上了希拉里的自行车，希拉里照样是往后退了两步，照着他的脸结结实实地揍了一拳。

有些人觉得这只是小孩子不成熟的行为，但是随着希拉里渐渐长大，她依旧控制不了自己的愤怒。她和克林顿在白宫的时候，就有各种传言都说他们经常吵架吵到动起手来。1993 年 2 月 19 日，芝加哥《太阳日报》曾报道：

似乎第一夫人希拉里·克林顿和丈夫脾气一样暴躁。“邪恶低语”还在华盛顿散布消息，称希拉里和前总统克林顿深夜吵架打碎了台灯。不过不用担心，台灯是克林顿夫妇自家的，也“并不是古董类的无价之宝”，白宫的一位消息人士透露说。

关于希拉里发脾气还有一次著名事件，有线电视新闻网说，希拉里在 2008 年的初选中曾一边同俄亥俄州辛辛那提的民众讲话，一边“用手指指点点”说，奥巴马利用广告邮件传播她在全民医疗和北美自由贸易协定上的立场，内容全都是谎言。

“贝拉克·奥巴马，你太无耻了，”希拉里咆哮道，“够了，不要再举行演讲和盛大集会了，不要再照搬卡尔·罗夫战术手册里的伎俩了。”希拉里在参议院听证会上大发雷霆的事情像病毒一样迅速在视频分享网站上传播。保守传媒大亨鲁伯特·默多克旗下的《纽约邮报》的编辑们，更是喜欢用小报消息取笑希拉里。就在参议院听证的第二天，《邮报》在头版刊登了希拉里在参议院听证会上紧握拳头猛拍桌子的照片，并配以“难怪克林顿会害怕”的标题。他们还在新闻左下角插入了一张克林顿抬头看着希拉里时表情错愕惊恐的照片。

“当时我和克林顿在查帕瓜的办公室里一起通过有线－卫星公共事务网络看到希拉里在参议院委员会面前失控的场面，”克林顿智库的一位成员说，“当希拉里开始狂挥手臂，高呼‘这有什么意义呢’时，克林顿倒向了身后的椅子，表情颇为绝望。他面色阴沉，一言不发。克林顿向来话很多，那是我所见过的他最沉默的时候。

“克林顿对我说：‘共和党人肯定会利用她的“这有什么意义呢”这段讲话片段，并在电视上滚动播放领事馆遭袭的画面。他们可能会花费数百万美元来做这个广告。如果我是共和党人，我肯定会这样做。希拉里的行为有可能会使我们无法入主白宫。共和党人肯定会仔细研究她的反应，然后在2016年的选举中对她纠缠不休，惹她发火。’”

“克林顿反感地关掉了电视，”此人继续说，“他实在是看不下去了。克林顿指责奥巴马对班加西问题处理不当，没有履行总统的职责。他觉得，虽然到了2016年选举的时候，大部分选民早就忘了班加西事件，但是共和党人却可以在四个美国人遇难的标题下播放希拉里说‘没有意义’的那个片段。这显然是不正当的行为，但现在的攻击广告都是这样的，而且效果十分明显。

“我觉得白宫不存在公开详细的有关克林顿在帮助奥巴马连任总统后将获得何种回报的协议，但是克林顿却要把这件事重新摆到台面上说。我敢说如果奥巴马不配合克林顿为希拉里规划的方案，势必会引发一场血战。”

克林顿的朋友们在幕后负责斡旋克林顿夫妇与白宫之间的关系，道格·班德和特里·麦考利夫马上不遗余力地表达了前总统的强烈不满。虽然他们在通信过程中使用了外交辞令来表示对新上任总统的尊重，但是他们的意思却很明确：如果奥巴马不采取行动在班加西事件上给希拉里提供庇护，平息克林顿的怒火，那么克林顿就有意愿而且有能力破坏奥巴马野心勃勃的连任议程。克林顿已经完全做好准备，抛掉他们两对夫妇间关系和睦的假象了。

这明显是在赤裸裸地威胁美国现任总统，其他政治家从未侥幸得手过。但克林顿不同，他和希拉里是美国政坛中能与贝拉克·奥巴马相抗衡的最强势力，白宫知道他会让威胁成为现实。

“可能结果有很多种，”克林顿的一位支持者说，“克林顿一有机会就会反驳奥巴马的政策，白宫在推行大小政策的时候都会遭遇克林顿的抵制。”

“克林顿向来在政治方面采取强硬手段，”此人继续说，“他经常奔走于各州之间，同各州领导人、民主党捐赠人、委员会主席以及州长会面。他有办法用几个字，甚至一个手势就对别人产生巨大的影响。白宫知道克林顿已经开始利用自己的政治手腕在给他们找麻烦了。”

如果再这样下去，克林顿夫妇和奥巴马夫妇之间的战争有可能会全面爆发，此时，奥巴马犹豫了。他给自己最喜欢的记者史蒂夫·克罗夫特打电话，破天荒地答应要和即将离任的希拉里一同接受《60分钟》的采访。此举给该节目带来了超高的人气，但是参加节目的各方却都显得很尴尬，尤其是《60分钟》的制片人，因为他们心甘情愿被白宫利用。

奥巴马和希拉里并排坐在相同的椅子里，中间只隔了几英寸。电视呈现给大家的感觉是奥巴马和希拉里是平等的，这其中颇有抬高希拉里、贬低奥巴马的意味。奥巴马竭力通过使用位高权重的语气弥补实际距离的尴尬。他赞扬希拉里是“美国有史以来最伟大的国务卿之一”，回击了共和党说希拉里不配担任国务卿的言论。他还说希拉里是“强大的朋友”，就差没有给这位忠诚的老雇员发块金表当奖励了。

而希拉里的表现则没有这么热情。她将自己和奥巴马之间的关系定义为“温暖”而“亲近”，并刻意回避“朋友”这个词。她还特意强调了二人的平等关系。希拉里说：“如果在几年前，恐怕很难想象这种场面的出现（二人一起录节目），毕竟我们经历过长期而艰苦的初选竞争。但是如果角色互换，我很想让奥巴马出任我的内阁成员。”

最后，奥巴马已经决定采访就到这里，不想继续深入。但史蒂夫·克罗夫特还是问他此次和希拉里一同现身，是不是表明他将支持希拉里竞选2016年的总统，而奥巴马没有直接回答问题。

“你们新闻界的人还真是不可救药啊，”他说，“我才上任四天，你就要和我讨论四年之后的事了。”

不管喜欢与否，这就是新闻界所关心的话题。现在奥巴马又和希拉里搭档参加电视节目，更加深了这种猜测。大部分政界人士认为《60分钟》在大献殷勤，把希拉里塑造得更像总统。而在希拉里和希拉里的形象设计师看来，这些影像都是有利于她的。

但克林顿考虑的是另一个问题。在他看来，奥巴马违背承诺，不想在2016年支持希拉里竞选总统。

克林顿一直坚持认为他们之间有协议，所以他无法原谅奥巴马在节目中对希拉里的竞选优势只字未提。即使奥巴马不直接表示会支持希拉里，但他至少可以说2016年看好希拉里之类的话。

“录这个节目是想让我不生气，”克林顿跟朋友说，“但这该死的鬼把戏对我根本不起作用。我认为对的事情就一定要做，我认为对的话就一定要说，谁都不能阻止我。”

白宫本来想用这次电视节目抚慰克林顿夫妇，但是结果却适得其反，加重了克林顿对奥巴马的负面情绪。在克林顿看来，他和奥巴马应该相互支持，共同成为民主党的领袖。他们可能是迫于形势而达成共识，但是他们之间的关系中充满着不信任、不和与痛苦的记忆。现在，这种复杂的关系中又多了另外一个元素：

克林顿强烈的复仇愿望。奥巴马答应支持希拉里，结果却欺骗克林顿，克林顿一定要让他付出代价。自此，克林顿夫妇和奥巴马夫妇结下了血海深仇。

TIPS

美国中央情报局

美国中央情报局，简称中情局，英文简称 CIA，成立于 1947 年，总部设在弗吉尼亚州的兰利，是美国三大情报机构之一。它由国家安全委员会直接领导，主要职责是收集和分析关于国外政府、公司、个人以及政治、文化、科技等方面的情报，协调国内其他情报机构的活动，并把这些情报报告到美国政府的各个部门。它也负责维持大量军事设备，这些设备在冷战期间是为推翻外国政府做准备。在美国情报体系中，它是唯一独立的情报机构。

第四部

宿　怨

Part Four: Blood Feud

克林顿和奥巴马的对抗由来已久。但2012年，二人有过短暂休战。当时克林顿放下成见，帮奥巴马竞选总统连任。他希望奥巴马能支持希拉里在2016年角逐美国总统，以此作为回报，没想到奥巴马过河拆桥，二人自此结下了血海深仇。

第二十六章　备用计划

奥巴马连任的第二个月就四处碰壁，他的支持率跌至 16 个月以来的最低值。奥巴马的几个亲信都劝他放弃吵架的语气，多与共和党人接触，于是 2013 年春天就出现了奥巴马的所谓笑脸攻势，《政客》也将其称为“奥巴马的备用计划：和共和党人打交道”。

克林顿日益强烈的报复心理使得奥巴马的处境雪上加霜。在自己阵营里出现坚决反对自己的人，是奥巴马最不想看到的事。奥巴马连任的第二个月就四处碰壁，他的左派激进议程遭到了共和党的强烈反对。国会拒绝了奥巴马的各种请求，包括拓展环境保护署、全面进行移民改革、增加最低工资、更严格管控枪支以及其他种种要求。

更令白宫头疼的是奥巴马本想在全国做巡回演讲，妖魔化共和党人，迫使其与他保持一致，然而这个策略也破产了。正如《华尔街》在社论中所讲的：

（奥巴马）有足够的理由相信痛击共和党的战略没有奏效。他本想通过宣传把平稳地削减预算扣押描述成《现代启示录》[①]一样的故事，但是却收效不佳，大佬党也在他的加税议程上寸步不让。就连向来温顺的白宫记者团也发现奥巴马政府在很多方面扭曲了事实。奥巴马甚至决定关闭白宫，不允许放春假的小学生参观。这一行为着实有些斤斤计较、小肚鸡肠。

奥巴马遭遇的麻烦全都反映在支持率上，他的支持率已经跌至16个月以来的最低值。根据麦克拉奇报业集团与马瑞斯特学院发布的联合民调显示，在全部的登记投票者中，不满意奥巴马表现的（48%）比满意的（45%）多。天选之子奥巴马再也不能活在幻想中了。

奥巴马几个最亲信的政治顾问都劝他放弃吵架的语气，多与共和党人接触，这其中就包括他的三任白宫办公室主任拉姆·伊曼纽尔、约翰·波德斯塔和比尔·戴利，以及他现任的办公室主任代尼斯·麦克多诺。“你越做，就越喜欢。”他们中有人跟总统说。

于是2013年春天就出现了奥巴马的所谓笑脸攻势，《政客》也将其称为“奥巴马的备用计划：和共和党人打交道”。期间，奥巴马接二连三地和共和党参议员外出就餐，在国会大厦地下室跟众议院共和党人碰面。他甚至和自己的两个死对头林赛·格雷厄姆以及约翰·麦凯恩一同饮酒，邀请众议院预算委员会主席保

① 《现代启示录》，一部以越战为背景的影片，讲述了越战期间，美军情报官员威尔德上尉奉命除掉库尔兹上校，接到命令后，威尔德率领小分队，冒险乘小艇深入柬埔寨的故事。

罗·瑞安前往白宫共进午餐。

“本周我们经历了180度的转变，”众议院议长约翰·博纳中伤说，“奥巴马担任总统已经4年了，现在才想起来和众议院成员坐下交谈。”

突然爆发的亲切使得华盛顿很多人都开始怀疑奥巴马的诚意。“这就产生了一个尴尬的问题：这种闲谈议事是适度的谦逊和亲民的领导行为还是假模假式地在公众面前演戏呢？”《国家杂志》的罗恩·福尼尔写道，“这个问题我回答不了，因为我不能假装读懂了奥巴马的心思。我只能跟你说，奥巴马的部分顾问认为这些策略如果用在几天前可能有效，但是现在他们对此持保留态度。‘这是个笑话。我们这是在浪费总统的时间，也是在浪费我们的时间，’一位不愿意透露姓名的白宫高级官员在匿名的情况下跟我们坦诚地说，‘我真心希望你们（媒体界）的人能开心，因为我们现在所做的一切都是为了你们。’”

这些白宫顾问对奥巴马与共和党人握手言和的行为持怀疑态度，他们还反对总统让更多民主党员加入笑脸攻势，他们也不希望总统通过邀请克林顿和希拉里前往白宫进餐，以强调笑脸攻势的自发性和主动性。很多人都反对这一举措，其中反抗最强烈的就是贾勒特。

“如果贾勒特有办法解决这些难题，那么白宫晚宴事件就不会发生了，”贾勒特的一个密友说，“她跟总统和米歇尔说，这样做没什么好结果，不这样做也没有什么坏处。所以，为什么要这样做呢？但是奥巴马身边的政客大都不同意贾勒特的意见，这回也不例外，所以奥巴马决定驳回她的意见。”

“然而，贾勒特并非全输，总统还是考虑了她的意见，”该人继续说，“晚宴是秘密进行的，贾勒特不想让克林顿有机会在媒体面前提起这件事，更不想让他借题发挥，扳回一局，到时候白宫还得腾出精力处理这些事。这表明，在贾勒特心里克林顿一直都是那个我行我素、不考虑奥巴马最佳利益的人。此外，贾勒特还指出，如果将晚宴事件公开，无异于提醒媒体，此前奥巴马从未邀请克林顿夫妇到过白宫。”

因此，就在 3 月 1 日，也就是 850 亿美元的预算削减，亦称“预算扣押”生效的当天，克林顿夫妇悄悄地进入了白宫，和奥巴马夫妇在官邸中共用晚餐。一般来说，一旦奥巴马决定了一件事（例如，奇袭阿富汗），马上就会重新考虑。他用餐的心情从郁闷变成不快，最后则升级成了生气。

在礼节性的问候和家庭的闲谈之后，奥巴马问克林顿对预算扣押有什么想法：这能给他从政治上加分吗？克林顿对此做了长而无聊的论述。为了转换话题，希拉里对米歇尔说，她听说米歇尔想要竞选伊利诺伊州参议员，并问米歇尔这是不是真的。米歇尔说对此很有兴趣，但是还没最终做决定。

克林顿却露出了难以置信的表情。

第一道菜吃完，服务人员就将他们用过的餐具清走。这时，贾勒特加入了晚宴。她一来就立刻接上了米歇尔竞选参议员的话题。贾勒特说她很赞同这个观点，而且她明确表示，如果米歇尔决定竞选参议员，那么她想要主持竞选并担任米歇尔的办公室主任。

随后，克林顿将话题转向了奥巴马所吹嘘的 2012 年的竞选组织。他跟奥巴马说，他希望奥巴马将竞选组织及其所有数据和社交媒体资源都并入民主党全国委员会中。

奥巴马并没有回话，只是轻蔑地一笑。

“你必须让你的组织为 2016 年的候选人服务。”克林顿继续向奥巴马施压。

“是吗？”奥巴马话语里难掩讽刺。

二人就奥巴马竞选组织的经费来源以及 2016 年总统竞选经费的分配问题僵

持不下。克林顿提高了声音，奥巴马也加大了嗓门。

希拉里再次插嘴，试图把对话转到相对安全的领域，她向米歇尔询问一位二人共同好友（消息人士并未透露此人名字）的情况。每个人都喝了很多酒，奥巴马喝得最多，每次续杯的时候他都没有拒绝。

突然，奥巴马说自己得离开一会儿。总统走后，屋内寂静得甚至有些尴尬。

话题又回到了扣押预算上，在场的人都同意共和党人的做法会造成政府部分功能停摆，美国民众肯定会责怪共和党人造成的不便。

奥巴马重回屋里的时候，浑身都是烟味，米歇尔难掩厌恶之情。

接下来克林顿开始自顾自地讲起了自己在担任总统时所经历的政府停摆。他还进一步解释道，他在担任阿肯色州州长的时候就学会了应对此类危机的办法，正是这些经验帮助他在谋虑上战胜了共和党人，最终赢得胜利。

“执政经验是很重要的。”他说，很显然他是在暗示奥巴马缺乏这项重要的技能。

已经很多年没有人这样和奥巴马说话了。贾勒特一直扮演总统的看门人，确保有可能对奥巴马说教的人不得靠近。这也是贾勒特反对邀请克林顿夫妇共进晚宴的原因之一。

就在克林顿大谈特谈自己的管理经验时，奥巴马开始在桌下把玩自己的黑莓手机。很显然，他在用行动说明自己根本没在听克林顿说话，他是故意冷落克林顿的。桌上的其他人看到奥巴马玩手机，房间内的气氛变得愈发冷清了。

希拉里第三次转换了话题。

“您终于再也不用竞选了，感觉开心吗？”她问奥巴马，“您看上去好像不是很享受这样的生活。”

“对于一个不爱竞选的人来说，”奥巴马刻薄地回答说，“我已经伪装得够好了。”

“这样啊,”克林顿提出了自己的意见,“我倒是乐于参加竞选帮您获得连任。”

又是一段很长时间的沉默。最终，奥巴马转向克林顿，低声说：“谢谢。”

晚宴过后，克林顿夫妇在服务人员引导下离开了家庭区域。奥巴马看着贾勒特，摇了摇头说：“这就是为什么我从不请那家伙过来的原因。”

TIPS

美国联邦调查局

美国联邦调查局成立于1908年，隶属于美国司法部，是美国最重要的情报机构之一，英文全称是Federal Bureau of Investigation，英文缩写FBI。FBI的主要职责是坚持和执行美国的刑事法律，保护美国国家安全，调查来自外国的情报和恐怖活动，并为联邦、各州及其他国家和国际机构提供支持和刑事司法服务。FBI在反暴行、毒品/组织犯罪、外国反间谍活动、暴力犯罪和白领阶层犯罪等几大方面享有最高优先权。

第二十七章　有女初成

切尔西开始投身家族事业，帮助父亲筹备希拉里即将到来的总统竞选，帮忙运营克林顿基金会。她还将在希拉里的竞选中扮演重要角色，在父亲的悉心教导下，切尔西几乎已经可以掌控所有日常事务了。

白宫晚宴一周后，切尔西就从纽约飞到华盛顿。她刚刚和身为投资银行家的丈夫马克·麦兹温斯基掷千万美金购置了豪宅，该宅毗邻麦迪逊广场公园，可以俯瞰公园全景。此次巨额交易引发了世界关注，《任务》杂志刊登了两幅公寓的照片并配上有趣的文字："切尔西·克林顿现任全国广播公司的新闻记者，对未来是否谋取公职很看得开，她说自己还没有决定是否追随父母的脚步。"

切尔西在 33 岁时已经凭借自己的能力成为家喻户晓的名人。她在下飞机的时候，处处都展现出名流做派。当时正值 3 月，风很大。切尔西上半身穿着时尚的浅褐色半长夹克，刚好到大腿处，下半身则穿着紧身的黑色羊毛裤和牛仔靴。她把自来卷的头发拉直了，一头中分的金色过肩长发显得十分抢眼。

切尔西一下飞机就有一辆豪华轿车迅速将其送到父母位于使馆街的怀特黑文家中。门口私人车道上停着两辆情报机关的车，一辆为克林顿服务，另一辆则为希拉里服务。切尔西在两名特工的护送下进了家门，受到了父母的热情拥抱。克林顿和希拉里邀请切尔西的朋友和助手参加一个非正式的午后派对。

此时，客人们还没到，切尔西和希拉里就借此机会出去散步、运动。她们穿过泳池，来到家旁边的岩溪公园。一边快走，一边说着母女之间的悄悄话。几名情报机关的特工紧随其后，给她们留出适当的私人距离。

在过去的几个月里，希拉里一直催促切尔西赶紧生孩子，而切尔西则每次都回答说自己和马克已经在努力了，但是运气一直不好。据希拉里的一个朋友说，希拉里告诉切尔西必须摆脱所有压力。“你的父亲和我曾经面临同样的问题，”希拉里说，“当时你父亲刚刚当选州长，我是罗斯律师事务所的合伙人。当时我们决定去百慕大群岛度假，在那里才有了你。所以，我建议你们放下手机和电脑，悄悄去度假，别告诉任何人你们的行踪。”（最终，切尔西接受了妈妈的建议。于是，2014年春天，切尔西宣布自己要生宝宝了。）

母女俩从外面回来后，切尔西就直接上楼到自己房间，在这里父母专门为她留了套房。切尔西换上了聚会要穿的服饰：浅绿色羊绒线衣、黑色短裙和黑色皮鞋。

克林顿夫妇已经让菲律宾管家在餐厅的桌子上摆好了食物。其中大部分自助食物都是素食，同时也为肉食爱好者准备了一些烤肉。

切尔西的客人陆续抵达了，大家都受到了克林顿、希拉里以及三只小狗的热情欢迎。三只小狗分别是：棕褐色拉布拉多犬谢默斯，它患有关节炎，也老了，几乎不能站立；卷毛狗塔利；克林顿收养的流浪狗马西。客人们穿过客厅，可以看到墙壁上挂着越南抽象派风格的艺术品，其中还有一副切尔西和希拉里头戴越南斗笠的油画。走过落地双扇玻璃门便来到了日光浴室，里面有硕大的玫瑰花图案的天鹅绒沙发。

克林顿非常重视所有客人的感受，尽可能和每个人都有所交流，他尤其重视一些年纪较轻的男性和女性，因为面对克林顿家族这样三个世界上最有名的人在场，他们都显得有些局促和结巴。

切尔西担任聚会主持。最近，她开始投身家族事业，帮助父亲筹备希拉里即将到来的总统竞选，帮忙运营克林顿基金会。该基金会已经从“威廉·杰斐逊·克林顿基金会”更名为“比尔、希拉里、切尔西·克林顿联合基金会”。此次聚会的主要目的就是给切尔西提供机会，向父母介绍一部分她想在纽约基金会雇佣的人，因为基金会总部刚刚搬到位于美国大道的时代－生活大厦的 42 层。

“切尔西要在克林顿无力运营基金会的时候接替父亲的工作，”希拉里的一位密友说，“克林顿一直都很注意自己的身体，现在看上去也还算硬朗，但是他的心脏有问题。”

“切尔西还将在希拉里的竞选中扮演重要角色，”该朋友继续说，“在父亲的悉心教导下，切尔西几乎已经可以掌控所有日常事务了。毕竟，她了解家族事业的各个方面。现在，她已经算得上是政治方面的行家了，因为她聪明好学而且喜欢政治。

“将来有一天她自己可能也要竞选公职，可能是曼哈顿的众议院席位。但是克林顿和希拉里却很纠结。如果切尔西能够担任公职，他们肯定会非常高兴。但是希拉里也说过，女人从政太难了。在很多方面，人们对待女性要比对待男性更加苛刻。”

近年来，受邀前往怀特黑文参加聚会，可以称得上是至高无上的荣耀。

“希拉里已经在华盛顿政坛为自己打拼出了一片天地，人们将她比作全盛时期的帕梅拉·哈里曼[①]和凯瑟琳·格雷厄姆[②]，”一位曾多次出席希拉里聚会的朋友说，“他们的房子可以轻松容下一百多号人，如果克林顿夫妇在风景如画的花园里支起聚会帐篷，能招待的人就更多了。”

“希拉里一周要在怀特黑文举办好几次鸡尾酒聚会，这些聚会总是成为特区的话题中心。”这个朋友继续说。

“她所主办的聚会一直是首都最受追捧的聚会。克林顿夫妇曾经一度被当作卡特[③]夫妇似的乡巴佬，但是现在绝对不会了。希拉里往往会大手笔操办，她会提供最好的法国香槟和酒水，邀请最好的餐馆提供食物。聚会的菜单向来都保密，经常给人们带来惊喜。

“切尔西几乎每次都和母亲一起主办聚会，次数比克林顿都多，因为克林顿总是不在家，有时候在纽约的办公室，有时候在小岩城的图书馆。切尔西在豪宅中拥有一个自己的私人卧室，她待在房间里的时候也很多。举办聚会就是希拉里将她的声望、权力以及人脉关系转移给女儿的方式。很明显，希拉里已经把女儿选为自己遗产的继承人了。

“一位摄影师经常在房间中走动，记录怀特黑文发生的大大小小的事情，为克林顿家族与来自全国乃至全世界的杰出人士拍照留念。克林顿夫妇购买怀特黑文时，这栋豪宅就注定成为‘另一个白宫’。事实也正是如此。毫无疑问，

---

① 帕梅拉·哈里曼，英裔美国外交家、政治活动家，曾任美国驻法国大使。

② 凯瑟琳·格雷厄姆，《华盛顿邮报》前发行人、董事会主席，曾受到美国总统布什的高度评价。

③ 美国第39任总统卡特有平民总统之称，其主张“实而不华”的风格，被称为乡巴佬总统。

怀特黑文就是希拉里母女的主要秀场，不是克林顿的。虽然每当克林顿回来的时候，都会成为吸引人的焦点，但是希拉里才是这里的主人。权力交棒已经全部完成了。”

切尔西已经适应了父亲善变的性格。在下午聚会快结束的时候，她敏锐地察觉到了父亲情绪的变化，他的笑脸下隐藏着烦躁的表情。

“这是我们和奥巴马夫妇共进晚宴的后遗症，”切尔西的妈妈解释道，“你爸爸很生气，因为他坚信奥巴马要支持拜登。”

克林顿就在希拉里母女旁边，无意间听到了希拉里的解释。一位参加聚会的客人也听到了母女的对话，还向本书作者进行了现场还原。

“白宫晚宴实在是糟糕透了，”克林顿对切尔西说，“气氛特别尴尬，奥巴马非常无礼。我本以为他邀请我去，是想让我给他的第二任期提点儿意见，但是该死的，他一个问题都没问我。这次晚宴本可以成为他笑脸攻势的一部分，但我看是没了笑脸，只剩攻势了。”

切尔西被父亲的双关语逗笑了，然后她问：“奥巴马真的要支持拜登吗？”

“这会是一场恶战，”克林顿答道，他已经开始着手调查拜登，收集反对拜登的证据了，“我很确定，奥巴马夫妇根本不想支持你妈妈，有可能会支持（约翰）克里或者拜登。但是你也知道，我们比拜登和他们之外的所有人都聪明，如果拜登要攻击我们，我们肯定会好好地收拾他一番。”

希拉里点了点头，表示同意。

“最近，我从各州的委员会成员那里打听到了奥巴马对于 2016 年总统候选人的种种偏好，”克林顿继续说，“委员们都说奥巴马正在积极物色一个情况与自己相似的候选人。一个大家都不太认识的无名小卒，一个新面孔。奥巴马觉得自己是个优秀的总统，他想复制自己的成功，找一个‘小奥巴马’，继承自己的大业。他觉得美国人不会投票支持那些已经在政坛活跃多年的人，说你妈妈和我的做派太‘20 世纪’了，而他要找的是第二个贝拉克 · 奥巴马。”

TIPS

美国海豹突击队

海豹突击队是隶属于美国海军的一支特种部队，世界十大特种部队之一，亦是世界知名的特种三栖部队。“海豹”（SEAL）取 Sea（海）、Air（空）、Land（陆）之意。突击队正式组建于 1962 年，其前身是美国海军水下爆破队。自组建以来，无论是执行任务还是训练，海豹突击队都凭借出色的表现而成为特种部队的传奇，其最为大家所熟知的一项任务就是 2011 年 5 月击毙本 · 拉登。

第二十八章　肯氏家族

卡罗琳·肯尼迪和她已故的叔叔泰德·肯尼迪都曾全力支持奥巴马竞选2008年总统。然而，奥巴马一贯冷漠自私、不知领情，他毫不重视卡罗琳这个为他入主白宫做出突出贡献的人，多年来一直没有主动给她安排过任何工作，最终，驻日大使的职务才化解这个僵局。

4月初的时候，纽约上东区的公园大道被7万株高高的血红郁金香装点得分外妖娆，目之所及，道路中间全是血色郁金香。正午时候，由黑色运动轿车组成的车队停靠在了公园大道888号的绿色凉棚下。克林顿和希拉里走出座驾，专属情报特工们围在两侧，护送他们穿过楼内华丽的大厅，进入木板镶嵌的电梯，直接抵达另一位与他们齐名的女性居所，这名女性就是卡罗琳·鲍威尔·肯尼迪。

卡罗琳在门口迎接了他们，既没有特意穿华丽服饰也没有刻意梳理发型。不了解情况的人肯定猜不出这个女人身价估计有5亿，是美国最富有的女性之一。

卡罗琳和她的母亲杰奎琳一样，身材瘦削健美。但是很多人也发现，卡罗琳五官轮廓分明，所以她露齿微笑的时候更像父亲肯尼迪而不是母亲杰奎琳。

卡罗琳的公寓并不豪华，里面摆满了书，布艺沙发甚至都有些破了。她一边带领克林顿夫妇穿过公寓来到已经摆好位置的餐厅准备吃午饭，一边语气平和地跟他们交谈，声音也没什么起伏。餐座上只有三个位置，显然她没有给丈夫埃德温·施罗斯伯格留位置。施罗斯伯格是一名互动媒体设计师，和卡罗琳已经结婚27年了，现在二人生活基本上没什么交集。

“应该恭喜你。”克林顿就座时说。

克林顿指的是最近报纸报道奥巴马有意提名卡罗琳担任驻日本大使这一重要职位。之前任此职的有参议院多数党领袖迈克·曼斯菲尔德、霍华德·贝克、前副总统沃尔特·蒙代尔、前众议院议长汤姆·弗雷等。然而卡罗琳在外交政策上的资历显然不如这些重量级的政治家，而且说实话，她对日本也知之甚少。总统之所以任命她担任美国驻日大使，主要是想要遵循一个传统：总统用重要外交任命来回报那些主要的竞选支持者。

卡罗琳和她已故的叔叔泰德·肯尼迪都曾全力支持奥巴马竞选2008年总统。克林顿夫妇对泰德和卡罗琳在初选中支持奥巴马的行为十分震惊，但是他们还是选择小心行事，没有将愤怒表现出来，而是继续和卡罗琳以及肯尼迪家族其他成员保持友好关系。至于奥巴马则一直都是冷漠自私、不知领情。多年来，他一直都没有重视卡罗琳这个为他入主白宫做出突出贡献的人。奥巴马从来没有主动给她安排过任何工作。

“奥巴马在第一任时没有给卡罗琳提供任何回报，这让卡罗琳很失望，”卡罗琳的一个表亲的妻子说，“虽然卡罗琳很生气，但是她不想让奥巴马夫妇知道，因为她觉得他们总归会给她点儿实质性回报。但他们一直没动静，所以卡罗琳就默默地进行游说，与卡罗琳及肯尼迪家族交好的一些朋友不断向白宫发出暗示。”

“最终，驻日大使的职务化解了僵局，”这位女性继续说，“此次任命让卡罗琳和她在海恩尼斯堡的表亲都非常开心。很明显奥巴马夫妇和克林顿夫妇最近正在争夺民主党和国家的未来控制权，所以都在巴结卡罗琳。克林顿之所以来到波士顿和盖普就是为了明确表示希望肯尼迪家族能够联合起来支持希拉里。与此同时，奥巴马最近也暗示希望肯尼迪家族能够继续和自己站在同一阵线，不要在2016年大选中支持希拉里。在肯尼迪家族看来，如果卡罗琳远在地球的另一端，那么她就不能利用自己的影响和财富来支持希拉里了。他们觉得奥巴马决定任命卡罗琳担任驻日大使有这方面的因素。”

“最近我常去哥伦比亚大学和熟悉日本情况的老手交谈。”卡罗琳在午饭的时候和克林顿夫妇说。希拉里曾将对话的内容透露给一位朋友，这位朋友转述说：“我正学习使用外交辞令，而且我还组织了一批专家来给我提意见。我的孩子们（罗斯，25岁；塔蒂阿娜，23岁；约翰，21岁）都长大了，我也正寻求一次重大挑战。这就是我想要的挑战。肯尼迪家族中的人都很支持我。毕竟，家里出了个大使，他们也都喜出望外。”

卡罗琳这是在间接提及肯尼迪家族的创立人约瑟夫·帕特里克·肯尼迪[①]，好让克林顿有机会赞扬肯尼迪家族几十年来在公共服务方面所做的贡献。约瑟夫·帕特里克·肯尼迪曾在1938年至1940年期间出任美国驻英国大使。克林顿

① 约瑟夫·帕特里克·肯尼迪，美国第35任总统约翰·肯尼迪的父亲，1932年美国大选时，他支持富兰克林·罗斯福，后出任美国驻英大使。

跟卡罗琳说，自己是在她父亲约翰·菲茨杰拉德·肯尼迪的影响下进入政坛的。克林顿还回忆了他和泰德在海恩尼斯港肯尼迪大院的趣事。

这引起了克林顿想要创建自己家族大院的讨论，他也希望能有一个地方供他的家人（最好也包括）和未来孙辈在假日和重要场合聚会。希拉里提到了她最喜欢的避暑胜地，长岛东部的汉普顿斯。

“我家原来就住在那边。”卡罗琳说。

“我们正考虑在汉普顿斯买一栋属于自己的房子，但是那里的房价高得离谱，”希拉里说，但没提克林顿在离开白宫后已赚了1.25亿美元，大部分是演讲收入。

“家人是非常重要的，”克林顿说，“我们希望肯尼迪家族在下次选举的时候支持希拉里。”

卡罗琳点了点头，表示自己会认真考虑克林顿的请求（在2014年4月的时候，卡罗琳宣布如果希拉里决定竞选2016的总统，那么自己“绝对”会支持她）。随后卡罗琳立刻把话题转到了国务院的工作上。她想从前国务卿希拉里那儿获知点消息，看看如果自己接受了东京的驻日大使职务，可能会遇到哪些情况。

“别指望你能从国务院得到真正的开拔令，”希拉里回答说，“在奥巴马政府的运作中，所有重要外交政策都是从白宫发出的，基本上贾勒特完全操纵了这些事情。虽然你人在东京，但是肯定会一直受制于贾勒特。她肯定会就你职位的重要意义大谈特谈，说些你在日本将会代表我们国家之类的话。相信我，她肯定会大言不惭的。”

听到希拉里的话，卡罗琳大吃一惊。

TIPS

马丁·路德·金

美国著名的黑人民权运动领袖，1929年生于美国亚特兰大，1955年获波士顿大学神学博士学位。1957年，他参与建立了黑人牧师组织——南方基督教领袖大会，并担任首任主席。1963年8月28日，他在林肯纪念堂前发表了著名演说《我有一个梦想》，发出反对种族歧视、争取平等的正义呼声。迫于巨大的压力，美国总统约翰逊于1964年签署了民权法案。同年，马丁·路德·金获得诺贝尔和平奖。1968年4月，马丁·路德·金在支持田纳西州孟菲斯市工人罢工斗争中遇刺身亡，年仅39岁。

第二十九章　改头换面

离开国务院后，希拉里做了简单的整形手术。克林顿还想让她做一下颈部整形，希拉里一口回绝。克林顿则非常坚持，他说希拉里需要的不只是整形，更是一个全新的造型。并且，克林顿自己也去整容了。看到克林顿外形惊人的变化，希拉里终于同意再次做整容手术了。

2013年，美国独立日过后的周末刚刚过去，希拉里便罕见地现身小岩城，参加以她的名字命名的公共图书馆的落成典礼。距2016年的总统大选还剩下3年多的时间，但是一些重要人士（包括纽约的资深参议员查克·舒默）和几个财力雄厚的基层组织（包括名为“时刻为希拉里准备着”的超级政治行动委员会）已经做好了支持希拉里竞选总统的准备。

事实上，希拉里也准备好了。经过长达数周的饮食控制和瘦身锻炼，成果颇为显著。同5月份威尔斯利的团聚午宴时相比，希拉里好像又瘦了几磅。她还特意剪了个新发型，报纸记者在描述希拉里的新发型时说她“头发短了，刘海长了，头发烫了烫，显得更有层次感了”。但是，真正让见到她的人眼前一亮的是希拉里的面部变化。一位见过她的人对我说：“她看上去很像她几年前的样子，甚至更好看。”

几个月来，网上到处流传着希拉里的整容传言。实际上，她的一位密友在一次访谈中说，希拉里离开国务院后做了简单的整形手术。自那之后，克林顿就一直想让希拉里做一下颈部整形，因为希拉里的脖子看起来很松弛。但是希拉里拒绝再做第二次整形手术，而克林顿则非常坚持，他说希拉里需要的不只是整形，更是一个全新的造型。他想让希拉里扔掉自己标志性的长裤套装，穿他所谓的“能量套装”。克林顿让切尔西帮母亲挑选了一个服装设计师，为希拉里量身定做全套服装，就像奥列格·卡西尼为杰奎琳·肯尼迪量身打造个人形象一样。

“白宫现在已经不欢迎过时和守旧了。”希拉里的朋友说克林顿曾这样告诉希拉里。

然而身为妻子的希拉里却回答：“去你的吧，你自己去整容吧。”

克林顿还真的去整容了。他找了比弗利山的一位整形医生帮他做了颈部除皱，又称颈部整形。此外，他还注射了保妥适，治疗了自己红红的酒糟鼻。

“我觉得自己开始像菲尔兹①了。”后来他开玩笑说。看到克林顿外形惊人的变化，希拉里也同意再次做整容手术了。她本想要飞往里约热内卢，因为那里有世界上最出名的艾弗·皮坦基诊所。但是转念一想还是放弃了，毕竟长途出国的行程很难保密。

最终，希拉里决定在国内做手术。

---

① 菲尔兹，美国喜剧演员。

在希拉里的坚持下，医生将整容手术分阶段进行，这样她就能评估自己每个阶段的变化，然后再决定是否要进行下一阶段的手术。她对整形医师说，如果手术让自己的容貌变得“完全不同或者奇怪”，她就会立即停止手术。这种整形需要进行多次手术。在为期几周的整形期间，医生细心地给希拉里进行了脸颊修复、前额上提、颈部紧致以及脸部和眼部除皱。

“她绝不会跟人提起整容的事，”一个朋友说，“当有人问起的时候，她只是顽皮地笑一笑。在整形这件事上，希拉里其实表现得像个小女人，有些不好意思。但是她对结果很满意，她认为自己有勇气接受克林顿的建议，再次进行手术是对的。我猜如果竞选总统要换头，希拉里也不会犹豫的。”

希拉里在手术的恢复期间，就着手写自己的回忆录了。按原计划，该书将于2014年夏天出版。她邀请自己在国务院时的助手来怀特黑文帮她一起梳理文稿、分类档案。

“希拉里最近一直在阅读其他人的回忆录，包括亨利·基辛格[①]和艾奇逊[②]的，她想了解其他国务卿是如何经营自己的政治遗产的，”一位密友说，“她不想让自己的回忆录成为全盘揭秘，就像（前国防部长）罗伯特·盖茨[③]的书《职责》一样。但是，她告诉我，她的书也不会讨好白宫里奥巴马的人。”

希拉里和代笔团队（包括胡玛·阿贝丁、研究员伊桑·盖尔博、讲稿撰写人

---

① 亨利·基辛格，美国著名外交家、国际问题专家，美国前国务卿。

② 艾奇逊，美国律师、政治家，曾任美国国务卿。

③ 罗伯特·盖茨，美国职业特工，资深情报分析专家，历任中央情报局局长和国防部长。

丹·什未林[1]和特德·威德默[2]）草拟了提纲，但是该项目似乎陷入困境，比预计花的时间要长。“完成这项任务很费劲，”一个朋友说，“毕竟，希拉里并不是天生的作家。”

与此同时，希拉里进入了下一阶段的造型变化。首先，她换了新发型。在确定这个发型之前，希拉里还让不同的发型师帮她尝试了多种发型，最终才选定梳这个发型在小岩城亮相。

希拉里还上了演讲技巧课。

“希拉里对演讲课的老师说，她觉得自己的说话方式不够自然，”一个朋友说，“她说，当自己激动的时候声音就会变得难听刺耳，而且注意力不集中的时候说话还会含糊咬舌。”

与此同时，希拉里还采购了很多新衣服挂在衣柜里，并参观了著名服装设计师的工作室。设计师们很自然都想为希拉里设计服装。《时尚》杂志的主编安娜·温图尔[3]在时尚方面有很强的影响力，她是克林顿夫妇的老朋友，一直担任希拉里在时尚方面的非官方顾问。前年，温图尔参观了小岩城的克林顿图书馆，当时图书馆正在进行奥斯卡·德·拉伦塔[4]的作品展。之后，克林顿夫妇和纽约社区的精英们应邀一同前往奥斯卡在多米尼加共和国的庄园度假。有了温图尔的支持，奥斯卡成了首席设计师最有力的竞争者。

---

① 丹·什未林，希拉里的前国会和国务院助理。

② 特德·威德默，华盛顿学院历史学教授。

③ 安娜·温图尔，《时尚》杂志美国版的主编，是电影《穿普拉达的恶魔》的原型。自1988年起，她就确立了在时尚界的强势地位，成为确定流行趋势和扶持新人的点金之手。英国《卫报》把她称为“纽约的非官方市长”。

④ 奥斯卡·德·拉伦塔，美国服装设计师，擅长设计华丽的晚礼服和精致复杂的服装。

克林顿夫妇在小岩城的停留时间不长，克林顿的行程和以往差不多。他先是来到自己最钟爱的首都酒店的酒吧喝红酒，吃干炸豇豆。虽然克林顿向侍者抱怨自己的体重，但是他的兴致仍旧很高。就在几个月前，克林顿的医学营养师、切尔西与酒店的主厨碰面，探讨了克林顿的饮食结构。他们都认为克林顿在油炸食品方面必须有所节制。

就在克林顿出门享受夜生活，跟侍者聊天，和女服务员调情的时候，希拉里拜访了她在州长夫人时期结交的朋友们。她向朋友们暗示，除了在政治方面，她和克林顿基本上就是各过各的。

“克林顿和希拉里大概 20 年没有夫妻生活了，”希拉里最好的朋友说，“他们在白宫的时候就彼此疏远。这和莫妮卡（莱温斯基）有些关系，但冰冻三尺非一日之寒。希拉里很难再和克林顿亲密无间了，希拉里说自己永远都不会原谅克林顿。此前，克林顿偶尔也想和希拉里亲近，但是都被她拒绝了。所以，克林顿就干脆放弃了。这么长时间以来，他们也都觉得还可以彼此接受，但从不同床共枕。”

“希拉里坚信克林顿在私生活方面肯定过得丰富多彩，”这个朋友继续说，“总有女人见了克林顿就扑上来，而克林顿也会很明显地给出浪漫的回应。不管怎么说，这只是希拉里的观点。希拉里好像完全不在乎。她经常和克林顿一起讨论问题，制定战略。我觉得他们在做出所有重要决策之前，都会先征求对方的意见。当然了，希拉里并不总是听从克林顿的意见，这让克林顿很生气，有时候他颇有微词，有时候则狂怒不已。”

当然，他们偶尔也会为了切尔西而团聚在一起，但是基本上都是单独与女儿见面。

TIPS

自由女神像

自由女神像，全名为“自由女神铜像国家纪念碑”，位于美国纽约市海港内的自由岛上，由法国雕塑家巴特勒迪完成，是法国为纪念美国独立战争期间的美法联盟赠送给美国的礼物。女神头戴光芒四射的冠冕，身着古希腊风格的服装（一说罗马古代长袍），右手高擎火炬，左手紧抱《独立宣言》，脚下是打碎的锁链，象征暴政已被推翻。1984 年，自由女神像被列入世界遗产名录。自由女神像恰在航线的附近，已成为船舶进出纽约港的一大景观。

第三十章　挥之不去

希拉里的前任贴身助理和过渡办公室主任阿贝丁的丈夫安东尼·韦纳因被曝通过推特账户向他人发送他自己的具有性暗示的照片，被迫辞去众议员职务。辞职一年多后，丑闻卷土重来。此次丑闻也让克林顿夫妇严重蒙羞。韦纳丑闻影射了克林顿之前的丑闻。

2013 年 7 月末的一个夜晚，克林顿夫妇和一位朋友在切尔西最喜欢的纽约餐厅进餐。切尔西提前和执行主厨通了电话，特地让他为父母和朋友烹制了美味的素食菜肴，甜点则是脆皮樱桃馅饼。希拉里开玩笑说，这种酥皮水果馅饼应该被定为违禁物品，因为吃起来太容易上瘾了。

快吃完的时候，希拉里跟朋友说："我对阿贝丁和韦纳正在经受的痛苦深表同情。"

希拉里说的当然是自己的前任贴身助理和过渡办公室主任胡玛·阿贝丁以及阿贝丁的丈夫安东尼·韦纳。2011 年，韦纳被曝通过推特账户向他人发送他自己的具有性暗示的照片，所以被迫辞去众议员职务。辞职一年多后，丑闻卷土重来。当时，韦纳正在竞选纽约市市长，虽然他抗议说自己已经改过自新了，但是网络上曝光了更多的露骨照片。因此，韦纳不得不举办新闻发布会，承认自己曾继续和化名十分可笑的“危险卡洛斯”发送“情欲短信”，阿贝丁则抑郁地站在丈夫旁边。

此次事件影响甚广，不光韦纳竞选纽约市市长受到影响，他还丧失了民主党初选中的领先优势，跌至最后一名。事后证明，此次丑闻也让克林顿夫妇严重蒙羞。

“从某种意义上来说，”《纽约》杂志报道说，“韦纳丑闻影射了克林顿之前的丑闻，让人们想起克林顿之前的不堪形象，无法控制自己的欲望导致桃色新闻满天飞。希拉里在2016年总统竞选中一定要避开此类事件。”

然而这还不是“阿贝丁－韦纳”丑闻的最终结果。据《政客》揭露，希拉里和阿贝丁达成了极具诱惑的甜心交易。希拉里安排她在国务院兼职，但是要降低她在道格·班德的“提尼欧投资公司”以及克林顿基金会的工资。在接受记者盘问的时候，阿贝丁拒绝承认自己曾将在国务院工作时获得的信息提供给私人雇主。这件事不光给人留下了坏印象，还让人们重新想起了克林顿那些可疑的经济往来。

在此期间，媒体纷纷猜测，希拉里已经给阿贝丁下了最后通牒，如果阿贝丁想要继续和克林顿夫妇保持友好关系就必须抛弃丈夫。但希拉里经历过错综复杂的物品交易“白水事件[①]”的大风大浪而毫发无伤，因此，她对阿贝丁的经济事

① 白水事件，又称“白水开发公司案”，该公司位于克林顿家乡阿肯色州小岩城，是一家房地产专营公司，克林顿拥有这家公司50%的产权。该公司与阿州一家储贷担保公司有关系，而其老板与克林顿是密友。此担保公司后来涉嫌“银行诈骗”破产，老板入狱。由于使一些纳税人损失惨重，于是联邦调查局进行调查，发现希拉里曾从该公司获得过一笔红利。这笔钱先存入白水开发公司名下，然后希拉里利用法律漏洞把钱转出，用作克林顿竞逐连任阿州州长的费用。克林顿在此案中被控妨碍司法、做伪证等罪行。但最终却找不到任何足以威胁这对夫妇的证据。

件并不惊讶，实际上，她觉得韦纳和阿贝丁根本没犯什么严重错误。

“这些新闻搞得我好像非得要让阿贝丁抛弃她刚出生孩子的亲生父亲，”参与了七月纽约晚餐的一个朋友称希拉里曾说，“在我看来，韦纳虽然有错，但是也不至于要被迫离开儿子，搞得刚出生的小婴儿没有完整的家庭。我想的是让阿贝丁和韦纳解决问题，我也觉得他们肯定能解决。如果我成功当上总统，肯定让韦纳和阿贝丁在政府中担任职务。”

希拉里对未来政府的畅想似乎激发了克林顿的新一轮思考：和贝拉克·奥巴马达成协议的希望十分渺茫。

“那个家伙真的很讨厌我们，”克林顿说，“我们这么可亲可敬，他还是满心讨厌我和希拉里。我真不知他是怎么想的。”

每次提到奥巴马，都会让克林顿添堵。今晚，他尤其生气，因为希拉里最近独自参加了白宫的午宴，还是奥巴马亲自送的请柬。当时，奥巴马出席了位于达拉斯州南卫理公会大学的小布什总统图书馆的落成典礼。“午宴就只有我们两个人。”奥巴马说。这就意味着克林顿没有受到邀请。希拉里问奥巴马是不是有什么特别的问题需要讨论。奥巴马笑了笑说：“没有啦，就是想跟你联络一下感情。我很想你。”

奥巴马和希拉里在总统办公室外的露台上吃了烤鸡和意大利什锦面。白宫记者团成员得知二人在户外共进午餐的消息，他们觉得事情肯定远不止吃顿饭这么简单。例如，外面铺天盖地全是奥巴马支持希拉里竞选2016年总统的讨论。白宫尽力想消除这种猜测。

“在过去的4年时间里，”白宫发言人乔希·欧内斯特说，“国务卿希拉里和总统不仅建立了稳固的工作关系，他们之间还有真挚的友谊……所以这次午宴并非工作午餐，而是二人之间的一次小聚，毕竟他们在过去的 4 年中频繁见面。”

克林顿并不这么看。在他看来，奥巴马在跟他们玩手段。晚宴、午宴、高尔夫聚会都是奥巴马表演的一部分，他想要通过讨好希拉里来缓和克林顿的怒气。奥巴马信奉《教父》里的名言：“跟朋友要亲密，跟敌人要更亲密。”奥巴马需要克林顿夫妇，虽然他只是想让克林顿夫妇闭嘴，不再批评他而已。

当然，克林顿承认他们夫妇需要奥巴马的程度超过奥巴马需要他们的程度。克林顿一直没有完全放弃说服奥巴马的希望，他还是想让奥巴马保证在选举中坚决支持希拉里。克林顿觉得奥巴马之所以没有邀请自己去白宫共赴午宴，就是因为他不想讨论这个话题。

希拉里也同意这一看法。她跟朋友说，奥巴马遭到他们夫妇二人的威胁，在游戏中克林顿总能让奥巴马出乖露丑，克林顿总有办法纠缠他。

因此，在克林顿夫妇看来，这次午宴失败了。每当希拉里想把对话转到 2016 年的竞选上去，奥巴马就岔开话题。结果，午宴结束，希拉里空手而归。

“他会给我们点小恩小惠，比如，让我们在民主党全国委员会中安排朋友任职，”克林顿说，“但问题是，奥巴马离任后仍想在世界舞台上继续扮演重要角色，这让我们之间的宿怨变得很私人化。”

“我要为奥巴马的医疗改革方案做宣传，”克林顿继续说，“但是我不会事先参阅白宫辞令。我会跟人们说这个方案有问题，而希拉里能解决方案中的问题。我有能力让美国民众接受这个事实，而奥巴马夫妇则不能。最后，我想让希拉里制定可行的法令，然后把这件事的功劳全部揽在自己身上。她做这种事已经做了 20 几年了，她非常清楚如何让事情顺利运作。”

TIPS

普利策新闻奖

也称普利策奖，被视为美国新闻界最高奖项，由美国报业巨头约瑟夫·普利策出资创立，自 1917 年以来每年颁发一次。约翰·肯尼迪是唯一获得这个奖项的美国总统。

普利策奖包括新闻奖和艺术奖两大类，其中新闻奖主要有：公共服务奖、报道奖、社论奖、漫画奖、批评评论奖、通讯奖、特写奖、新闻摄影奖等；文学艺术奖有小说奖、戏剧奖、诗歌奖、美国历史作品奖、自传或传记奖和非小说作品奖；音乐作曲奖一项。另外，还颁发两项特别奖。

首届普利策摄影奖是 1942 年颁发的。此后，除 1946 年外，每年颁发一次。从 1968 年开始，摄影类增设了专题新闻摄影奖，获奖作品通常由一组照片组成。

第三十一章　奥氏红线

2012年8月，奥巴马发表讲话：他宣布阿萨德政权使用生化武器将成为美国最后的“红线”。截至2013年夏天，距奥巴马给阿萨德下达“必须下台”的最后通牒已经过去两年之久，而且有确凿证据证明阿萨德已经使用了生化武器，但奥巴马却毫无作为。

贾勒特和奥巴马在白宫办公室里谈话，贾勒特确认四扇门都关好了，以防有人听到她对总统的训斥。

“红线！”她说，“你怎么能说出这样的话？”

奥巴马把脚架到坚毅桌①上，眼睛一直盯着伦勃朗·皮尔②为乔治·华盛顿画的油画，不肯直视贾勒特的目光。

---

① 坚毅桌，维多利亚女王为了表达英美两国的友好关系，打造了两张坚毅桌，一张送给美国，并多次被美国总统放置在白宫的总统办公室中；一张在伦敦白金汉宫，是英国女王的办公桌。

② 伦勃朗·皮尔，美国画家，1795年曾为华盛顿画肖像。

“您被选为总统，不是要你去打仗的，”贾勒特在和朋友回忆起此事时说，“您的主要任务是处理好国内事务，不是管闲事。您必须收回您的话。”

贾勒特对奥巴马所谓的“红线”策略很生气，他在叙利亚事件上的做法已经引起众怒。共和党人和民主党人都很生气。就连一向会放总统一马的主流媒体也不再温顺，开始质疑总统的能力。

专栏作家理查德·科恩是自由派代言人，他在《华盛顿邮报》中声称，奥巴马在叙利亚政策方面，没有遵循前后一致的原则，在情感上也不够稳定。奥巴马那没头没脑的“红线”没多久就神秘地消失了，威胁要对叙利亚进行导弹袭击，现在也不了了之了。奥巴马对叙利亚的政策实在是游移不定。如果奥巴马照这样开车的话，肯定会被质疑酒驾。

《纽约时报》的专栏作家莫琳·多德向来以讽刺和幽默著称，似乎格雷夫人①都能被她逗笑。这次，她叹息道：“啊，奥巴马在幕后执政的美好时光将一去不返了。”

再者，由于缺乏经验、能力不足和错误理解美国在当今世界的地位等原因，奥巴马把美国搞得像纸老虎一样。他在外交政策上指手画脚的做派是他领导生涯中的又一败笔，就如同他在总统任期内立法推行奥巴马医改一样。

奥巴马曾保证，在政府医保网站，即奥巴马医改网站，购买医疗保险就跟在“亚马逊上买电视机一样容易”。但是自从2013年10月该网站上线以来，就一直运行不畅。数据错误和连续故障甚至让用户根本无法注册。网站还经常瘫痪，

① 格雷夫人，也称灰夫人，是很多文学作品中的幽灵或鬼魂，如《哈利·波特》中的格雷夫人是拉文克劳的幽灵，性格忧郁。

上面全是错误的信息和漏洞百出的文件。一开始，政府还尝试采取措施修复，但最终都失败了。以至于几个月过去了，网站还是一塌糊涂。

更糟糕的是，总统之前的承诺——如果你们喜欢原来的医保计划，可以保留——竟然无法兑现。数百万人因为旧的医保计划与奥巴马的新要求不符而不得不取消原来的计划。此外，白宫还发表了令人费解的解释说明，并颁布了推迟大企业雇主提供医疗福利的号令。种种补救措施并没有解决问题，反而使局面更加复杂。据全国广播公司的调查显示，奥巴马政府一直都知道有40%至67%的个人投保人会失去保险。那么问题是：白宫为什么不提前采取措施加以防范呢?

“要是其他总统，肯定会严厉督促白宫的人解决这些问题，每天一次，甚至每天两次，来确保全民医疗法案正常推行，”理查德·科恩抱怨道，“但是奥巴马却没有，大家都很震惊。这就好比白宫把这块巨大的蛋糕摊开后，后面竟然没人出来响应。”

奥巴马的医疗改革是场灾难，因为它影响到了每个美国公民的生活，它给奥巴马带来的挫败感也是深刻而持久的。而且，诸多未能兑现的承诺令奥巴马的信任度大打折扣，比如奥巴马曾保证关闭关塔那摩湾隔离营，但再次食言，这也令他倍受打击。此外，奥巴马的全民医保立法在近70年以来，一直是进步政策的核心，全民医改的失败使人们开始怀疑自由主义的信条。

克林顿则立刻抓住奥巴马的弱点，在一家新的在线杂志——《奥兹》的采访中表示，奥巴马医改引发了一连串的“灾难”，总统必须兑现承诺，不能通过法律强迫人们更改原来的保险计划。

“美国公民都听到了奥巴马的承诺——如果你们喜欢原来的医保计划，可以保留，”克林顿说，“从我个人来讲，我是相信总统的。即使要修改法律，总统也会信守联邦政府对公民许下的承诺，让大家可以维持现状。”

克林顿的言论很明显是在暗示奥巴马根本就是个业余总统，如果希拉里当选总统，肯定不会让医改推行得如此糟糕。

磕磕绊绊、表现业余也是奥巴马处理叙利亚事件时的特征。2011 年 8 月，奥巴马宣布：“为了叙利亚人民的利益，总统阿萨德是时候下台了。”但是，巴沙尔·阿萨德丝毫没有把奥巴马的威吓令放在心上。在俄罗斯和伊朗的扶持下，阿萨德仍在掌权，叙利亚内战也仍在持续，每个月都会造成上万人死亡。

但是奥巴马却无所作为。

一年后，即 2012 年 8 月，奥巴马在新闻发布会上即席发表了讲话：他宣布阿萨德政权使用生化武器将成为美国最后的“红线”。“‘红线’将会改变我的计算方法，”奥巴马说，“‘红线’也会打破原有的平衡……我们的红线就是看到大规模生化武器的调配或使用。”

正如奥巴马所说，有报告显示叙利亚的阿萨德政权正在对自己的人民使用毒气。国务卿希拉里、中央情报局局长大卫·彼得雷乌斯、国防部长莱昂·帕内塔以及参谋长联席会议主席马丁·登普西都敦促总统采取措施，希望美国方面可以向一定数量的叙利亚反对派提供武装和训练。毕竟反对派与西方交好，且与基地组织并无关系。希拉里在离开雾谷前，还跟《纽约时报》说，她曾经极力提倡采取更加强硬的措施。

但是奥巴马却无所作为。

截至 2013 年夏天，距奥巴马给阿萨德下达“必须下台”的最后通牒已经过去 2 年之久了，而且有确凿证据证明阿萨德已经使用了生化武器。于是，要求奥巴马兑现“红线”承诺的压力越来越大。不断有人呼吁对反对派进行武装，在叙利亚设置禁飞区……无论如何，美国政府都必须采取措施，阻止这种残暴的行为。

很多人对奥巴马的叙利亚政策都有意见，包括克林顿。克林顿本以为奥巴马会履行承诺，支持希拉里角逐2016年总统。但自从奥巴马反悔后，克林顿就一直伺机报复，他要狠狠地打击奥巴马第二次任期的议程。前总统圈内的核心成员说，克林顿的调解人道格·班德和特里·麦考利夫已经警告过白宫，称白宫正在遭受“克林顿的抵制”，克林顿已经下定决心要让奥巴马为自己的欺骗行为付出代价。

而克林顿的机会终于来了，在一次非公开的新闻活动中（此次活动是由参议员约翰·麦凯恩的相关机构赞助的，《野兽日报》获得了克林顿发言的部分录音），克林顿声称，奥巴马对叙利亚袖手旁观是冒着被人说成“懦夫”、“蠢材”和“废物”的风险。

但是贝拉克·奥巴马依旧无所作为。

在奥巴马四年半的任期中，贾勒特从来没有对总统发过这么大的脾气。她向一个朋友透露说，让总统保持专注实在是太难了。他老是觉得无聊，想要进行下一个话题。他想要展示自己出众的才华，给人们带来惊喜。这也许能解释“红线”到底是怎么回事：都是奥巴马的骄傲性格在作怪。

“这是为什么呢？”贾勒特问奥巴马，“您在发表这么重要的言论之前，都不和顾问商量一下吗？毫无准备的讲话总是让您陷入困境。”

根据叙利亚方面的新闻，阿萨德实际上已经利用非法的有毒制品杀死了超过1400名平民，这真是在给奥巴马加码。白宫现在深陷崩溃和丑闻的泥潭，弥漫着不安的气氛，而奥巴马最不想做的就是引发全民深恶痛绝的争论——是否应该使用武力。

此刻，失败的阴云笼罩着白宫。通常白宫都指望《新共和》挖掘一些正面的新闻来赞扬奥巴马，可是这次连《新共和》也开始同情奥巴马的处境了。该杂志总结道：奥巴马可能真的要成为“最跛的跛鸭”了。

希拉里最近参加了威尔斯利学院同学聚会的午宴，她使用了生动的比喻来描述奥巴马政府的危险处境。“奥巴马总统嘛，”她说，“就是无人掌舵。”

曾任纽约《新闻周刊》、《绅士》杂志以及《纽约每日新闻》总编辑的爱德华·科斯纳在《华尔街日报》的一篇社论文章中指责奥巴马是“失败的管理者”。科斯纳写道：

2008年，贝拉克·奥巴马当选总统，成为近半个世纪自约翰·菲茨杰拉德·肯尼迪以来资历最浅的总统。奥巴马20几岁的时候，在芝加哥担任社区组织者，领导过13人的小队伍。随后，他在半年的时间里带领10个人的团队，进行了为期半年的投票动员，此次运动共有700名志愿者参加。在哈佛法学院，奥巴马还组织过法律研讨。如果没有步入政坛，奥巴马可能已经在芝加哥大学法学院当作家和老师了。可是他最终还是从了政，先是当了8年伊利诺伊州州议会议员，然后是4年的美国参议院参议员，身边大概有三四十名工作人员。

不管奥巴马是多么杰出的政治家，他的上述背景对管理错综复杂的官僚机构以及应对高科技的军队管理几乎没什么作用，更不要说总是让人恼火的国会了。奥巴马基本上可以说是储备不足，所以，除了回应外交政策之外，其他方面他基本上放手不管。说他一无是处已经算是客气了。

有人称奥巴马是“无舵手的船长”（希拉里曾这样说过），有人说他是“失败的管理者”（科斯纳这样说的），还有人说他是“业余总统”（这是我的说法，最终很多人也都接受了，包括《时代》杂志的乔·克莱恩、《纽约时报》的莫琳·多德以及《福克斯新闻》的查尔斯·克劳塞默）。当然，如果说奥巴马的行为有些“近乎妄想”，这显然是不够准确的。

然而，奥巴马在想些什么呢?

尽管奥巴马的管理出现了重大问题，比如叙利亚局势、奥巴马的医改网站和国家安全局的窃听丑闻，奥巴马政府把事情搞得一团糟，但奇怪的是，奥巴马似乎完全没有察觉到这个烂摊子。也没有任何迹象表明奥巴马已经意识到了即将到来的全面溃败。相反，他对核心成员说，未来一片光明，“我在白宫里面都得戴墨镜了”。

联邦政府关门事件中，为庆祝共和党全面溃败，奥巴马还和自己的高级顾问击掌，全然不知自己和共和党人都已名誉扫地。

更糟糕的是，奥巴马觉得自己在国内所面临的困境都是一些喋喋不休的蠢材编造出来的。奥巴马认为，所谓的丑闻都没有可靠证据，包括班加西事件、美国国税局将保守派民间政治团体列为骚扰目标、司法部门收集手机信息、监管记者詹姆斯·罗森的电话和邮件、唆使凯瑟琳·西贝利厄斯①接受企业对她所管辖部门的捐款……这些统统都是对手制造的假象，原因不外乎党派斗争或者是赤裸裸的种族主义歧视。

奥巴马为何会如此不切实际呢?

这和贾勒特的过度保护不无关系。他们将所有可能与总统观点相抵触的建

① 凯瑟琳·西贝利厄斯，美国民主党政治人物，曾任美国卫生及公共服务部部长，因医保改革失败而请辞。

议都过滤掉了，人为设置隔离区，将与奥巴马不同的意见和负面想法完全屏蔽掉了，以防惹奥巴马生气。因此，奥巴马只能接收到天下太平的错误信息，一厢情愿、自以为是。例如，美国在当今世界比乔治·布什执政时期更不受欢迎；又或者美国的盟友，尤其是以色列和沙特阿拉伯，当然也包括巴西和日本及其他数不清的盟友，对于华盛顿的决策都丧失了信心。这一切信息都石沉大海，他根本无从得知。

2013 年的春夏，当时奥巴马还没搞砸叙利亚政策，医改也还没遭遇开门黑。总统和最亲密助手谈话时，语气都很轻松，好像自己第二次任期的后半程定会非常成功。贾勒特预测茶党会引领共和党“像旅鼠一样盲目跳下山崖”。她在获胜的路上，到处都能看到民主党人的身影：新泽西州的民主党人科里·布克[①]赢得了参议员选举；弗吉尼亚州的民主党人特里·麦考利夫在州长竞选中打败了茶党对手；左翼民粹主义者比尔·德布拉西奥以绝对优势赢得了纽约市市长的选举。

对奥巴马阵营来说，“进步主义”是可以用来代替饱受争议的“自由主义”的标签，是美国政坛最重要的议事日程。奥巴马说不平等比就业危机、经济低迷甚至国家债台高筑都重要，不平等是“当今时代的重大挑战”。贾勒特和白宫其他几位顾问对民主党候选人在 2014 年中期选举中获胜充满信心。到时候所有问题都会迎刃而解，众议院也会重回民主党的掌控之中，南希·佩洛西会再次出任议长。

贾勒特对海外事情的进展也相当乐观。在希拉里担任国务卿时，白宫依旧紧紧地控制外交政策，这让希拉里的继任者——妄自尊大的约翰·克里拥有很大的

① 科里·布克，美国新泽西州纽瓦克市市长。

发挥空间。克里致力于全球的安全事务，乐此不疲，他试图让伊朗人和叙利亚人有所收敛，妄想让以色列和巴勒斯坦能够达成一致，并借此问鼎诺贝尔和平奖。与此同时，按计划，美国军队应该于2014年离开阿富汗，结束美国最后一场海外战争。美国在中东进行另一场军事干涉的希望已经十分渺茫。所有关注焦点已经转移到了国内，这正是奥巴马白宫团队所期盼的。

于是就有了奥巴马著名的红线政策。

后来，事实证明“红线”还不是奥巴马在叙利亚问题上犯的最大错误。

2013年8月底，奥巴马下令国防部派遣包括轰炸机、战列舰、潜水艇在内的远征军开赴东地中海。奥巴马还派遣国务卿克里代表美国公开发表声明，称美国将采取军事行动反对叙利亚。克里攻击阿萨德是“恶棍和杀人犯”，将他比作叙利亚的希特勒。全世界都准备好要看美国的巡航导弹有如雨点般落在叙利亚境内，全世界都想看美国是如何震慑阿萨德并打击生化武器的。

但是奥巴马又犹豫了。

奥巴马之所以迟疑主要有两个原因：第一，英国首相大卫·卡梅伦在众议院针对是否参与叙利亚联合行动的投票表决失败了，奥巴马被最重要的盟友抛弃了；第二，贾勒特也劝说总统可以通过与国会串通一气，来为自己在各种军事行动中寻求政治庇护。

贾勒特在总统办公室责怪奥巴马的当天晚上，奥巴马和自己的办公室主任丹尼斯·麦克多诺在白宫的草地上散步。令麦克多诺震惊的是，奥巴马竟然说他想让国会授权发动对叙利亚的打击。

“这个计划，”全国广播公司驻白宫首席记者查克·托德报道说，“立刻遭到了奥巴马团队的激烈反对……奥巴马的国家安全委员会认为投票的事情根本摆不到桌面上来。”

奥巴马的顾问认为去国会根本就是在冒不必要的政治风险，因为国会根本不相信奥巴马的领导能力，而且参议院有一半掌控在自由民主党手中，他们对战争根本不感兴趣。“这些日子的白宫实在是太令人费解了。”来自弗吉尼亚州的民主党代表吉姆·莫兰说。莫兰指出，要是奥巴马给众议院民主党领袖南希·佩洛西打电话说：“我正在考虑把这个决议案送到国会，您觉得结果会怎样呢？”佩洛西肯定会说：“您在开玩笑吧！”她可以预见投票结果。

奥巴马派国务卿克里去参议院做证，结果克里把红线事件搞得更糟了。

“一些人极力想说，我们现在所进行的讨论是关于奥巴马的红线政策，”克里说，“而我可以毫不含糊地说，这些人的想法大错特错。这个讨论是关于世界的红线，以至于人类的红线。”

但是，国会根本不买账。参议院准备对授权使用武力的决议投反对票。奥巴马似乎在这个问题上进入了死胡同。

然而，克里的即兴言论在最后关头却挽救了奥巴马。在伦敦的新闻发布会中，克里说，如果阿萨德同意将生化武器交由国际社会管控，那么美国将放弃对叙利亚使用武力。随即，一眨眼的工夫，俄罗斯外交部部长拉夫罗夫就宣称，如果美国不再对叙利亚进行军事干预，那么俄罗斯一定会监督阿萨德将生化武器全部上交。

奥巴马接受了拉夫罗夫的建议，即使这意味着美国不得不与自己下过最后通牒的阿萨德进行生化武器的谈判。于是，华盛顿和莫斯科达成了协议，阿萨德仍可以继续执政，想杀多少同胞都可以。简言之，奥巴马在谋略上输给了自己的重要外交对手——俄罗斯总统弗拉基米尔·普京。

“普京先生，”《纽约时报》的社论作者抱怨道，“成了主导叙利亚危机议程的世界领袖，令奥巴马黯然失色。普京对美国的军国主义进行了严厉的批评，并为解决叙利亚问题提供了一个可行方案，虽然这个方案具有高度的不确定性。自苏联解体以来，俄罗斯在中东的利益一直处于边缘化地带，而普京此次在该地区确定了俄罗斯的权威地位。”

《福布斯》杂志向来以其年度榜单和排名而闻名。此次，他们做得颇为过火。《福布斯》在2013年“全球最具影响力的人物榜”上把贝拉克·奥巴马排到了弗拉基米尔·普京的后面，位居第二。

“在国际上，”史蒂夫·福布斯说，“奥巴马是二战以后最弱势的总统，连吉米·卡特在外交事务上的表现都比奥巴马强。外交官们对奥巴马的行为更加震惊，例如，奥巴马在参加国际会议前极少做准备，去的时候根本不带议事日程，也不提前和其他领导人互动，寻求支持。他的表现仅限于到场……你觉得奥巴马在发表了针对叙利亚的红线言论后，以色列还会相信自己可以仰仗白宫的支持吗？”

对奥巴马来说，2013年是“多灾之年”——英国女王伊丽莎白曾在戴安娜王妃出版公开揭秘图书以及温莎城堡起火的那一年用过这个拉丁词语。比起他们，奥巴马的灾难列举出来似乎更多：

奥巴马的医改承诺（“如果你喜欢原来的医保计划，可以保留”）化为泡影；

国家安全局的监听丑闻被揭露，影响极坏；

奥巴马消失的红线政策暴露了他是一只没有牙齿的老虎；

奥巴马的支持率下跌，出现了自乔治·布什执政的黑暗时代以来的最低值。

在年末的新闻发布会上，有人问奥巴马犯的最大错误是什么。他说是推行医改计划，然后他补充道："不是我没有自我反省，我每一天都在检讨自己，比梅哲·加内特（哥伦比亚广播公司新闻记者）和埃德·亨利（福克斯新闻频道记者）的批评都要深刻……但我觉得在享受几天的睡眠和阳光之后，肯定能想出更好的解决办法。"

TIPS

美国大选"第一村"

每到美国大选年，新罕布什尔州两个偏远村镇总会引起广泛关注。这是因为，无论是 1 月份的总统预选，还是 11 月份的全国大选，这两个地方都是全美最早进行投票的地方。因此它们被并称为美国大选"第一村"。

这两个小镇，一个叫迪克斯维尔山口，另一个叫哈特，两地人口加起来不到二百，符合选民资格的更是只有数十人。而该州法律规定，凡人口不足百人的投票点，最早可在预选和大选投票日零时过后举行投票。

第三十二章　拉拢女王

贾勒特拜托了奥普拉很多事情，都被奥普拉拒绝了。她说自己任务很多，无暇顾及。真正的原因是，她觉得自己遭到了奥巴马夫妇的轻视，她得让他们知道自己的不满。而克林顿夫妇为了和奥普拉保持友好关系可谓煞费苦心，他们也很有信心奥普拉会站在他们这边。

2013 年 12 月末，连受重创、浑身瘀伤的总统和第一夫人准备好了和两个女儿一起飞往夏威夷度过每年为期两周的家庭假期。能够避开华盛顿的苦涩政治，他们都很开心。说实话，其实华盛顿也很想让他们走。

“城中掀起了对总统奥巴马的猛烈攻击，”迈克·阿伦和吉姆·范德海在《政客》中报道说，“这对白宫来说是极坏的消息。共和党人等了 5 年，就为寻找时机向奥巴马施压，现在他们终于逮到了机会，而且 1/3 的国会委员会已经注意到了这个提案。民主党大佬原本就不是总统的热衷粉丝，现在到了一吐为快的时候。记者自顾自地谴责起奥巴马政府的谎言、伤害和阴暗。”

在奥巴马一家离开首都之前，贾勒特建议米歇尔给在夏威夷有房产的奥普拉·温弗瑞打个电话，看能不能与媒体女王和好。委婉点说，奥巴马白宫和奥普拉的关系一直很僵，难听的话就更不要提了。奥普拉觉得奥巴马的人没有给予她足够的尊重，她必须得想办法让他们知道自己的不满。

就在几个月前，贾勒特邀请了包括奥普拉在内的一众名人，其中有艾米·波勒①、詹妮弗·哈德森②和艾丽西亚·凯斯③，一起与总统会面，讨论如何才能让公众注意到奥巴马极富争议的医改法案。奥普拉拒绝了邀请，只派了人才机构中的一个低级代表赴会。在白宫看来，这就是在羞辱总统。

接到米歇尔的电话，奥普拉很吃惊，毕竟她们已经好几个月没有说过话了，奥普拉有点好奇第一夫人到底想要干什么。

米歇尔告诉奥普拉，奥巴马一家将要到瓦胡岛的凯鲁瓦度假，离奥普拉在毛伊岛的居所非常近。更巧的是，她和奥普拉都即将迎来重要的生日，即1月17日米歇尔的50岁生日以及1月29日奥普拉的60岁生日。米歇尔打算50大寿时，在夏威夷隆重庆祝（不带丈夫奥巴马和女儿们）。

很明显，第一夫人希望得到邀请，奥普拉不得不答应。

“我们一起庆祝吧，”奥普拉说，“来吧，来找我吧。”

在1月的第一周里，总统奥巴马和两个女儿回到了气温不足零度的华盛顿特区，米歇尔则收拾了几箱子休闲服饰，带上旅行随从，包括贾勒特和一小队侍从、

① 艾米·波勒，全国广播公司综艺喜剧节目《周六夜现场》的表演者兼主持人。
② 詹妮弗·哈德森，美国演员，曾凭借《梦幻女郎》获得第79届奥斯卡最佳女配角奖。
③ 艾丽西亚·凯斯，美国女歌手、音乐人、演员兼作家。

助手和顾问、一架政府飞机以及一大票情报人员飞到了毛伊岛。

新闻说米歇尔留在了迎宾州[①]，剩下她备受指责的丈夫独自处理各种问题。这在政界引发了不小的话题。白宫记者团的一些成员猜想，这一举动是否暗示着第一婚姻出现了裂痕或者更糟的情况。

“当然米歇尔想留在夏威夷……实际上，总统也建议她待在夏威夷，在即将到来的隆重生日之前和朋友度过一些欢乐时光，”白宫新闻秘书杰伊·卡尼说，“如果您也有孩子就肯定知道，如果您跟您的配偶说她可以远离家庭，单独度过一周，这着实是一份大礼。”

但事实比那复杂多了。

大部分总统和第一夫人都发现，在经历了常年竞选和分居之后，他们在白宫里会变得更亲密。但是奥巴马夫妇不是这样。他们的生活分得很开。他们之前也曾各自度假，奥巴马和泰格·伍兹在佛罗里达州度假，米歇尔则和两个女儿在科罗拉多州的阿斯彭度假。他们也会分开庆祝生日。奥巴马喜欢和芝加哥时候的老球友一起出去闲逛打篮球，例如马丁·奈斯比特、约翰·罗杰斯、教育部部长阿恩·邓肯。米歇尔则喜欢和闺蜜相处，包括她在普林斯顿时候的室友安吉拉·安克瑞和司法部长埃里克·霍尔德的妻子——产科医生莎朗·马龙。

“女性会让我感觉精力充沛，”她跟《本质》杂志说，“女性之间的相互陪伴非常重要。当女性聚在一起的时候，就可以相互支持，自然而然地再次充满活力。”

米歇尔也用其他方法为自己开拓了不同的身份。对一个曾经坚持说自己“对政治不感兴趣”的女性来说，米歇尔成了自己领域中的一股政治力量。她大胆地

① 迎宾州，夏威夷州的别称。

突破了母亲的角色，成为减肥运动的倡导者，而且她也已经较为深入地涉足了党派政治。米歇尔宣布了白宫基层政治机构“联合行动”的成立，她还为维护奥巴马医改政策做了激动人心的演讲，风格和竞选演讲很相似。

白宫东翼第一夫人的顾问们继续扩大米歇尔的公众影响力。米歇尔曾在吉米·法隆的《深夜秀》、《奥兹医生秀》、《早安美国》和《蕾切尔·雷秀》等节目上亮相。就在奥巴马连任后不久，米歇尔就在白宫通过视频连线出现在了奥斯卡颁奖典礼上。第一夫人身着纳伊姆汗①设计的银色低胸珠花晚礼服，身后站着诸多军队士兵，宣布《阿尔戈》获得奥斯卡最佳影片奖。

根据盖洛普民调显示，米歇尔比奥巴马更受欢迎，66% 的美国民众对米歇尔持肯定看法，该数据与希拉里持平，比奥巴马高出二十几个百分点。

“她是民主党的摇滚明星，”出身名门的华盛顿政治运营师莫·伊利斯说，“她也在利用这一优势，不单单是为总统宣传。”

米歇尔生活的各个方面都受贾勒特的牢牢控制，包括私人方面和政治方面。初到白宫的时候，她们是很好的朋友，在经历了无数危机和总统连任竞选后，现在她们俩简直是穿连裆裤了。

大部分时候，米歇尔和贾勒特晚饭后都会在白宫官邸的安静角落里碰面。她们通常会开一瓶夏敦埃酒，然后聊聊萨莎和玛丽亚的最新情况，扯一下他们所讨厌的人的八卦。她们最讨厌的人就是希拉里，还给希拉里取了绰号叫“希尔德比斯特”。这个绰号是根据一种奔驰在东非塞伦盖蒂平原上的牛羚取的。这种牛羚极具威胁性，鬃毛很硬。

① 纳伊姆汗，美籍印度裔设计师。

通常，米歇尔和贾勒特的谈话都会从不如意的现状转到光明的未来。在她们看来，未来要靠她们共同营造；她们已经决定了，离开白宫以后不论做什么都要在一起，就她们俩。奥巴马可以做他自己的事情，例如，写书啊，演讲啊，在全世界领导人道主义救援之类的，随便什么都行。

“她们总在畅想未来的种种可能性，米歇尔在谈论她们共同未来的时候，就好像她们完全是一体的，”贾勒特的一个知己密友说，“她们在同一个战壕并肩作战多年，关系自然也无比亲密。虽然让米歇尔参选伊利诺伊州参议员这件事希望有些渺茫，但是也并没有完全离开台面。”竞选需要做大量的工作，从“空军一号”下来算是由奢入俭。再加上共和党人对奥巴马医改政策的抵制，米歇尔和贾勒特都对政治生活十分厌倦了。其实，共和党人实际上抵制奥巴马的所有政策。

“米歇尔肯定会写回忆录，”这个人继续说，“她和贾勒特已经开始寻觅代理人和合适的发行公司了。她们的获利可能高达数百万美元。回忆录出版后，她们想去外国旅行，没准在西班牙或者法国停留一段时间。她们在那里有朋友，也喜欢这两个国家，包括食物和时装。”

“这两个女人极力想要拥抱美好的生活。贾勒特认为米歇尔和她自己会进入几家公司的董事会，用演讲换大钱，写书，继续过富裕的生活。”

没几个人的奢华生活能比得上奥普拉·温弗瑞。她在加利福尼亚州的蒙特西托有一个占地42公顷的豪宅；在科罗拉多州的特莱瑞德有1栋独立公寓；在曼哈顿拥有顶层豪华公寓；在芝加哥水塔大厦有4个单元的复式公寓；在毛伊岛布满青苔的群山上有1个牧场。

2014年1月，美国最具影响力的几个女性在奥普拉毛伊岛宅邸的环形门廊聚集。其中有仪态万方的公寓女主人奥普拉自己、奥普拉最好的朋友、哥伦比亚广播公司《今日早晨》的联合主持盖伊尔·金、埃里克·霍尔德的高贵妻子莎朗·马龙、米歇尔·奥巴马、瓦莱丽·贾勒特。

“我们悠闲地喝着新鲜水果做的饮料，看着落霞，”奥普拉后来在跟朋友对话时回忆道，“我一直对米歇尔和贾勒特的关系很感兴趣。她们的关系跟我和盖伊尔的关系完全不同。我们都是追求成功的女性，但是我们也知道如何冷静下来。但是，贾勒特和米歇尔则完全不是。贾勒特总是火力全开，好像总在给米歇尔施压。”

“和她们相处一段时间是很辛苦的，”奥普拉继续说，“她们总在纠缠你让你做事。在我的一生中，我花了很多时间避开那些权势或大或小但都有求于我的人。然而这两个女人不一样。她们是‘移动的议程表’，她们的愿望清单从无止境。”

贾勒特拜托了奥普拉很多事情，其中就包括为奥巴马的医改辩护，在即将到来的中期选举中帮助民主党候选人竞选。奥普拉直接拒绝了贾勒特的请求。她说自己的电视网络羽毛未丰，任务很多，要求很高，实在无暇顾及。

这肯定不是奥普拉拒绝贾勒特的真正原因。

“奥普拉觉得自己遭到了奥巴马夫妇的轻视，”奥普拉的朋友说，“奥巴马夫妇对待奥普拉的方式实在是太欠考虑了。不仅不公平，而且着实很伤人。在这个时候想要再次把奥普拉拉入政治旋涡，几乎是不可能的。”

虽然奥普拉没有说，但是大家都知道有一个人能让她再次涉及政治，那就是希拉里·克林顿。

“我和希拉里的关系比跟米歇尔和奥巴马都要亲近，”奥普拉说，“克林顿夫妇一直都让我觉得很舒服，但是奥巴马夫妇却完全相反，即使他们在讨好你的时候，也会让你觉得很疏远。虽然他们不是故意的，但是他们老是搞得我很紧张。”

克林顿夫妇为了和奥普拉保持友好关系可谓煞费苦心。他们和奥普拉的关系要从1992年说起，当时是克林顿第一次竞选总统。多年来，克林顿夫妇一直和奥普拉保持密切联系，向她发送小卡片、请柬、生日祝福和问候卡，全是由克林顿夫妇亲笔书写并签名的。

“最近，”克林顿圈子里的核心成员说，“克林顿和希拉里都和奥普拉进行了长谈，他们很明确地表示正计划竞选总统，希望获得她的支持。克林顿夫妇知道2008年奥巴马第一次竞选总统时，奥普拉曾不遗余力帮助奥巴马。他们希望奥普拉也能这样帮助希拉里。他们觉得有了奥普拉的支持就意味着赢得100万张选票，可能还不止这些。希拉里说她相信奥普拉一定会加入进来。”

“克林顿夫妇的间谍们说，乔·拜登也向奥普拉发出了邀请，”此人继续说，“但是克林顿夫妇很有信心奥普拉会站在他们这边，而不是拜登那边。关键的问题是奥普拉愿意加入竞选的程度如何。克林顿夫妇告诉奥普拉说，如果她加入，他们肯定会铭记在心，绝不会像奥巴马在2008年之后那样忘恩负义。克林顿夫妇向奥普拉许下承诺，一定会让她在希拉里的总统任期中扮演重要角色。奥普拉将获得通往克林顿夫妇白宫的金钥匙作为回报。”

“在某一方面，奥普拉很喜欢米歇尔到访毛伊岛，也很享受她们之间的女性谈话，”奥普拉的一位朋友说，“她们在一起很开心。不过她们也谈到了一些严肃的问题。她们讨论了总统的政治问题。奥普拉给出了意见，包括多和外界沟通，多做出一些妥协。奥普拉说奥巴马政府十分抵制妥协，甚至连讨论都不愿意讨论，而且他们对待共和党人也太苛刻了。”

“很明显，奥普拉知道贾勒特和米歇尔担心奥巴马会失势，他的敌人则趁机卷土重来，”这个人继续说，“他们把克林顿和希拉里归到了敌人的分类中。他们不想让奥普拉支持克林顿夫妇，也不想让她在2016年帮助希拉里竞选。她们认为希拉里对整个奥巴马政府都严重不满，尤其是对总统。所以，她肯定会和奥巴马保持距离，甚至是伤害他。

“贾勒特和米歇尔认为她们可以吸引奥普拉重回她们的阵营，利用她超大瓦特的光环帮助她们从困境中走出来。但是奥普拉和奥巴马夫妇的关系并没有发生实质性的变化。如果毛伊岛之行的本意是重新开始友好关系，那么奥巴马夫妇是完全失败了。因为奥普拉很记仇，一旦你惹怒了她，她就会一直怀恨在心。这就是她一直以来的为人方式。米歇尔和贾勒特用了很多方法，最终还是搞砸了。”

这是事情的一个方面。虽然贾勒特和米歇尔并没有完全达成预期目标，但是事情的结果也不至于完全失望。在贾勒特的强烈要求下，白宫东翼的公关机器发布了奥普拉在毛伊岛豪宅和第一夫人交往甚密的故事。这些故事让人们觉得奥普拉坚定地支持奥巴马政府。

然而，事实并非如此。

就在毛伊岛小聚后不久，强势的奥普拉再次在奥巴马白宫上开小差了。

TIPS

美国独立日

7 月 4 日是美国的独立日，这也是美国的主要法定节日之一。1776 年 7 月 4 日，由托马斯 · 杰斐逊起草的《独立宣言》经第二次大陆会议在费城正式通过。该宣言开宗明义地阐明，人人生而平等，具有追求自由与幸福的天赋权利；历数了英国殖民主义者压迫北美殖民地人民的条条罪状，最后庄严宣告美利坚合众国脱离英国而独立。《独立宣言》是美国最重要的立国文书之一，也是具有世界意义的伟大文献。通过《独立宣言》的这一天也成为美国人民永远纪念的节日，定为美国独立日。

第三十三章　大获全胜

克林顿和奥巴马的对抗，从2008年惨烈的总统初选就开始了。2012年，二人有过短暂休战。克林顿放下成见，帮奥巴马竞选总统连任。作为回报，他希望奥巴马能支持希拉里在2016年角逐美国总统，没想到奥巴马过河拆桥。因此，二人重开敌对模式。

2014年1月末，奥巴马在进行国情咨文演讲之前，致电希拉里，提出抗议。

因为最近奥巴马最有价值的几个政治运营高手都被克林顿挖走，去帮助希拉里竞选总统了。克林顿甚至还拉走了吉姆·梅西纳。梅西纳曾任2012年奥巴马团队的竞选经理。克林顿突袭奥巴马的人才库，这标志着民主党在政治局面上的重大转变。正如《纽约时报》的报道："梅西纳的加入巩固了克林顿同盟，这使克林顿将更为全面地接管民主党，包括外来支出。"

奥巴马和希拉里说话没有拐弯抹角："您就不能管管克林顿吗？"几个知晓对话内容的消息人士都称奥巴马曾说"我不想失去这些人"。

对此，希拉里则感到好笑，没想到奥巴马竟让她来阻止克林顿。克林顿已经从奥巴马班底拉走了几个助选高手，这其中包括杰瑞米·柏德、米奇·斯图尔特和巴菲·威克斯。柏德和斯图尔特曾是奥巴马2012年竞选的现场主任；巴菲·威克斯是备受尊敬的选票动员专家，他被任命为优先美国行动组织的执行理事。

“你是认真的吗？”希拉里说，“我可管不了克林顿。过去没管过，将来也不会管。”

奥巴马非常生气。在他给希拉里打电话时，贾勒特给手下人召开了紧急会议，向他们宣讲了对总统忠诚的重要意义。“总统即使卸任后，也会不遗余力地保持队伍的完整，”贾勒特和朋友们回忆会议内容时这样说，“总统想要继续享有政治上的话语权，并不断进步。他想要在很长一段时间里都能发挥重大作用。在任期结束后，总统不会退休，也不会离开政治舞台。他还年轻，他有一腔热血，想要完成宏图伟愿。因此，总统需要你们，需要你们去募集资金和组织活动。总统要保持团队的完整。”

贾勒特对克林顿夫妇的名字只字未提，但听到她话的人都明白，克林顿和希拉里就是奥巴马不爽的原因。

“克林顿在报复，是他让白宫变成了现在的样子，”贾勒特的密友说，“克林顿正乐此不疲地挖墙脚。”

克林顿就像肩上扛着枪的猎人，在白宫横冲直撞，肆意寻找猎物。奥巴马很生气。看到自己手下如今站到了自己的对立面——黑暗的一面，奥巴马很痛苦。

事实上，克林顿早就开始讨好梅西纳了。上次助选奥巴马时，他就向梅西纳抛出了橄榄枝。当奥巴马的人听到风声说克林顿正在争取梅西纳时，奥巴马着实大吃一惊，他没想到克林顿如此厚颜无耻。奥巴马不想失去梅西纳，他当然不想让梅西纳和克林顿共享他们独有的信息，分享他们神奇的竞选机器。

“奥巴马并未能成功阻挠克林顿，”克林顿圈子里的核心成员说，“克林顿正在全面接管民主党。他的目的就是在卡车上拴上钩子，把整个民主党都拖过来。他也是这么做的。如果奥巴马不合作，那么克林顿将用尽一切手段创造平行的政治空间，与奥巴马主导的民主党相抗衡。很显然，奥巴马并没有合作的意思。”

“竞选专家没有理由不投靠希拉里，”全国最著名的政治分析师和民调专家道格·舍恩说，“当然雇佣费用很重要。这些人只追随赢家，希拉里肯定能比其他民主党人筹集到更多的竞选经费，他们都会按比例提成。想想他们能为希拉里募得的资金数额，连梅西纳这样的竞选运营高手都说：‘他们手里捧的是金山啊！’”

亨利·申克普夫，杰出的政治、公共事务和公司媒体顾问，对此也表示赞同。

“克林顿是我们这一代最聪明的政治活动家，”申克普夫说，“他在政坛的时间比其他人都长。筹集经费和创建平行组织从来都不会令他感到羞愧。他不用等你说出来，‘当然了，你可以这么做’。他想做什么就做什么。”

“奥巴马不想给他让路，因为他不想看着克林顿夫妇成为民主党的真正领袖，”申克普夫继续说，“克林顿夫妇和前人不同，他们一直在所属的政治派别中占据中心地位。奥巴马很抓狂，因为他已经无法控制民主党的政治机器了。他什么都管不了。在民主党内，克林顿夫妇已经将他边缘化了。对于总统的下一届提名人，奥巴马也根本没有发言权。实际上，克林顿夫妇正在极力剥夺奥巴马在各个方面的话语权，力求让他无法决定任何事。”

30 多年前，泰德·肯尼迪和吉米·卡特曾经因为仇恨使民主党分裂。此后，民主党还没有出现过类似克林顿和奥巴马这样两大巨头水火不容的情况。正如我们在本书前几章所看到的，克林顿一派和奥巴马一派之间的对抗，从2008年惨烈的总统初选就开始了。那时，奥巴马的代理人攻击克林顿是“种族主义者”，而克林顿的助手则讥笑奥巴马说的话都是“垃圾”。

二人曾在2012年短暂休战。当时，克林顿采取了权宜之计，放下对奥巴马的成见，帮他竞选总统连任。克林顿在民主党全国大会上做了激动人心的演讲，提名了这个曾经被他视为业余选手的人。人们都以为克林顿夫妇和奥巴马夫妇已经和好了，再也不会针锋相对了。

当然，这也是克林顿的政治策略。为了回报自己在2012年的助选，克林顿希望奥巴马能支持希拉里在2016年角逐美国总统。他觉得自己和奥巴马已经达成了协议，没想到事与愿违。因此，克林顿重新开启了敌对模式，发动了更为猛烈的复仇攻势。

这是两大家族之间的战争，常言道，家族之间的血战是最肮脏、最残酷的。就如同所有家族的争斗一样，克林顿和奥巴马之间的战争也是在争夺权力、金钱和地位。奥巴马的政治势力岌岌可危。如果克林顿夫妇获得了民主党的控制权，重新入主白宫，他们肯定会不遗余力地铲除奥巴马的政治势力。奥巴马作为美国历史上第一位黑人总统，本应彪炳史册，但是克林顿夫妇肯定会淡化他的影响，使他成为历史上的一段小插曲，成为两个克林顿政权之间的过渡。

2014年的中期选举越来越近了，大部分微妙的政治信号都是有利于希拉里的。希拉里最大的共和党对手——新泽西州长克里斯·克里斯蒂卷入了致命的政治丑闻，共和党中也没有其他合适的候选人。此外，选举测评和民主党近来在弗吉尼亚州和纽约取得的一连串胜利都成为希拉里竞选总统的好兆头。

虽然希拉里的民调支持率很高且筹资能力也很强，但她能否赢得党内提名还要拭目以待。即使赢得了提名，她又能否打破“同一党派很难连续三届执政”的魔咒呢？当然，到时候，肯定会有人不停地质疑希拉里的年龄、健康以及从政时间过长。

“作为民主党人，”爱荷华州激进分子内特·博尔顿说，“我们向来支持参选不止一次的总统候选人。我们总是向前看。”

总而言之，在和贝拉克·奥巴马的血战中，比尔·克林顿赢了。他为希拉里创造了获胜的机会，现在就看希拉里能否牢牢把握住机会了。

TIPS

感恩节

感恩节是美国人民首创的一个节日，也是美国人合家欢聚的节日。通常，美国人会在这一天合家团聚，一起享用美味的火鸡大餐。

最初，感恩节并没有固定日期，由美国各州临时决定。直到美国独立后的1863年，林肯总统宣布感恩节为全国性节日。1941年，美国国会正式将每年11月的第四个星期四定为“感恩节”。

尾　声

一队黑色装甲运动轿车来到了克林顿夫妇在纽约查帕瓜家中的私人车道上，一阵刹车发出了吱吱的响声。一众情报机关特工下车组成人墙，将从头车下来的人团团围住。此时是 2013 年仲夏，克林顿看上去又瘦小又疲惫。他刚刚从纽约长老医院医生那里定期复诊回来，医生跟他说了一些非常重要的情况。

克林顿的心脏病医生艾伦・史瓦兹对前总统进行了详细的检查。随后，他们在医生办公室里进行了男人之间的对话。史瓦兹说，检查结果显示克林顿的心脏功能破坏更严重了。医生解释说，实际上，这并非正常情况，主要是由于克林顿的心脏病是逐渐“发展”的。这意味着随着时间的推移，克林顿的情况会变得愈发严重。医生之所以使用了“发展”，是因为这个词在政治上也有特殊的含义。前总统的脸上露出了一丝讽刺的笑容。医生嘱咐他一定要削减行程，多多休息。

克林顿一回家就直奔楼上的卧室里，精疲力竭地躺在沙发床里。克林顿曾经有很多爱好：他酷爱收集老爷车，钟爱 20 世纪 50 年代的摇滚纪念品，喜欢收看体育节目，尤其是大学篮球联赛。这些爱好占据了他生命中很大一部分时间，帮他在低潮时期放松自己。但是现在，克林顿只对2016年的大选感兴趣。这是他唯一关心的事情，近乎偏执。除了大选，他对自己的健康状况也很担忧。

心脏机能下降以及随时可能驾鹤西归对克林顿来说并不意外。他知道自己的心脏已经不能满足正常需求了，他的心脏很快就要罢工了。但是他仍旧下定决心，决不放弃。他要尽可能延长寿命。

“大家都觉得我要死了，”他跟朋友说，“他们甚至都开始着手准备要埋我了，但是我必须得坚持，让所有人都好好看看。在回到白宫之前我哪儿都不去。”

虽然史瓦兹医生建议克林顿削减行程，但是克林顿根本不知从何下手。前总统拥有一台价值6 500万美元的“湾流G650型”私人飞机，该飞机由双引擎驱动，有8个座位，最大航程7 000英里，飞行速度将近1马赫。他多次乘坐飞机出行。对于航程日程像克林顿一样密集的人来说，“湾流G650型”飞机迟早都能派上用场。它能让旅途变得舒适。然而克林顿的日程艰苦繁重也是不争的事实，他的压力也是显而易见的，他得在世界各地旅行、开会和演讲。现在，他要为自己过往的密集行程付出代价了。

“圣诞节刚刚过去不久，”一个朋友就在采访中回忆道，“我去克林顿在哈莱姆的办公室中拜访他。他看上去非常糟糕，面色无光，十分苍白。我知道肯定坏事了，但是他仍旧挥挥手，示意我没什么大不了的。然后他开始大量出汗。我说：‘克林顿，你需要帮助，我帮你打911。’他点了点头，我赶忙拨打了电话，然后跑出门叫他的助手来帮忙。一辆救护车将他送到了医院。他的心脏病又犯了，还很重，这给他又敲响了一次警钟。”

“我知道克林顿看了世界上很多顶尖的心脏病医生，”这个朋友继续说，“他的求生欲和权力欲都很强。他极度渴望重新掌权。这其实是有些可怕的。大部分曾经掌权或有一定影响力的人都会想要退居二线，然后有意识地转型，享受家人陪伴、支持以及艺术的熏陶等等。克林顿却一心想着让自己的政治遗产变得更加辉煌，然后重新掌权。成为局外人会让他十分苦恼。每次提起这件事，他都会恨得咬牙切齿，是真的咬牙，以至于他不得不找牙医来解决这个问题。”

希拉里和闺蜜在家里高声嬉笑，吵醒了午休的克林顿。

于是克林顿就下了楼，看见希拉里和两个女性友人在门厅里交谈。他把一只微微颤抖的手放到妻子的肩膀上，摩擦她的头发，和她悄悄耳语，希拉里不仅被他逗笑了，而且面色潮红。

“医生检查还顺利吗？”希拉里问。

“他们还没有给我盖上过期日印章。”克林顿回答说。

他们二人面对心照不宣的问题：万一克林顿的心脏没有挺住，导致他无法行动甚至不幸身亡，那该怎么办呢?

作者跟希拉里的很多朋友聊过天，在他们看来，克林顿的消失可能也会成为希拉里政治野心的句点。他们认为，失去丈夫和政治助手会让希拉里步履维艰，她甚至可能从此淡出政坛。

“克林顿是希拉里不懈追求的背后驱动器，”一个朋友说，“如果他病得很严重，我觉得希拉里有可能会退出。万一希拉里失去了克林顿的帮助，那么唯一可能让希拉里重获平衡的就是切尔西。切尔西会成为继克林顿后，希拉里最有力的顾问和支持者。”

实际上，切尔西已经接管了克林顿在基金会的很多工作，这样她父亲才能专心准备支持希拉里在 2016 年的大选。据了解切尔西的人说，她和父母一样想要重回白宫。她坚信母亲一定会成为美国第一位女总统，这个伟大的历史时刻已经近在眼前。早在 2008 年的时候，切尔西就觉得母亲有权获得这份工作，现在她更相信这点了。不管她父亲身体状况如何，切尔西都想让母亲继续战斗。

“如果克林顿的情况恶化了，”一个“克林顿主义”专业人说，“我完全相信，切尔西会把母亲叫到一边，然后告诉她‘父亲肯定想让我们继续战斗，让我们继续他未完的梦想’。”

当天晚些时候，克林顿、希拉里和希拉里的两个朋友在克林顿的办公室中聚会，该办公室位于纽约查帕瓜，是由红色谷仓改装而成的。在场的女性喝了夏敦埃酒；克林顿则偏爱黑皮诺。没多会儿，克林顿就把对话引向了政治。

“上次我们下手太晚了，”他指的是2008年大选，“所以，在过去的五年中我一直都在为下一次大选努力。现在我们在按部就班地实施计划。我们已经募集了超过10亿美元的经费，也在各处把人手都安排到位了。”

他说他在写“剧本”。虽然他自己说是剧本，但其实是在概括希拉里在当今重要问题上的所有站位与观点，这个剧本包罗万象，从移民改革到枪支控制再到教育。他也下令，对希拉里在共和党可能遇到的对手进行研究。他有强烈的预感，希拉里必须跟奥巴马及其处理内外政策的外行手段划清界限。

“我们得列出奥巴马搞砸的所有事情，班加西事件、美国国税局事件、医改事件、各种各样的实情。我们得对这些事件做出合理的解释，”他看着希拉里说，“你将采取何种措施改善现状。你必须得明确表示你不光完全了解奥巴马所犯的错误，而且绝对不会再犯。”

“你必须得狠狠地打击奥巴马的执政记录，”克林顿从椅子上站起来，一边绕着谷仓踱步，一边继续说，“你必须得说得非常明确，你的政府将会成为克林顿政府的第三任期，而不是奥巴马政府的第三任期。我们下手必须狠一点儿，因为选民肯定会像恶犬一样背弃他，我们要和选民保持一致。”

希拉里发出了自己紧张时标志性的咯咯笑声。然后，她也站起来，开始在谷仓里走来走去。他们一边走一边交谈，有时候还想要说服对方。

“当我们按照你的计划行事，伤害奥巴马的时候，就是和他一刀两断的时候，”希拉里说，“这有可能会惹怒奥巴马，他可能会转为支持拜登或者其他人，天知道他要支持谁。他绝对不会原谅我。”

“管他呢！”克林顿说，“只要再过几个月，他就没有任何政治资本了。我根本就不关心他会支持谁。我们肯定能击溃奥巴马支持的所有浑蛋候选人。你的竞选将会是任何人都没见过的闪电战。我已经吸取了教训，我知道这件事该怎么操作。仅仅打败对手是远远不够的，你必须完全摧毁他。”

对话在这个方向延续了一段时间，然后出人意料的是又把话题转到了自己的健康状况上。

“我很担心我的健康状况会影响大选，”他说，“我将竭尽全力准备竞选剧本，但是我也必须接受自己有可能中途退出的事实。在没有我的情况下继续竞选，并用我离世这点制造出积极的东西。”

“积极的东西？”希拉里说，“你到底在说什么呢？”

“很明显，你得为我举行盛大的国葬，越铺张越排场越好，”他说，“也许我应该被安葬在阿林顿[1]而不是小岩城的图书馆里。毕竟，我也当了8年的军队总司令，完全有权被安葬在阿林顿。”

“克林顿！”希拉里突然讲话，试图打断克林顿一连串的思路。

“我必须为这件事制定详细的计划。”他说。

“我不想听！”希拉里说。

① 阿林顿，美国国家公墓。

“你就穿着丧服，人们肯定会同情你。你一定要在哀悼期间穿着黑色得体的服装，将我的死亡变成一种遗产。电视上播出的葬礼画面，以及痛失丈夫、悲痛欲绝的孀妇形象肯定会成为利于竞选的无价之宝。如果我走了，人们自然只会记得我的好，对于我不好的一面，即使人们忘不了，也会原谅的。我死后的形象会比我活着的时候更好。这种事情经常发生。大家也都知道。所以你必须最大限度地利用我的死亡。”

“克林顿……”希拉里说。

“希望可以帮你赢得几百万张选票吧。”克林顿说。

后 记

《血海深仇》是我之前出版的两本书的续集:《希拉里真相》(2005 年) 和《业余总统》(2012 年)。期间，我针对克林顿夫妇和奥巴马夫妇采访了数百个人。在这些人中，有一些是在成长时代就认识这两对夫妇的，他们愿意就较早之前的事情发表意见。因此，我可以引用希拉里在伊利诺伊州帕克里奇上小学时候同学的名字，我还可以把对牧师耶利米 · 莱特的采访内容公开出来。莱特是奥巴马身边的牧师，人们对他的争议很大。

然而，在最近针对当下政治事件，尤其是为描述克林顿夫妇和奥巴马夫妇间的竞争和对立而进行采访时，大部分人都不愿意公开自己的名字，这也是很正常的。原因主要有两个：首先，他们可能没有获得公开发表言论的授权；其次，他们担心失去这样有权势的朋友。

因此，为了秉笔直书、精确记录克林顿和奥巴马之间的宿仇，书中的大部分采访都得在“深层背景”下进行。深层背景是记者们所使用的术语，表示我们可以使用消息来源提供的信息，但是不能指明他们的身份。很多当代政治小说都是这样的。

除非是在必要的情况下，否则记者们是不喜欢使用匿名来源的。正如马克·哈尔伯林和约翰·海勒曼在《双倍下注》中所写的：“在理想的情况下，匿名其实根本没有必要；但是在现实生活中，我们必须为了坦白程度而放弃指明消息来源。这种类型的书，很大程度上都是依赖于此。”或者像《全国公共广播电台道德手册》中所说的：“我们使用匿名来源的信息是为了讲述重要的事件，否则这些故事就无法被报道出来。”

记者在报道相互冲突的人物和观点时就经常使用匿名来源。例如，《纽约时报》在2014年1月16日第一版发表了关于纽约州州长安德鲁·库默和纽约州检察总长艾瑞克·施奈德曼的故事。记者苏珊·克雷格提醒读者：“两大阵营中有很多人都接受了采访。但是大家都不愿意让自己的名字出现在报纸上，因为文章涉及的对话非常敏感而且涉及隐私。”

使用匿名来源给作者增加了额外的负担。因此，我每次进行场景再现的时候都尽量避免使用一个消息来源。我力图多使用不同人的例证来还原真相，并且我还使用了引号突出具有双重来源的对话。当无法反复确认事实的时候，我就会求助事件当事人或者刚刚与当事人进行交谈的人，趁他们记忆还比较鲜活的时候，赶快进行采访。有一些跟克林顿夫妇和奥巴马夫妇亲近的人被采访了十几次，目的就是为了核对故事的准确性和连贯性。